I0610865

UN REFUGE POUR DEVYN

DELTA FORCE DEUX, TOME 6

SUSAN STOKER

DU MÊME AUTEUR

<u>Autres livres de Susan Stoker</u>

<u>Delta Force Deux</u>

Un refuge pour Gillian

Un refuge pour Kinley

Un refuge pour Aspen

Un refuge pour Jayme

Un refuge pour Riley

Un refuge pour Devyn

Un refuge pour Ember (1 Mar)

Un refuge pour Sierra

<u>Sauvetage à Eagle Point</u>

Un sauveteur pour Lilly

Un sauveteur pour Elsie

Un sauveteur pour Bristol

Un sauveteur pour Caryn

Un sauveteur pour Finley

Un sauveteur pour Heather

Un sauveteur pour Khloe

<u>*Le Refuge*</u>

Un soutien pour Alaska

Un soutien pour Henley (3 Jan 2023)

Au Secours de Felicity

Au Secours de Sarah

Forces Très Spéciales Series

Un Protecteur Pour Caroline

Un Protecteur Pour Alabama

Un Protecteur Pour Fiona

Un Mari Pour Caroline

Un Protecteur Pour Summer

Un Protecteur Pour Cheyenne

Un Protecteur Pour Jessyka

Un Protecteur Pour Julie

Un Protecteur Pour Melody

Un Protecteur pour l'avenir

Un Protecteur Pour Les Enfants de Alabama

Un Protecteur Pour Kiera

Un Protecteur Pour Dakota

Forces Très Spéciales : L'Héritage

Un Sanctuaire pour Caite

Un Sanctuaire pour Brenae

Un Sanctuaire pour Sidney

Un Sanctuaire pour Piper

Un Sanctuaire pour Zoey

Un Sanctuaire pour Avery

Un Sanctuaire pour Kalee

Un Sanctuaire pour Jane

Delta Force Heroes Series

Un héros pour Rayne

Un héros pour Emily

Un héros pour Harley

Un mari pour Emily

Un héros pour Kassie

Un héros pour Bryn

Un héros pour Casey

Un héros pour Wendy

Un héros pour Mary

Un héros pour Macie

Un héros pour Sadie

Un héros pour Annie

Autre

Un moment suspendu : Recueil de nouvelles

AUDIO

Un paradis pour Élodie

CHAPITRE UN

Devyn était assise sur le canapé de son appartement et elle faisait de son mieux pour ignorer Troy « Lucky » Schmidt. Ce n'était pas une tâche facile. Dès leur rencontre, Devyn avait été attirée par lui. Mais à l'époque, elle n'était pas d'humeur à se faire draguer par un soldat exceptionnel des forces spéciales qui avait probablement couché avec un million de femmes.

Mais dès qu'elle avait appris à connaître les coéquipiers de son frère et lui, elle avait réalisé que Lucky n'était pas un homme facile. Elle avait simplement supposé qu'il couchait tous les week-ends parce qu'il était très séduisant. Du haut de son mètre quatre-vingt-sept, il était juste assez grand. Devyn n'était pas vraiment petite non plus, elle mesurait un mètre quatre-vingts, ce qui signifiait que Lucky avait la taille idéale pour elle.

En outre, il avait l'aura d'un homme grand, sombre et dangereux. Il avait des cheveux bruns et des yeux couleur noisette suffisamment mystérieux pour être sacrément intrigants. Sa barbe et sa moustache l'attiraient encore plus. Elle ignorait pourquoi sa barbe lui plaisait à ce point, mais c'était le cas. D'habitude, elle trouvait les barbes répugnantes. Elle les comparait à des boîtes de Petri contenant des bactéries et des restes de nourriture. Mais Lucky soignait la sienne. Elle n'était ni trop longue ni trop courte. Et elle n'était pas trop hirsute, comme celles de ces hommes qui ressemblaient à des adolescents de quinze ans essayant de se laisser pousser la barbe.

Et puis, il y avait ses muscles...

Elle l'avait vu s'entraîner avec son frère une ou deux fois et bon sang, cet homme était bien bâti. Elle n'était pas vraiment surprise étant donné qu'il faisait partie des forces spéciales ; cela prouvait qu'il était en forme, mais chaque fois qu'il bougeait, ses muscles ondulaient. Et ce V qui descendait vers son aine sous son short ? Devyn pouvait à peine s'empêcher de lui arracher ses vêtements pour voir ce qu'il y avait dans son pantalon.

Dans sa tête, tout cela indiquait qu'il devait coucher régulièrement. Il était vraiment splendide et toutes les femmes aux alentours de la base militaire de Fort Hood devaient faire ses quatre volontés. Avec son physique et un surnom comme « Lucky », il devait avoir souvent de la chance.

Mais plus Devyn passait de temps avec son frère et ses amis, plus elle réalisait que Lucky n'était pas ce qu'elle croyait. Elle avait été coupable de croire aux stéréotypes... et pas de manière flatteuse. Elle se sentait mal à ce propos. Cependant, elle n'avait pas eu l'intention de rester au Texas aussi longtemps. D'une certaine manière, elle trouvait cela moins horrible de juger un inconnu que de juger quelqu'un qu'elle apprendrait à connaître plutôt bien.

Elle avait eu l'intention de partir du Missouri, de se reprendre en main et de trouver une ville où elle serait à l'aise. Elle trouverait un emploi et irait de l'avant dans sa vie.

Mais finalement, Killeen semblait pouvoir être cette ville. Elle en adorait le climat. Même s'il faisait chaud, elle préférait cela à la neige et au froid qu'elle avait connus au Missouri en grandissant. La ville n'était pas énorme, mais si elle avait envie de sortir pour aller manger ou faire du shopping, il y avait tout ce qu'elle voulait. Et elle avait réalisé qu'elle appréciait la cuisine mexicaine, qui se vendait partout à Killeen.

De plus, elle adorait son grand frère. Tous ses amis l'appelaient Grover, car leur nom de famille était Groves, mais à ses yeux, il serait toujours Fred.

Ils avaient toujours été proches. Ils venaient d'une fratrie de cinq enfants et la vie avait été mouvementée dans leur enfance. Devyn était la cadette, Spencer avait deux ans de plus qu'elle et Fred deux ans de plus que lui. Même si l'âge de Spencer se rapprochait plus du sien, il avait toujours fait les choses de son côté. Leurs deux sœurs aînées, Mila et Angela, avaient respectivement sept et cinq ans de plus qu'elle et elles avaient été adolescentes quand Devyn avait été en âge, et en état, de vouloir passer du temps avec elles.

Devyn avait passé une grande partie de son enfance dans des hôpitaux, luttant contre la leucémie. Cela l'avait séparée de ses frères et sœurs. C'était Fred qui lui avait tenu compagnie à l'hôpital. Il ne semblait pas dérangé par le fait de rester assis dans sa petite chambre et de jouer à des jeux de société stupides pendant des heures. C'était lui qui lui avait lu des livres. C'était lui qui lui avait chanté des berceuses pour qu'elle s'endorme avant qu'il ne parte. Il avait été son roc.

Il n'était pas étonnant qu'elle se soit rendue directement dans la petite ville où Fred était posté quand elle avait fui le Missouri. Elle était déterminée à garder ses problèmes pour elle, mais son grand frère lui manquait. Son supporter le plus fidèle. Quand il avait rejoint l'armée et qu'il avait déménagé, Devyn avait eu le cœur brisé. Elle avait été fière de lui, mais il avait été difficile pour elle de ne pas le voir tout le temps.

Et à présent, elle était là. En dépit de ses efforts, elle sentait qu'elle était dangereusement sur le point de l'attirer dans ses ennuis.

Devyn soupira.

— C'était un gros soupir, dit Lucky d'une voix douce depuis l'autre côté du canapé. Tu veux en parler ?

C'était le cas. Elle en avait désespérément envie. Mais Devyn en avait assez d'être la petite sœur sans défense. Celle sur qui on devait veiller et qu'on devait dorloter. Celle qui, chaque fois qu'elle éternuait, était emmenée à toute vitesse à l'hôpital pour s'assurer que le cancer n'était pas de retour. Elle ne pensait pas que Lucky la traiterait ainsi, mais c'était le meilleur ami de Fred. Et elle soupçonnait que tout ce qu'elle lui dirait arriverait aux oreilles de son frère.

— Non, dit-elle après un moment péniblement long.

Lucky hocha la tête.

— D'accord.

Elle le regarda.

— Pourquoi est-ce que tu es encore là ? Tu m'as ramenée chez moi, merci. Je suis sûre que si tu appelais l'un des autres, il viendrait te chercher pour que tu puisses retourner à la fête.

Ils avaient été chez Oz pour célébrer les mariages de Lefty, Brain et Oz lui-même avec Kinley, Aspen et Riley. Elle était heureuse pour ses nouveaux amis. Chacune des femmes avait vécu un enfer et elles méritaient ce qu'il y avait de mieux. Elles l'avaient trouvé avec les coéquipiers de son frère. Ils protégeraient leurs femmes de toutes leurs forces. C'était dans leur ADN d'aider autrui et ses amies avaient eu de la chance de trouver le bonheur et l'amour éternel.

Mais après avoir inconsciemment décroché son téléphone avant de réaliser que c'était Spencer qui l'appelait, elle avait perdu l'envie d'être entourée par la joie de ses amies. Elle ne voulait déprimer personne, elle était donc partie.

Mais Lucky l'avait vue s'en aller et s'était proposé pour la ramener chez elle. Égoïstement, elle avait accepté son offre.

— Je suis exactement où j'ai envie d'être, lui assura Lucky en se mettant à l'aise sur le canapé comme s'il avait l'intention de rester là indéfiniment.

Devyn fronça les sourcils. Elle voulait qu'il parte. Elle ne pouvait pas s'attacher davantage à cette ville. Elle ne pouvait pas s'attacher aux amis et aux coéquipiers de Fred.

— Je vais te réserver un Uber, lui dit Devyn en prenant son téléphone.

Lucky posa sa main sur la sienne, l'arrêtant dans son élan.

— Parle-moi, Dev, dit-il d'une voix grave et rauque. J'aime à croire que je suis ton ami. Tu peux tout me dire.

— Si je te le dis, tu vas en parler à Fred, lâcha-t-elle.

Lucky sourcilla.

— Tu ne veux pas que ton frère sache ce qui ne va pas ? Pourquoi ?

Devyn ferma les yeux en signe de défaite. Elle était coincée entre le marteau et l'enclume.

— J'ai causé des ennuis à ma famille depuis qu'on m'a diagnostiqué la leucémie, avoua-t-elle à contrecœur. Mes parents devaient tout lâcher pour m'emmener à des rendez-vous médicaux. J'ai perdu le compte de mes séjours à l'hôpital. Personne dans ma famille n'a eu une vie normale après que j'ai été diagnostiquée. Même quand je suis entrée en rémission, nous ne pouvions pas faire ce que la plupart des familles pouvaient faire. Nous ne pouvions pas aller à Disneyland parce qu'il y avait trop de monde. Il y avait trop de risques que mon système immunitaire compromis soit accablé. Je refuse de faire subir autre chose à ma famille.

Lucky ne retira pas sa main de la sienne et Devyn souhaita momentanément pouvoir se serrer contre lui et poser sa tête sur son torse, mais elle tint bon. Il penserait sûrement qu'elle était folle et il se demanderait dans quoi il s'était embarqué.

Elle était presque sûre que depuis un moment, Lucky voulait être plus que son ami, mais elle l'avait maintenu à distance. Elle n'était pas certaine de rester. Mais il devenait de plus en plus difficile de le repousser. En particulier quand elle se sentait aussi seule qu'à ce moment-là.

— Je suis sûr qu'aucun membre de ta famille ne t'en veut parce que tu as eu un cancer, dit Lucky.

— Je sais, lui répondit Devyn. Mais parfois, je me demande comment seraient nos vies à présent si j'avais été normale.

— Tu *es* normale, rétorqua catégoriquement Lucky. Et qui décide de ce qui est normal ou pas ? Je crois fermement que les choses arrivent exactement comme il le faut.

Devyn renâcla.

— Sérieusement. Le fait que nous n'aimions pas certains aspects de nos vies ne veut pas dire qu'elles seraient mieux autrement.

— Je suis juste fatiguée, lui dit Devyn en fermant les yeux.

— Tu travailles encore à mi-temps, pas vrai ? demanda Lucky.

— Oui. Mais ce n'est pas ce que je veux dire. J'adore

travailler à la clinique vétérinaire. Les animaux sont si... simples. S'ils ont mal, ils essaient de se gratter ou de te mordre. S'ils sont heureux, ils agitent la queue ou ils ronronnent. Il n'y a pas d'artifices chez eux. Tant qu'ils ont de la nourriture, de l'eau et un abri, tout va bien. Les êtres humains ne sont pas comme ça. Ils veulent toujours quelque chose de plus.

— Comme quoi ? s'enquit Logan d'une voix calme.

Devyn savait qu'elle en avait déjà assez dit.

— Tout, répondit-elle vaguement.

Puis, elle ouvrit les yeux et se tourna vers Lucky.

— Si je te le demande, est-ce que ce dont nous parlons pourra rester entre nous ? Je veux dire, est-ce que tu pourras ne pas le répéter à Fred ?

Elle sut d'après l'expression de son visage qu'il ne pouvait pas le lui promettre.

— Grover est comme un frère, dit Lucky. Il a pris une balle pour moi, et je l'ai fait pour lui.

Devyn n'aimait pas cela. Pas du tout. Mais Lucky ne lui donna pas l'occasion de commenter.

— Il t'aime. Beaucoup. Il était heureux quand tu lui as dit que tu venais ici, mais inquiet aussi. Il ne savait pas pour- quoi tu voulais abandonner ta vie dans le Missouri sur ce qui ressemblait à un coup de tête. Ce n'est pas un secret que tu me plais, Devyn. Tu me plais beaucoup. Et si tu me donnais la moindre indication que tu es prête à commencer quelque chose, je serais partant. Mais je ne peux pas avoir de secrets pour Grover et je ne le ferai pas. En particulier si ces secrets impliquent ta santé ou ta sécurité.

Devyn hocha la tête. Elle avait su qu'il dirait quelque chose comme ça. Cependant, elle n'était pas en colère contre lui. Elle admirait le lien que Fred entretenait avec ses coéquipiers. Mais c'était pour cette raison qu'elle gardait ses problèmes pour elle. Elle n'avait jamais eu une amitié semblable et elle n'avait aucune envie de gâcher la relation entre son frère et ses coéquipiers.

— Est-ce que tu es malade ? Ou en danger ? demanda Lucky.

— Non, répondit Devyn sans hésiter.

Dieu merci, le cancer n'était pas revenu et elle ne *pensait* pas être en danger. Ses problèmes avec Spencer étaient agaçants et stressants, mais ils ne méritaient pas d'ébranler les fondations de sa famille et il ne s'agissait pas d'un problème de vie ou de mort.

Elle avait espéré que déménager si loin ferait changer Spencer. Elle avait espéré que cela serait suffisant pour qu'il fasse le nécessaire pour se remettre sur le droit chemin.

Mais, alors qu'elle se souvenait de leur bref appel télé-phonique cet après-midi-là, elle sut qu'il n'avait pas du tout changé depuis qu'elle était partie.

— Salut, sœurette. C'est ton frère préféré.

— Spencer. Comment as-tu eu mon numéro ? avait demandé Devyn.

— Fred me l'a donné. Je suis déçu que tu m'évites, avait dit Spencer.

— Qu'est-ce que tu veux ?

— Ah, tu vas droit au but. Ça te ressemble bien. J'ai besoin d'un prêt.

L'estomac de Devyn s'était serré.

— Non.

— Allez, sœurette. Je sais que tu es la seule sur qui je peux compter.

— J'ai dit non. Tu ne m'as pas remboursé l'argent que tu m'as déjà emprunté.

— Mais c'est différent cette fois, avait gémi Spencer.

— *Ce n'est* jamais *différent ! lui avait rétorqué violemment Devyn. Tu penses toujours que cette fois, tu vas gagner le gros lot, mais ça n'arrive jamais ! Tu dois arrêter de jouer et prendre sérieusement ta vie en main.*

— *Comme toi ? avait dit Spencer avec mépris. Tu t'appuies tout le temps sur quelqu'un d'autre. Tu es pathétique.*

— *Ne m'appelle plus, avait répliqué Devyn aussi fermement que possible.*

— *Je suis désolé, avait rapidement répondu Spencer en essayant de l'apaiser. J'ai demandé de l'argent à Maman, mais elle n'en a plus.*

— *Tu as demandé de l'argent à Maman et Papa ? s'était indignée Devyn.*

— *Il le fallait ! J'allais être mis à la porte de mon appartement.*

— *Je parie que tu n'en as pas demandé à Fred, pas vrai ?*

— *Non. Il ne m'en donnerait pas, même si je le faisais. Et Mila et Angela n'en ont pas assez, avec tous leurs enfants. Tu es mon seul espoir.*

— *Je te le répète : non ! avait dit Devyn avec fermeté. Je ne te donnerai plus d'argent.*

— *Tu es ingrate, après tout ce que nous avons sacrifié pour toi quand tu étais malade, avait renchéri Spencer avec colère. Tu as gâché mon enfance ! Tu m'en dois une.*

Devyn avait raccroché le téléphone sans ajouter un mot.

Elle voulait parler du problème de jeu de Spencer, mais elle ne pensait pas que qui que ce soit comprendrait à quel point il s'était aggravé. Elle avait donné de l'argent à son frère la première fois qu'il le lui avait demandé. Il n'avait demandé que vingt dollars par-ci ou cinquante dollars par-là. Ce n'était pas grand-chose. Puis, les montants avaient commencé à augmenter. La dernière fois, elle lui avait donné cinq cents dollars parce qu'il avait dit que sa voiture allait être saisie. Elle avait eu de la peine pour lui.

Devyn avait découvert qu'il avait tout perdu au jeu à chaque fois, dans l'espoir de gagner le « gros lot ».

La dernière fois qu'elle avait vu Spencer, il lui avait fait peur. Il s'était énervé parce qu'elle n'avait plus voulu lui donner d'argent...

Quand elle avait déménagé, elle avait menti à tout le monde. Son patron ne lui avait pas fait du charme. Il ne l'avait pas poussée et il ne lui avait pas fait le bleu que Kinley avait vu quand elle l'avait aidée à emménager dans cet appartement.

C'était la faute de son *frère*.

Elle avait trop honte pour admettre que c'était un membre de sa famille qui lui avait fait du mal. Et Fred, toujours affectueux, perdrait la tête s'il découvrait la vérité.

Il valait mieux qu'elle se taise. Elle ne voulait pas être la raison pour laquelle sa famille se briserait pour de bon. Leurs parents avaient failli divorcer quand elle était jeune parce qu'ils avaient eu du mal à gérer le stress provoqué par sa maladie. Elle ne supporterait pas le fait que tout le monde prenne parti et cesse de se parler à cause d'elle.

C'est pourquoi elle ne pouvait rien dire à Lucky. Il parlerait à Fred de ce qu'il se passait et cela anéantirait leur famille. Elle ne pouvait pas leur faire une chose pareille. Pas après tout ce qu'ils avaient subi pendant sa maladie. Elle devrait juste continuer de garder ses distances pour éviter toutes les questions sur ce qu'il se passait. Spencer finirait par comprendre le message qu'elle ne financerait plus ses habitudes.

Mais à présent, une partie d'elle doutait vraiment que cela arrive... car des mois et des mois s'étaient écoulés et il l'appelait encore pour lui soutirer de l'argent. Avant de quitter le Missouri, elle lui avait annoncé clairement qu'elle n'était pas sa banque personnelle, mais il n'avait pas abandonné.

C'est pourquoi elle savait que rester au Texas, près de Fred, n'était pas une bonne idée, car elle s'attacherait trop et elle ne voudrait plus partir. C'était déjà le cas. Elle ne voulait pas abandonner ses nouveaux amis. Elle voulait connaître les bébés d'Aspen et de Riley. Aspen accoucherait deux mois plus tard et Riley le ferait peu après. Et Logan et Bria, le neveu et la nièce d'Oz, étaient tellement mignons ; elle adorait passer du temps avec eux.

Elle avait reconstruit sa vie là et même si elle savait que ce n'était pas une bonne idée, elle n'avait vraiment pas envie de partir.

Et puis, il y avait Lucky.

À point nommé, il demanda :

— Dev ? À quoi est-ce que tu penses si fort dans ton coin ?

C'était vraiment un type bien et ce n'était pas la première fois que Dev souhaitait que sa vie soit différente.

— À rien, répondit-elle doucement.

— Tu sais, le fait de parler de tes ennuis les rend souvent moins effrayants et accablants, dit-il.

Devyn rit.

— Je ne savais pas que tu étais aussi sensible.

Lucky sourit. Et l'estomac de Devyn fit des sauts périlleux en le voyant sourire.

— Je ne le suis pas. Et c'est vrai. Peut-être que parler de ce qui ne va pas n'est pas une mauvaise chose. Tu sais que ton frère, le reste de l'équipe et moi ferons tout ce qu'il faut pour vaincre tes dragons.

— Je sais.

C'était vrai. Mais le dragon du proverbe qui devrait peut-être être tué était son propre frère. Et celui de Fred. Elle ne pouvait pas le faire.

— Réfléchis-y, lui proposa Lucky. Je ne vais pas insister… ce soir. Mais tout un tas de personnes t'aiment et s'inquiètent pour toi. Personne ne peut s'en prendre à l'un des nôtres. Et ça compte pour toi.

Ses mots étaient adorables et terrifiants à la fois.

— Merci.

— De rien.

— Je suis un peu fatiguée, mentit Devyn.

Elle voulait que Lucky sorte de son appartement avant de céder et de tout lui raconter.

— D'accord. Je vais partir.

— Tu as besoin que je t'appelle un Uber ? demanda-t-elle.

— Non. Je vais appeler Grover. Je sais qu'il sera inquiet pour toi.

— Mais il est encore à la fête, protesta Devyn.

— Ça ne le dérangera pas. Il sera probablement ravi de s'éloigner de tout ce bonheur et de ces tourtereaux un moment, dit Lucky en souriant et en se levant du canapé.

— Est-ce que c'est pour ça que tu es parti ? fit Devyn avec un sourire en coin.

— Non. Je suis parti parce que tu avais besoin de moi.

Puis, il surprit Devyn en se penchant et en l'embrassant sur la tête.

— À bientôt, dit-il en lui adressant un long et profond regard.

Puis, il se dirigea vers la porte.

— Qu'est-ce que c'était que ça ? murmura Devyn quand elle fut à nouveau seule chez elle.

Mais elle le savait. Si elle ne se trompait pas, Lucky en avait assez qu'elle le rejette.

Elle avait vu de ses propres yeux que quand un Delta prenait une décision à propos d'une femme, il était déterminé à faire tout ce qu'il fallait pour gagner son cœur.

Elle ignorait si elle était ravie à l'idée que Lucky lui coure après ou si elle était morte de peur.

CHAPITRE DEUX

— Est-ce qu'elle va bien ? demanda Grover en guise de salutation quand Lucky monta dans sa Jeep Grand Cherokee devant l'immeuble de Devyn.

— Elle va bien, lui dit Lucky.

— Est-ce qu'elle t'a dit ce qu'il se passe ? s'enquit Grover.

— Non.

— Merde. Pourquoi ?

Lucky se tourna vers son ami.

— J'ai une question pour toi.

Grover sortit du parking et dit :

— Je t'écoute.

— Comment est-ce que tu réagirais si ta sœur me disait quelque chose et me demandait de le garder entre nous ?

Lucky vit la mâchoire de Grover se serrer.

— Ça ne me plairait pas du tout.

— Oui. C'est ce que je lui ai dit quand elle m'a posé la question, dit Lucky. Je ne te cacherai jamais quelque chose d'aussi important que le bien-être de ta sœur. Tu es l'un des meilleurs amis que j'ai jamais eus et je n'ai pas l'intention de te cacher quoi que ce soit. Je ne sais pas ce qu'il se passe et elle n'a pas voulu me le dire, mais il est évident que c'est en lien avec ton frère. Je pourrais être à côté de la plaque, mais je pense qu'elle ne veut pas faire de vagues dans la famille.

Grover soupira.

— Oui, elle évite les appels de mes parents depuis un moment maintenant. Quand Spencer m'a demandé son numéro, je le lui ai donné en espérant qu'ils pourraient régler leurs problèmes. J'ai l'impression que ça a mal tourné, non ?

— Pour information, elle a dit qu'elle n'était pas malade et qu'elle n'était pas en danger, précisa Lucky.

— Ça me rassure un peu. Mais comme elle a été malade pendant si longtemps, elle ne veut pas que les gens s'inquiètent pour elle. Elle pourrait s'être cassé le bras et prétendre que ce n'est qu'une égratignure.

Lucky hocha la tête.

— J'en ai assez de tourner autour du pot, confia-t-il à Grover.

— Bien, répondit son ami sans hésiter. Je te l'ai déjà dit et je le répète. Si Devyn était en couple avec toi ou Doc, je serais fou de joie.

— Elle ne va *pas* coucher avec Doc, grogna Lucky.

Grover rit.

— Effectivement.

Puis, il devint sérieux.

— J'ai déjà l'impression que tu es mon frère, mais si tu l'étais légalement, je serais absolument ravi. Et si tu peux découvrir ce qu'il se passe avec Devyn et raviver la flamme dans ses yeux, je te serai redevable pour toujours.

— J'ai vraiment l'impression que je dois le dire…, déclara Lucky.

— Oui ?

— Pour le moment, je suis l'ami de Devyn. Et en tant

que tel, je ne vois pas d'inconvénient à te dire ce qu'elle me raconte. Mais si les choses deviennent sérieuses entre nous, ça ne pourra pas continuer comme ça. Dev et moi déciderons ensemble si elle veut que tu saches quelque chose ou pas, mais je ne vais pas te révéler tout ce qu'il se passera dans nos vies.

Grover resta silencieux un moment. Puis il dit :

— Je respecte ça. C'est difficile pour moi de voir Devyn autrement que comme la petite sœur que je dois protéger, mais c'est une adulte.

Lucky acquiesça d'un air soulagé. Il ne voyait pas d'inconvénient à donner des informations pertinentes sur la santé et le bien-être de Devyn à Grover à ce moment-là, mais il aurait l'impression de trahir sa confiance s'il en disait trop, s'ils en venaient un jour à être en couple. Et il en avait envie. Il voulait qu'elle lui fasse confiance... et il voulait pouvoir considérer Devyn comme sienne.

Il le voulait presque depuis le jour où il avait posé les yeux sur elle.

Les deux hommes restèrent silencieux tandis que Grover conduisait jusqu'à la maison d'Oz. Quand ils arrivèrent, Grover s'arrêta à côté du pick-up GMC Sierra de Lucky.

— Je pensais que tu ne serais pas d'humeur à retourner à l'intérieur, dit-il en éteignant le moteur.

— Je me sens coupable, mais oui, je dois penser à ce que je dois faire, avoua Lucky. Si tu parles à Spencer ou à tes parents, dis-leur de laisser Devyn tranquille un moment. Elle a besoin d'espace. J'ai l'impression qu'elle est sur le point de prendre ses jambes à son cou.

— Qu'est-ce que tu veux dire ? demanda Grover, l'air inquiet.

— Elle n'a pas défait ses valises. Pas vraiment, dit Lucky.

— *Tu plaisantes* ?

— Non. Il y a des boîtes partout chez elle.

— Mais nous l'avons aidée à déménager il y a un an.

— Nous avons amené les cartons, mais nous ne sommes pas restés pour vérifier qu'elle les vidait.

— Merde.

— Si Spencer lui met la pression à propos de ce qu'il veut qu'elle fasse, je crois qu'elle va partir.

Grover se tourna vers Lucky.

— Elle m'a manqué. J'aime tous mes frères et sœurs, mais Devyn et moi étions très proches en grandissant. J'ai détesté le fait qu'elle tombe malade et j'ai passé tout le temps que je pouvais avec elle. Je ne voulais même pas jouer avec mes amis, je ne pensais qu'à la tristesse que je ressentirais si elle mourait. Alors je suis resté collé à elle. Même quand elle est entrée en rémission, nous étions encore proches. Nous avons quatre ans de différence, mais nous aurions aussi bien pu être des jumeaux. Je suis ravi qu'elle soit là. Elle est devenue une femme incroyable et je l'aime tellement. Je ne veux pas qu'elle parte.

— Moi non plus, dit Lucky. Et je vais faire tout ce qui est en mon pouvoir pour la faire rester. Mais si Spencer n'arrête pas de l'appeler, elle pourrait décider de partir pour ne pas t'impliquer dans ce qu'il se passe.

— D'accord. Je vais lui parler, proposa Grover.

— Bien.

— Est-ce que je peux te donner un conseil ? demanda Grover à Lucky.

— Oui, s'il te plaît.

— Adopte un animal. Un chien, un chat, une chèvre. Peu importe. Va au refuge et choisis l'animal le plus malade qu'ils aient. Puis, demande des conseils à Devyn pour garder la pauvre bête en vie. Tu l'auras dans la poche.

— Je ne suis pas sûr de vouloir la manipuler comme ça, dit Lucky en fronçant les sourcils.

— Ma sœur adore les animaux. Elle les aime plus que les humains. Elle ne pourra pas résister à l'envie de vouloir t'aider à en soigner un. Ça te donnera une ouverture.

— C'est quand même de la manipulation.

— Dis-moi que tu ne veux pas adopter un chien, rétorqua Grover.

Lucky soupira. C'était ça, le problème des meilleurs amis. Ils vous connaissaient mieux que vous-même.

— Tu sais que c'est le cas. Nous avions toujours des animaux quand j'étais petit. Mais ce n'est pas juste, vu que nous partons toujours en mission.

— Si Oz peut confier son neveu et sa nièce aux mains compétentes de Gillian quand nous partons, je crois que tu pourras confier un animal ou deux à Gillian, Kinley, Aspen ou Riley. Tu sais qu'elles seront heureuses de t'aider.

Lucky le savait. Et il devait admettre que l'idée de Grover était judicieuse... Même si elle semblait un peu sournoise.

Comme s'il lisait dans ses pensées, Grover ajouta :

— Écoute, j'aime ma sœur. Mais elle est sacrément têtue. Fais ce que tu as à faire. Et je ne sais pas comment te remercier de ne pas vouloir me cacher quoi que ce soit, mais si tu dois me promettre de te taire pour qu'elle t'avoue ce qui ne va pas... Ça me convient. Tout ce que je te demande, c'est que tu me le dises si sa vie est en jeu.

— D'accord, acquiesça immédiatement Lucky.

Il ne voulait rien cacher à son ami, mais si le sujet revenait sur la table avec Dev, il lui parlerait de leur conversation. Quelque chose l'ennuyait et il voulait désespérément savoir de quoi il s'agissait. Pas pour régler le problème à sa place, mais pour l'aider à trouver une solution. Ensemble.

— Je me demande quels sont les horaires du refuge, s'interrogea-t-il à voix basse.

Grover rit et lui donna une tape sur l'épaule.

— C'est la bonne mentalité ! Et pour information, il est hors de question que tu aies un mariage au palais de justice. Mes parents auraient une crise cardiaque. Mila et Angela se sont mariées dans l'église de notre famille dans le Missouri et c'est là qu'ils voudront que Devyn épouse aussi l'amour de sa vie.

— Tu brûles un peu les étapes, non ? demanda Lucky tandis qu'ils sortaient de la Jeep.

— Je ne pense pas. Le type qui finira avec ma sœur aura beaucoup de chance... et tu es le type le plus chanceux de l'équipe. Si quelqu'un peut la faire tomber amoureuse, c'est bien toi.

— Merci.

La confiance et l'approbation de Grover comptaient beaucoup pour Lucky.

— Elle est pénible, mais elle s'attache plus que quiconque, poursuivit Grover. On se voit à l'entraînement demain matin. C'est une bonne chose que nous n'ayons pas à travailler le reste de la journée, tu pourras aller au refuge.

Lucky secoua la tête tandis que son ami riait et il retourna vers la maison d'Oz, où la fête continuait.

Grover lui avait donné de bons conseils et Lucky était soulagé que son ami le soutienne à ce point pour qu'il entame une relation avec Devyn. Le cas contraire ne l'aurait pas arrêté, mais cela rendait la situation plus facile. Il n'aimait pas l'idée de cacher des choses à Grover, mais il improviserait. Si Grover faisait sa part et qu'il parlait à son frère, peut-être que Devyn se détendrait. Le temps le lui dirait.

En attendant, il ferait tout ce qu'il fallait pour que Devyn lui fasse confiance et pour qu'elle voie qu'il était un homme sur qui on pouvait compter. Sur qui *elle* pouvait compter.

CHAPITRE TROIS

— Que puis-je faire pour vous ? demanda une femme quand il entra dans le refuge le lendemain matin.

Lucky n'arrivait pas à croire qu'il faisait une chose pareille, mais Grover avait raison. Avoir des animaux de compagnie lui avait manqué. Il avait grandi dans une ferme au nord de l'État de New York et il y avait eu des chiens, des chats, des cochons, des furets, des chèvres et d'autres animaux poilus. Il se souvenait même d'un été où ses parents avaient décidé d'essayer de sauver un veau orphelin et il avait vécu à l'intérieur de la maison pendant trois mois avant d'être si grand qu'ils avaient dû le faire dormir dans la grange.

— J'aimerais adopter un animal, lui dit Lucky.

— Super ! s'exclama la femme guillerette. Est-ce que vous savez quel genre d'animal vous voulez ?

— Un chat, je pense. Je voyage pour le travail et je pense qu'un chat sera plus facile à confier à quelqu'un en mon absence.

— C'est vrai. Cela dit, les chats se sentent aussi seuls que les chiens. Certaines personnes pensent qu'on peut laisser un chat seul à la maison avec un peu d'eau et une grande gamelle d'eau sans problème. Mais ils ont besoin d'interactions sociales aussi.

— Oh, je ne le laisserai pas seul, dit Lucky. Je demanderai à un ami de venir tous les jours.

— D'accord, très bien. Est-ce que vous voulez un chaton ? Un chat plus âgé ? De quelle couleur ? Nous avons beaucoup de chats noirs. Malheureusement, les gens croient encore au mythe qui dit que les chats noirs portent la poisse.

— Je ne sais pas trop ce que je cherche, admit Lucky. Je pensais voir ce que vous avez et décider sur place.

— Pas de problème. Généralement, nous demandons aux adoptants de remplir des documents une fois qu'ils ont trouvé leur boule de poils. Si vous voulez bien me suivre, je vous montrerai où sont les chats et vous pourrez prendre le temps de voir si l'un d'eux vous *chat*-rme !

Lucky s'empêcha à peine de sourire face aux tentatives d'humour de la femme. Il la suivit vers une porte à gauche de la réception. Ils dépassèrent plusieurs salles vides, des espaces où les adoptants potentiels pouvaient passer du temps avec un animal pour s'assurer d'être compatibles.

Plus il y avait pensé la veille, plus il avait été certain de vouloir adopter un animal. Il savait que Grover l'avait suggéré en plaisantant, mais Lucky était enthousiaste à l'idée de choisir un chat.

La femme ouvrit une porte et les aboiements de chiens assaillirent immédiatement ses oreilles. Encore une raison d'adopter un chat : ils n'aboyaient pas comme des fous et ils n'agaçaient pas les voisins.

L'employée sourit aux animaux en le guidant le long d'un rang de chenils occupés par des chiens. Chaque chenil mesurait un mètre quatre-vingts sur un mètre vingt. Il y avait des couvertures dans la plupart d'entre eux, ainsi que des jouets et des gamelles de nourriture et d'eau. Une clôture grillagée était placée devant les chenils et des portes menaient à chaque espace. La plupart des chiens bondirent contre le grillage et aboyèrent Lucky. L'employée passa devant eux.

Ils étaient sur le point d'entrer dans une autre pièce et Lucky vit qu'elle contenait des piles de cages où vivaient des chats quand quelque chose attira son attention.

Lucky se retourna et regarda un chenil qui lui sembla vide au début. C'était un mouvement au fond de l'enclos qui avait attiré son regard. Un chien marron et hirsute était blotti dans un coin au fond. Il vit des yeux marron foncé le regarder d'un air méfiant. Il n'aboyait pas. En réalité, la pauvre bête tremblait et avait l'air d'espérer qu'il continuerait son chemin aussi vite que possible.

— Monsieur ? s'enquit la femme.

Lucky pointa le chien du doigt.

— Quelle est son histoire ?

— C'est une femelle. Un employé d'une équipe de démolisseurs nous a appelés pour elle. Elle vivait dans une maison abandonnée qui devait être rasée. Heureusement, ils l'ont trouvée avant. Nous avons dû l'endormir pour la capturer. Elle est très sensible, presque sauvage. Nous pensons que c'est peut-être un croisé terrier et retriever.

Puis, Lucky aperçut quelque chose qu'il n'avait pas remarqué au début. Une paire d'yeux plus petits le regardait entre les pattes de la chienne.

— Est-ce que c'est… un chat ? demanda-t-il.

— Oui. On les a trouvés ensemble. La chienne protège son amie. D'après ce que nous savons, la chienne a eu des petits et les chiots n'ont pas survécu. Elle a probablement trouvé le chaton et, comme elle avait encore du lait et que ses chiots lui manquaient, elle a adopté le chat.

Le cœur de Lucky fondit.

— Nous n'avons pas vraiment réussi à les socialiser, cela dit. La chienne n'a pas pris confiance. Elle a dû être mise sous sédatif pour que nous puissions l'examiner et le chat a miaulé pitoyablement pendant toute l'absence de sa compagne. Malheureusement, ils sont sur la liste des animaux à euthanasier cette semaine. Même si nous aimerions sauver tout le monde, ils doivent être adoptés ensemble et à cause de leurs craintes, il est peu probable que ça arrive.

— Je vais les prendre, dit Lucky sur un coup de tête.

La femme sourcilla.

— Quoi ?

— Je vais les adopter ensemble.

— Oh, euh... Je croyais que vous vouliez un chat ?

— Oui, mais je ne suis pas opposé à l'idée d'avoir un chien. Et ces deux-là sont sûrement les animaux qui ont le plus besoin d'être adoptés ici.

— Mais nous ne sommes même pas allés voir les chats, dit la femme, l'air perdue.

Lucky se retourna pour lui faire face et inclina la tête sur le côté.

— Est-ce que vous essayez de me convaincre de ne *pas* les adopter ? demanda-t-il.

— Non, pas vraiment. Mais nous ne connaissons même pas tous leurs besoins vétérinaires. Et cette chienne ne va pas être le meilleur des animaux de compagnie. Elle a été seule trop longtemps. Elle ne fait confiance à personne.

— Est-ce qu'elle a un nom ? La chienne, je veux dire, répliqua-t-il.

— Pas officiellement. Mais le personnel l'appelle Lucky.

Lucky sourit. Pourquoi n'était-il pas surpris ?

— Je vais devoir vous donner quelques documents à

remplir, lui dit-elle, l'air encore dubitative. Si vous voulez bien me suivre...

— Est-ce que je peux entrer dans le chenil ? questionna Lucky. J'aimerais voir s'ils peuvent s'habituer à moi au moins un peu, pour essayer de faire en sorte que le transport jusque chez moi soit un peu moins traumatisant.

La femme sembla sceptique.

— Eh bien, ça va à l'encontre de notre politique, dit-elle, laissant sa phrase en suspens.

— Est-ce que vous pourrez les faire passer dans une des salles de visite sans qu'ils paniquent ? demanda Lucky.

Elle sembla mal à l'aise face à cette question.

— Je ne vais pas les laisser sortir. Je veux juste qu'ils s'habituent au son de ma voix.

Lucky n'était pas sûr que ce soit possible, avec le boucan des chiens qui aboyaient autour d'eux, mais il ne voulait pas traumatiser les deux animaux en les faisant sortir du chenil et en les obligeant à entrer dans une pièce étrange. Pour le moment, cette pièce était tout ce qu'ils connaissaient.

— D'accord. Et vous pouvez changer d'avis à tout moment, lui dit-elle.

Cela n'arriverait pas. Cependant, il fut soulagé de pouvoir se présenter aux nouveaux membres de son foyer sur leur territoire et il hocha la tête à l'intention de l'employée.

Elle ouvrit la porte du chenil et Lucky entra.

— Rebecca ? appela une femme depuis la réception. Je suis débordée. Est-ce que tu peux venir m'aider ?

La femme qui l'avait accueilli, Rebecca, le regarda d'un air incertain.

— Tout ira bien, lui dit Lucky. Prenez votre temps. Je vais rester là avec mes nouveaux amis.

— D'accord. Je reviens dans un instant.

Lucky opina du chef et elle retourna dans le couloir en direction de la réception.

Lucky poussa un soupir de soulagement. Il n'était pas sûr de pouvoir gagner la confiance des deux animaux, mais il était ravi de ne pas avoir de public pendant qu'il essayait. Il s'assit sur les fesses contre la porte, puis il se mit sur le ventre, les jambes pliées pour tenir dans le petit espace. Il posa son menton sur ses mains et regarda la chienne à l'air pathétique et le chat avec lequel elle s'était liée d'amitié.

— Salut, dit-il doucement. Je m'appelle Lucky. Je sais que les gens t'ont appelée comme ça ici, mais ce serait déroutant qu'on ait le même nom. Et même si tu as vraiment eu de la chance, je crois que quelque chose de plus féminin t'irait mieux. Qu'est-ce que tu dirais de Gretta ?

La chienne ne sourcilla même pas.

— Non ? Oui, peut-être pas. Abby ? Belle ? Charlie ? Nikki ? Pepper ?

Lucky savait que certaines personnes penseraient qu'il était ridicule de demander à une chienne comment elle voulait s'appeler. Mais quand il avait été plus jeune, il avait toujours été chargé de donner un nom aux animaux de sa famille et il avait pris cette tâche très au sérieux. Il pensait que les animaux le lui indiqueraient s'ils aimaient les noms qu'il choisissait.

— Layla ? Trixie ? Ginger ? Angel ?

À la seconde où il prononça le mot « Angel », les oreilles de la chienne se dressèrent en avant et elle leva légèrement la tête.

— Angel, hein ? Ça te plaît ? demanda Lucky.

Bien entendu, la chienne ne lui répondit pas avec des mots, mais il vit le bout de sa queue s'agiter légèrement.

— D'accord, Angel. Voilà le marché. Tu vas rentrer à la maison avec moi, aujourd'hui. Toi *et* ton ami. Je vis dans une maison mitoyenne et il y a beaucoup de place pour vous. Je sais que vous avez eu peur dernièrement, mais à partir de maintenant, vous serez en sécurité. Je ne vous ferai pas de mal et vous aurez beaucoup de nourriture et d'eau. Je ne sais pas ce qui vous est arrivé auparavant, mais une toute nouvelle vie vous attend maintenant. Une vie où vous n'aurez pas à craindre que votre maison soit démolie alors que vous êtes encore à l'intérieur.

Angel continua de le fixer du regard, comme si elle comprenait tout ce qu'il disait.

Lucky se déplaça lentement, allongé par terre. Il ne regardait plus Angel ou le chat, il tendit les mains vers eux, les paumes ouvertes. Il continua de parler de tout et de rien. Il parla de son équipe et de leurs femmes à ses nouveaux amis. Il leur parla de Devyn et du fait qu'elle était craintive aussi et il leur dit qu'il espérait gagner sa confiance.

Lucky voulait juste que les deux animaux s'habituent au son de sa voix. Il voulait qu'ils comprennent qu'il n'allait pas leur faire de mal.

Il ignorait combien de temps il était resté allongé par terre, mais quand il sentit un museau froid contre ses doigts, il ne bougea pas d'un millimètre.

Il continua de parler, disant à Angel que c'était un bon chien, qu'elle avait été une mère fantastique pour le chaton. Il sentit le museau de la chienne renifler un peu plus ses paumes... puis le poids de sa tête se posa sur les doigts d'une de ses mains.

Lucky sourit. Il bougea la tête sans la relever et il vit qu'Angel s'était déplacée pour être un peu plus près de lui. Ses yeux marron foncé étaient rivés sur lui et elle avait posé sa tête dans sa main.

— Ça te plaît, ma fille ? demanda-t-il.

À l'aide de son pouce, il caressa délicatement le côté de

son museau. C'était le seul endroit qu'il puisse atteindre. Étonnamment, Angel ne bougea pas.

Le chat, qui avait été blotti entre les pattes d'Angel, sembla vouloir une partie de ce que sa protectrice adoptive recevait et elle s'approcha doucement aussi. Sa tête se heurta à l'autre main de Lucky et il sourit à nouveau.

La chatte semblait en aussi mauvais état qu'Angel. Sa fourrure fauve était emmêlée à certains endroits, mais elle avait les plus beaux yeux verts qu'il ait jamais vus.

— Salut. Je ne sais pas si tu es un mâle ou une femelle, mais tu fais preuve de beaucoup de courage, pas vrai ? Et regardez-moi ces longues moustaches, dit-il. Et si je t'appelais Whiskers ? Qu'est-ce que tu en penses ?

Le chat frotta de nouveau sa tête contre ses doigts, exigeant des caresses. Lucky n'osa pas éclater de rire, de peur d'effrayer ses nouveaux amis. Il se plia aux demandes du chat et utilisa ses doigts pour lui caresser la tête autant que possible dans sa position. Il vit que le chat était plus vieux qu'il ne l'avait pensé au début. De toute évidence, les deux animaux avaient vécu ensemble bien plus que quelques semaines.

— Alors, Angel et Whiskers, vous croyez que ça vous plairait de rentrer à la maison avec moi ? Je peux vous promettre une chose, ce sera bien plus calme qu'ici.

Whiskers commença à ronronner légèrement. Lucky sentit les vibrations sur ses doigts et Angel ferma les yeux, la tête posée sur sa main.

Trente minutes plus tard, Rebecca apparut devant le chenil. Elle fixa Lucky d'un air incrédule.

Il avait changé de position et à présent, il était assis en tailleur. Angel et Whiskers étaient sur ses genoux. La chienne pesait probablement neuf kilogrammes et le chat ne devait pas en peser plus de deux et demi, d'après lui.

Quand il s'était redressé, les animaux étaient retournés dans le coin. Lucky avait tiré la couverture dans l'autre coin, sur ses genoux, et il avait continué de leur parler à voix basse et avec calme.

Whiskers avait été la première à bouger. Elle s'était rapprochée de Lucky et elle avait fini par monter sur la couverture, sur ses jambes. Angel était bouleversée et elle avait rapidement rejoint son amie, voulant probablement la protéger. Mais après quelques minutes, et quelques caresses, elles s'étaient détendues.

— La vache, dit Rebecca d'une voix douce. Si je ne le voyais pas de mes propres yeux, je n'y croirais pas.

Lucky sourit.

— J'ai un don avec les animaux, lui dit-il.

— Oui, je vois ça, rétorqua-t-elle. Vous croyez que vous pourriez les soulever ? Ou est-ce qu'ils vont paniquer ?

— Je ne suis même pas sûr de pouvoir me lever, admit Lucky. Je crois que mes jambes sont engourdies.

Ils se sourirent.

— Mais oui, je crois que je pourrais probablement les porter.

— Nous avons une caisse dans laquelle vous pouvez les mettre pour les transporter jusque chez vous, dit Rebecca. Je vous demande juste de la ramener ; nous avons besoin de tout le matériel possible.

— Pas de problème, assura Lucky.

Trente minutes plus tard, il était dans sa Sierra avec deux animaux très apeurés à l'intérieur d'une caisse de transport placée sur la banquette arrière. Lucky soupira. Il ne s'était pas bien organisé. Il avait besoin de nourriture, de paniers, de laisses et de colliers. Il avait imaginé qu'il choisirait un chat, qu'il passerait rapidement au magasin sur le chemin du retour et qu'il aurait tout ce qu'il lui fallait. Mais il était hors de question qu'il emmène Angel et Whiskers dans un commerce et il n'avait pas non plus l'intention de les laisser seules dans son pick-up,

Les deux animaux avaient terriblement besoin d'un bain et ils devaient être auscultés pour vérifier qu'ils étaient en bonne santé. Le refuge les avait vaccinés et les avait stérilisés, mais il était quand même inquiet pour leur santé générale.

— Ne vous inquiétez pas. Je vais appeler quelqu'un, mais elle est gentille. Elle va vous adorer et elle ne vous fera pas de mal.

Lucky avait envie de se moquer de lui-même. Il parlait au chien et au chat comme s'ils pouvaient le comprendre. Mais une partie de lui pensait que c'était le cas. Du moins, en théorie. Les animaux étaient très doués pour saisir les nuances de la voix humaine. Si quelqu'un était ému ou en colère, ils le savaient. Si la personne était détendue ou heureuse, ils réagissaient en conséquence.

Il cliqua sur l'option Bluetooth de sa voiture et sélectionna le numéro de Devyn. Grover lui avait dit qu'elle était en congé toute la journée.

— Allô ?

Tout chez Devyn attirait Lucky. Même sa voix rauque.

— Salut. C'est Lucky.

— Comment ça va ?

— J'ai besoin de ton aide. Mais je veux que les choses soient claires dès le début : ton frère m'a dit de faire ça pour te manipuler, pour me donner un moyen de passer plus de temps avec toi et de m'assurer que tu vas bien. Mais ce n'est *pas* de ça qu'il s'agit, dit Lucky.

Devyn rit nerveusement.

— D'accord... Ça n'annonce rien de bon.

— Je ne veux pas que Grover dise quelque chose plus

tard et que tu l'interprètes mal. Je veux dire, je ne pense pas que ce soit un secret que je veux passer du temps avec toi et que tu me plais beaucoup. Mais je n'ai pas fait ça pour t'obliger à traîner avec moi. Je veux que tu veuilles le faire parce que je te plais aussi.

— Tu me rends très nerveuse, avoua Devyn. Mais je te remercie pour ta sincérité. Et vu que nous sommes honnêtes l'un envers l'autre, j'aime déjà passer du temps avec toi, tu n'as pas à trouver des excuses.

— J'en suis ravi, dit Lucky, même s'il avait peur de lui demander si elle aimait passer du temps avec lui en tant qu'ami de son frère ou s'il était possible que les choses aillent plus loin. Il était trop poule mouillée pour aborder le sujet.

— Alors... Pourquoi est-ce que tu as besoin de mon aide ? demanda-t-elle.

— J'ai en quelque sorte adopté un chien et un chat et je n'ai rien pour eux. Pas de nourriture, pas de litière, pas de paniers. Et j'ai besoin de tout. Mais je ne veux pas les laisser seuls chez moi pendant que je sors et je ne peux pas les emmener au magasin avec moi. J'espérais que tu pourrais peut-être acheter quelques affaires et les apporter chez moi ? Et quand tu seras là, si ça ne te dérange pas, peut-être que tu pourrais leur jeter un œil pour vérifier qu'ils sont en bonne santé ?

Il y eut un long silence à l'autre bout de la ligne.

— Devyn ? Tu es toujours là ?

— Je suis là. Tu as *en quelque sorte* adopté un chien et un chat ? s'enquit-elle.

— Oui, soupira Lucky. Grover a suggéré que ça m'aiderait à entrer dans tes bonnes grâces, mais honnêtement, ça fait un moment que je pense à adopter un animal. J'ai grandi avec des animaux et maintenant que tout le monde se marie et a des enfants, nous allons passer beaucoup moins de temps ensemble en dehors du travail. Et je n'ai pas peur de le dire : je me sens seul chez moi. Alors, je pensais adopter un chat. Mais ensuite, je suis passé devant un chenil où il y avait un chien *et* un chat. Un duo uni. Ils étaient censés être euthanasiés plus tard cette semaine. Je ne pouvais pas les abandonner.

— La vache, Lucky est sentimental, murmura Devyn.

— Chut, ne le dis à personne, plaisanta-t-il.

Puis, il reprit son sérieux.

— Ils sont terrorisés, Dev. Sacrément nerveux. Ça me brise le cœur de penser à la raison pour laquelle ils ont peur des gens. J'ai réussi à gagner leur confiance au refuge, mais j'ai l'impression qu'ils vont complètement paniquer quand je les ramènerai à la maison. Je... J'ai besoin d'aide.

— Je pourrai être là dans environ quarante minutes, dit Devyn sans hésiter. Est-ce que tu as leurs dossiers ? Est-ce que le refuge leur a apporté des soins vétérinaires ?

— Oui. Elles sont stérilisées, alors ce sont des femelles. Il y a des nœuds dans leurs poils et je pense qu'elles sont en sous-poids, mais le refuge leur a fait tous les vaccins nécessaires : la rage, le parvovirus, la toux du chenil, ce genre de choses.

— D'accord, c'est une bonne chose. Tu sais que je ne suis pas vétérinaire, n'est-ce pas ? demanda-t-elle.

— Je sais, mais tu es une technicienne de soins vétérinaires très douée. Je sais que je dois les emmener à la clinique pour un examen complet, mais je ne peux pas le faire si elles sont apeurées à ce point. Elles ont besoin de temps pour se détendre. Pour voir qu'elles sont en sécurité avec moi. Pour voir que je ne vais pas leur faire de mal. Les remettre dans cette cage et les emmener pour qu'on les touche et qu'on les palpe ne vont pas les aider à me faire confiance.

— Tu es... C'est une facette de toi que je n'ai jamais vue auparavant, admit Devyn.

— Quoi ? Un agent de la Delta Force ne peut pas être inquiet pour deux animaux sans défense ? rétorqua Lucky de manière un peu plus incisive qu'il ne l'aurait dû.

— Ce n'est pas ça. C'est juste que... La plupart des gens ne s'inquiéteraient pas autant pour un chien et un chat abandonnés.

— J'ai vu beaucoup d'horreurs en mission. Des animaux maltraités des pires manières. Et je n'ai rien pu faire. Mais je pouvais faire quelque chose pour Angel et Whiskers.

— Est-ce que tu as des préférences en ce qui concerne la nourriture ou le reste ? demanda Devyn d'une voix que Lucky ne sut pas interpréter.

Il se réprimanda silencieusement pour avoir parlé d'animaux maltraités.

— Non. Cela dit, aucun des deux n'est très jeune, alors n'achète pas de nourriture pour chaton ou pour chiot. Oh, et je pense qu'un collier rose plairait à Angel. N'achète pas de laisses rétractables, elles sont très dangereuses. Et achète un harnais pour Whiskers, pour qu'elle puisse venir se promener avec nous. Je crois que ça ne lui plaira pas que j'emmène Angel se promener sans elle. Et le panier pour chien doit être très duveteux. Assez grand pour un chien de treize kilos et un chat de quatre kilos et demi, car elles sont inséparables. Elles ne pèsent pas autant pour le moment, mais je suis sûr que je vais leur donner trop à manger quand elles m'adresseront des regards pathétiques. Oh, et des jouets ! Achète des jouets durs qu'Angel pourra mâcher et d'autres en peluche. Il faudra voir si elle les détruit pour faire sortir l'appareil qui couine à l'intérieur. Et des trucs avec de l'herbe à chat pour Whiskers...

Devyn éclata de rire.

— Quoi ? s'enquit Lucky.

— Rien. Alors, tu veux que j'achète la moitié du magasin ?

Lucky gloussa.

— Je sais que je suis ridicule. Mais tu ne les as pas vues, Dev. Elles ont besoin d'être choyées plus que toutes les personnes que j'ai rencontrées depuis longtemps. Tu vas tomber amoureuse d'elles à la seconde où tu vas les rencontrer.

— J'en suis certaine, fit doucement Devyn. Bon, j'y vais. Je serai chez toi dès que possible. Mais je ne sais pas si je pourrai faire rentrer beaucoup de choses dans ma Mini Cooper. Est-ce qu'il te faut une caisse de transport ?

— Oui, je crois qu'il leur en faut une. Elles se sentiront plus en sécurité dedans. Je dois rendre au refuge celle qu'ils m'ont prêtée. Elles pourront se cacher dedans si nécessaire. Une cage en plastique, je pense. De taille moyenne. Je peux appeler Grover et un autre mec pour l'apporter s'il n'y a pas de place dans ta voiture. Il te faut *vraiment* une voiture plus grande, Dev.

— Non. J'adore ma Mini. Elle est vieille, mais elle fonctionne bien et elle n'est pas ennuyeuse, comme une berline. Je vais voir ce que je peux faire pour la caisse. Je suis d'accord avec toi pour dire que si Angel et Whiskers sont déjà nerveuses, leur donner une caisse est une bonne idée.

— Merci de m'aider, dit Lucky.

— Pas de problème. À tout de suite.

Lucky raccrocha au moment même où il s'arrêta sur sa place de stationnement devant la maison mitoyenne. Il vivait dans celle du fond, au bout d'une série de cinq maisons. Ses voisins faisaient principalement partie de familles de militaires et il n'avait jamais eu le moindre problème avec qui que ce soit. Il ignorait si Angel aboyait beaucoup, mais il espérait que ce ne serait pas le cas pour ne pas déranger ses voisins. Pour le moment, il n'avait pas entendu le moindre son sortir de la chienne, il espérait donc que ce soit bon signe pour ses futures relations de voisinage.

— Nous sommes arrivés, dit-il à ses passagères. Je sais que vous avez très peur, mais je vous promets que vos vies seront un long fleuve tranquille à partir de maintenant.

CHAPITRE QUATRE

Devyn ne voyait rien dans son rétroviseur, mais elle n'arrêtait pas de sourire. Elle n'avait jamais rencontré personne comme Lucky. Elle savait que les coéquipiers de son frère étaient des hommes bien, mais d'une certaine manière, elle s'attendait encore à ce qu'ils soient comme d'autres hommes alpha qu'elle avait rencontrés au fil des ans. Fous de sport, un peu condescendants envers les personnes qu'ils considéraient « plus faibles » qu'eux et ne permettant jamais à personne de voir ce qui pouvait ressembler de près ou de loin à un défaut.

Au lieu de cela, les coéquipiers de Grover ne ressemblaient en rien à l'idée qu'elle avait eue des soldats des forces spéciales. Ils étaient protecteurs, certes. Et ils n'hésitaient pas à tenir tête aux gens qui se comportaient mal. Mais ils étaient aussi drôles et ils n'avaient pas peur de montrer leurs émotions. Ils l'avaient accueillie dans leur cercle intime sans restriction et les bras grands ouverts, tout comme leurs petites amies, qui étaient désormais leurs femmes. De manière générale, ils étaient la principale raison pour laquelle elle n'avait pas déménagé. Son séjour au Texas était censé être court, le temps qu'elle trouve quoi faire de sa vie et l'endroit où elle voulait vivre.

Et puis, il y avait Lucky.

Elle supposait qu'elle pouvait l'appeler par son véritable prénom, Troy, mais elle avait entendu Grover parler de son équipe pendant si longtemps qu'elle avait du mal à l'appeler autrement que Lucky. Au début, elle avait supposé que son surnom lui avait été donné parce qu'il avait de la chance avec les femmes, mais Grover lui avait expliqué que c'était parce qu'il avait beaucoup de chance avec presque *tout*.

Depuis la première fois où elle l'avait vu, Devyn avait été attirée par lui, mais elle avait lutté contre cette attirance. Cependant, plus elle apprenait à le connaître, plus il était difficile de lui résister. Elle avait réussi à le maintenir à distance jusque-là, car elle savait qu'elle finirait par partir et que démarrer une relation avec quelqu'un aurait été bête.

Mais l'attirance n'avait pas diminué, bouillonnant sous la surface. Toutes ses amies l'avaient remarqué. Et après qu'il s'était assuré qu'elle rentre chez elle saine et sauve quand elle avait été bouleversée la veille, étant donné qu'il ne l'avait pas poussée à en parler... elle avait encore plus de mal à se dire qu'ils pouvaient être amis et rien de plus.

Elle avait l'impression que lorsqu'elle le verrait avec le chien et le chat qu'il venait d'adopter, elle serait foutue. Elle ne s'était pas attendue à un tel niveau de compassion, pas de la part d'un soldat des forces spéciales. C'était ridicule : même s'il faisait partie de la Delta Force, il avait quand même des sentiments. Et elle voyait bien, même au téléphone, que Lucky ferait n'importe quoi pour que ses nouveaux animaux soient à l'aise. Il les gâterait, à en juger par toutes les affaires dans sa voiture.

Comment pourrait-elle ne *pas* tomber amoureuse d'un homme qui fondait pour deux animaux abandonnés ?

En conclusion, elle ne pouvait pas ne pas tomber amoureuse de lui. Elle n'était pas prête à lui raconter tous ses secrets, mais elle avait l'impression qu'il pourrait facilement la convaincre de s'ouvrir à lui sous peu.

Parler de Spencer et de ce qu'elle avait subi dans le Missouri pourrait sonner le glas pour sa famille. Sa maladie avait déjà presque brisé le couple de ses parents. Elle n'était pas très proche de ses grandes sœurs, qui avaient admis une fois qu'elles avaient été irritées par le fait qu'elle reçoive toute l'attention quand elles étaient plus jeunes. Oh, elles allaient très bien à présent... Mais Devyn entendait encore ces commentaires au fond de son esprit qui lui disaient qu'elle était un fardeau pour tout le monde, qu'elle était la source de trop de problèmes.

Et si elle se confiait à Grover, tout le monde prendrait parti et les choses se termineraient en désastre. C'était à *elle* de se taire. Si Spencer ne se faisait pas aider, c'était son problème. Elle en avait assez d'être là pour lui.

Quand elle entra dans le parking de Lucky, elle se gara sur la place de stationnement pour visiteurs, près du pick-up de ce dernier. Décidant de laisser tout ce qu'elle avait acheté dans la voiture pour le moment, Devyn se dirigea vers la porte.

Curieusement, sa peau semblait fourmiller. Elle n'était jamais entrée chez lui. Il lui avait envoyé l'adresse et l'avait invitée à venir un soir, quand ses coéquipiers et leurs femmes y étaient allés pour regarder un match de football américain, mais elle avait refusé. Elle avait encore été en train d'essayer de garder tout le monde à distance à ce moment-là. Pour ne pas trop s'attacher. Mais cela avait complètement échoué. Ils étaient tous passés sous le radar.

En particulier Lucky.

— Salut, dit-il en ouvrant la porte avant qu'elle ne frappe ou sonne.

Devyn sursauta sous l'effet de la surprise.

— Désolé, je ne voulais pas te faire peur. Je ne voulais pas qu'Angel ou Whiskers paniquent en entendant la sonnette ou un coup à la porte. Entre.

Chaque fois qu'il exprimait son inquiétude pour ses nouveaux animaux de compagnie, Lucky se frayait un chemin un peu plus profondément dans son cœur.

Devyn entra en regardant autour d'elle d'un air curieux. Le petit vestibule menait à une pièce ouverte. Un coin salle à manger se trouvait à droite. Lucky y avait installé une table plutôt grande, ce qui était surprenant. Il y avait huit chaises autour de la table en chêne ovale. Un ordinateur portable était ouvert et il y avait des serviettes et un paquet de chips ouvert à côté.

— Désolé, je n'ai pas eu le temps de nettoyer avant que tu arrives, lui dit Lucky, suivant son regard.

— Ce n'est rien. Tu n'as pas à nettoyer pour moi. Je suis juste la sœur de Grover.

— Tu n'es pas « juste » quoi que ce soit, répliqua immédiatement Lucky.

Devyn le fixa du regard un long moment. Elle avait envie d'ajouter quelque chose d'amusant, de sexy, mais son esprit était complètement vide. Par conséquent, elle se tourna vers l'arrière de la maison.

— Ça, c'est la cuisine. C'est ça qui m'a fait me décider à acheter cet endroit, expliqua Lucky en désignant le grand espace.

Un bar couvert de granite le coupait en deux et elle ne put s'empêcher d'être impressionnée. La personne qui avait conçu la cuisine n'avait pas lésiné sur les moyens. Le four était digne d'un restaurant et elle vit aussi un distributeur de glaçons sur le plan de travail. Le réfrigérateur était énorme, bien plus grand qu'un réfrigérateur normal. Tous les appareils étaient en acier inoxydable et l'évier était rustique, profond et il semblait fait en ciment.

Devyn n'était pas une très bonne cuisinière, mais elle aimait préparer des plats compliqués de temps en temps. Cependant, cette cuisine était un peu intimidante.

— La taille de la cuisine a empiété un peu sur le salon, mais je l'adore. Le garde-manger est énorme aussi, ce qui signifie que je peux acheter beaucoup de choses en grandes quantités et ne pas aller très souvent au magasin, précisa Lucky.

— C'est incroyable, lui dit Devyn.

Ils passèrent dans le salon confortable. Il y avait un canapé en cuir contre un mur, une bibliothèque remplie de CD et de livres et une grande table basse. Un siège inclinable complétait la pièce.

— Pas de télé ? s'étonna-t-elle.

Lucky haussa les épaules.

— J'en ai une à l'étage, dans ma chambre. Je ne regarde pas beaucoup la télé. Je préfère écouter de la musique ou lire.

Cela plaisait à Devyn. Elle était pareille.

— Viens, il faut que tu voies la terrasse à l'arrière, dit Lucky.

Devyn suivit Lucky et ils traversèrent le salon. Ils entrèrent dans une petite buanderie avant qu'il ouvre la porte du fond. Il lui fit signe de passer d'abord et Devyn resta bouche bée en sortant sur la terrasse.

Ils étaient au rez-de-chaussée, mais le terrain était légèrement en pente et elle n'avait jamais admiré une vue aussi belle. Le jardin était clôturé, mais comme le terrain descendait en pente avant de se niveler, elle voyait la nature sauvage derrière la barrière.

— Wouah ! s'exclama Devyn.

— Oui. La cuisine m'a convaincu et cette vue a consolidé ma décision. J'ai probablement trop payé pour cet endroit, mais je n'ai pas pu résister. Et comme j'ai la maison du fond, mon jardin est bien plus grand que celui des autres. Il est aussi long que large.

— C'est merveilleux. Est-ce que ça fait partie de Fort Hood ? questionna Devyn en désignant la grande étendue de terrain devant eux.

— Oui. Ce qui veut dire que personne ne peut construire un grand complexe immobilier et gâcher cette vue, dit Lucky en souriant.

Cette partie du Texas n'était pas vraiment connue pour ses belles vues, mais il avait vraiment eu de la chance avec cette maison. Elle le regarda.

— Une autre de tes trouvailles *chanceuses* ? demanda-t-elle.

Il la regarda d'un air penaud.

— Je ne peux rien y faire, j'ai de la chance. Le vendeur était anéanti à l'idée de se débarrasser de cet endroit, mais sa mère était malade en Californie et il devait y déménager pour s'occuper d'elle.

Devyn se contenta de secouer la tête.

— Viens, je vais te montrer le reste de la maison. Angel et Whiskers sont à l'étage, dans ma salle de bains, pour le moment.

Devyn hocha la tête. Elle n'arrivait pas à croire qu'elle avait presque oublié pourquoi elle était là.

— Donne-moi un instant pour aller chercher ma trousse médicale dans ma voiture. Je l'ai apportée au cas où.

Lucky la suivit jusqu'à sa Mini Cooper et il prit autant de

sacs d'affaires pour chiens et chats que possible. Il fourra un panier pour chien pelucheux et brun clair sous son bras.

— Bon choix, approuva-t-il.

Devyn sourit, soulagée. Elle avait passé trop de temps à se tracasser pour savoir quel panier acheter. Finalement, elle avait choisi celui-ci parce que le vendeur qui l'aidait l'avait recommandé. Il avait dit qu'il en avait un et que son chien dormait dedans toute la journée.

Ils retournèrent à l'intérieur de la maison et Lucky posa tout sauf le panier avant de monter à l'étage. Devyn ne put s'empêcher de fixer ses fesses parfaites du regard en le suivant. Elle espérait ne pas être en train de baver.

Il lui fit rapidement visiter les deux chambres et la salle de bains des invités fonctionnelle, mais ennuyeuse. Puis, il la mena à la chambre principale.

Devyn aurait su qu'elle était à lui sans qu'on le lui dise.

Elle fut immédiatement assaillie par son odeur. Elle était subtile, mais Devyn associerait toujours l'odeur de son gel douche avec Lucky.

Être debout dans son espace personnel était tellement... intime. Il dormait là. Il regardait la télévision. Il se masturbait probablement.

Bon sang, elle pensait à des choses étranges. Elle ne pensait jamais à ce genre de choses avec d'autres personnes. On lui avait fait visiter d'autres maisons et le sexe ne lui était jamais passé par la tête. Mais elle n'avait qu'à jeter un coup d'œil à son lit *king size* et elle ne pouvait penser à rien d'autre qu'au sexe.

Ses couvertures étaient froissées, comme s'il venait de sortir du lit...

— Dev ? demanda Lucky. Ça va ?

Elle savait qu'elle rougissait, mais elle hocha la tête.

— Oui, bien sûr.

— Elles sont là. Je sais que tu es une professionnelle, mais s'il te plaît, ne fais pas de mouvements brusques. Angel a très peur et je veux que tu lui plaises. Je pense que nous pouvons entrer, fermer la porte, et puis tu pourrais t'asseoir contre la porte et je vais m'asseoir contre le mur. La dernière fois que je les ai vues, elles étaient blotties derrière les toilettes. Nous allons juste parler pour leur donner le temps de s'habituer à nous. D'accord ?

Le cœur de Devyn fondit un peu plus. Il semblait très inquiet et stressé. Il voulait que ses nouveaux animaux se sentent en sécurité et il était évident qu'il ferait n'importe quoi pour s'assurer que ce soit le cas.

— Ça me paraît bien, lui dit Devyn.

Puis Lucky la surprit en lui prenant la main avant d'ouvrir la porte.

Il la ferma rapidement quand ils entrèrent. Devyn balaya rapidement la salle de bains des yeux : un lavabo, une baignoire qui servait aussi de douche et des toilettes. Puis, elle se concentra sur les deux boules de poils recroquevillées derrière ces dernières, tout comme Lucky l'avait dit.

— Salut, Angel. Salut, Whiskers. Ce n'est que moi. Tout va bien. Je sais que le trajet jusqu'à la maison a été stressant, mais vous êtes en sécurité ici. J'ai amené une amie. Je vous présente Devyn. C'est d'elle que je vous parlais dans la voiture.

Il marqua une pause et la regarda. Devyn ajouta rapidement :

— Salut, vous deux. J'espère que vous savez la chance que vous avez d'être avec ce type. Vous allez être gâtées. Et je suis sûre que nous allons devoir faire attention à votre poids. Je crois que Lucky va vous donner beaucoup trop de friandises.

Les animaux ne bougèrent pas de leur cachette, mais ils

ne semblèrent pas la fuir non plus. Elle prit cela comme une victoire.

— Changement de plan, lui dit Lucky. Restons assis là tous les deux, ajouta-t-il en l'attirant sur le sol à côté de lui. Angel n'a pas tressailli en entendant le son de ta voix. Je crois qu'elle la reconnaît peut-être parce que je t'ai parlé au téléphone dans la voiture.

Devyn n'en était pas sûre, mais elle laissa Lucky prendre les choses en main. Ils restèrent assis sur le sol pendant vingt minutes tandis que Lucky parlait sans arrêt à ses nouveaux animaux de compagnie. Il leur raconta que Devyn travaillait avec des animaux tous les jours et qu'elle était digne de confiance.

Il plaça le panier pour chien par terre, devant eux, et leur expliqua qu'il était bien plus doux que le carrelage dur sur lequel ils étaient assis. Devyn n'arrivait pas à croire que le chat sorte avec méfiance de l'étreinte protectrice de son amie pour l'essayer. Bien entendu, Angel ne pouvait pas laisser Whiskers s'éloigner et elle la suivit.

Peu après, elles étaient en boule dans le panier et Lucky leur caressait la tête.

— C'est hallucinant, dit Devyn.

— Quoi ?

— Tu es l'homme qui murmure à l'oreille des chiens. Ou des chats. C'est incroyable.

— Non, elles ont juste besoin d'un peu de temps pour analyser les nouvelles situations. Les précipiter ne les aide-rait pas à se sentir en sécurité. Viens là, dit-il à voix basse et avec calme.

Devyn s'approcha lentement de lui et des animaux.

— Donne-moi ta main.

Elle obéit, frissonnant légèrement quand il enlaça ses doigts avec les siens.

— Si tu as mon odeur, elles te feront plus facilement confiance.

Puis, il tendit leurs deux mains et caressa délicatement la tête de Whiskers.

— Elle est plus sociable, dit-il à Devyn. Je ne l'aurais pas imaginé, car elle se cache beaucoup dans la fourrure d'Angel, mais je crois qu'elle n'a pas été autant traumatisée par les humains. Alors elle fait plus facilement confiance. Je suppose qu'Angel a eu une vie difficile et qu'elle n'a pas été bien traitée. Mais elle suit Whiskers.

— Comment sais-tu autant de choses sur les animaux ? demanda Devyn d'une voix calme.

— J'ai grandi avec eux. Je faisais partie du 4-H, j'adoptais des animaux abandonnés, ce genre de choses, lui dit-il. Ils m'ont toujours attiré. Parfois, j'avais l'impression qu'ils me comprenaient mieux que ma propre famille.

— Est-ce que tu es proche de tes parents ?

— Oui. Je ne les vois pas beaucoup, mais j'essaie d'aller à New York pour leur rendre visite quand je peux. Ils ont de plus en plus de mal à entretenir la ferme, mais ils l'adorent.

— Une ferme, hein ? Je n'aurais pas imaginé que tu étais un garçon de ferme, le taquina Devyn.

— Je sais. Mais j'ai eu une enfance géniale. Je suis l'homme que je suis grâce à mes parents. Ils sont super. Parfois, je me sens coupable d'avoir eu la vie aussi facile quand j'étais petit. Je connais tant de gens qui avaient des difficultés.

— Tu n'as pas à te sentir coupable, lui assura Devyn.

Lucky se tourna vers elle et elle se sentit épinglée par ses yeux couleur noisette. Dans la lumière de la salle de bains, elle vit plus de marron, et pas tant le bleu qu'elle avait remarqué plus tôt dans la lumière du soleil.

— Je déteste le fait que tu aies été malade, dit-il.

Pour la première fois depuis longtemps, Devyn ne vit pas de pitié dans les yeux de quelqu'un en parlant de sa leucémie.

— Merci. Honnêtement, je ne connaissais rien d'autre. Quand j'ai eu l'âge de comprendre que les autres enfants ne passaient pas la plus grande partie de leur temps dans des hôpitaux à être examinés et palpés, j'étais habituée à cette routine. Je me sens plus coupable pour mes frères et sœurs. De bien des façons, je crois que ma maladie a été plus dure pour eux que pour moi. Ils n'ont pas eu beaucoup d'attention.

— Parle-moi de tes frères et sœurs.

Elle supposa qu'il ne parlait pas de Grover, étant donné qu'il le connaissait déjà très bien.

— Mila est l'aînée. Elle a sept ans de plus que moi. Elle est mariée à un homme super et elle vit dans le Colorado. Ils ont trois enfants. J'essaie de faire un FaceTime avec eux aussi souvent que possible, mais ce n'est jamais suffisant. Ensuite, il y a Angela. Elle a cinq ans de plus que moi. Je me souviens que je voulais passer du temps avec elle quand je n'étais pas à l'hôpital, mais j'étais trop petite et fragile. Ensuite, quand elle est entrée dans l'adolescence, elle aimait les garçons et une sœur malade était la dernière personne avec laquelle elle voulait traîner. Nous nous sommes rapprochées avec les années, mais je ne pense pas que nous serons meilleures amies un jour. Elle est mariée aussi et elle vit en Virginie avec son mari et leurs deux enfants.

— Alors, elles ont toutes les deux quitté la maison, dit Lucky.

Il avait lâché sa main et elle caressa distraitement Whiskers toute seule.

— Oui. Angela est allée à l'université à l'Institut polytechnique de Virginie à Blacksburg et Mila est allée à l'université du Colorado à Boulder. Elles ont rencontré leur mari à l'université et elles ne sont jamais parties.

— Où as-tu étudié ? demanda Lucky.

— À l'université du Missouri. Mes parents voulaient vraiment que je reste près de la maison.

— Et qu'est-ce que *tu* voulais ? s'enquit Lucky.

Devyn haussa les épaules.

— Je n'en savais rien. J'étais juste heureuse d'avoir plus de liberté qu'à l'époque où je vivais avec mes parents. Ils ont toujours été très protecteurs, et je ne peux pas leur en vouloir. Chaque fois que j'avais un petit rhume, ils paniquaient, pensant que le cancer était de retour.

— Et tu es retournée dans ta ville natale après avoir eu ton diplôme, dit Lucky.

— Oui. J'ai trouvé du travail chez un vétérinaire du coin et j'étais satisfaite.

Elle craignait que Lucky ne lui demande plus de détails. Elle craignait qu'il veuille savoir pourquoi elle avait quitté son emploi s'il lui plaisait autant et pourquoi elle était venue au Texas.

— Et Spencer ? Il a deux ans de plus que toi et deux ans de moins que Grover, c'est ça ?

Devyn hocha la tête, ravie de ne pas avoir à expliquer pourquoi elle avait quitté le Missouri... Mais elle n'avait pas très envie de parler de son frère non plus. Elle aimait le fait que Lucky n'exige pas de réponses. Il devait déjà avoir deviné que sa relation avec Spencer était tendue. Il savait que c'était Spencer qui l'avait appelée la veille et qu'elle avait quitté la fête à cause de lui. Rien que pour cela, elle avait l'impression de lui devoir une sorte d'explication.

— Spencer est allé à l'université à Rolla, dans le Missouri. Une école technique. Il n'a pas eu son diplôme. Il est revenu à la maison et il a trouvé un emploi dans une usine de mise en bouteilles du coin. Il a vécu avec Maman et Papa un moment, mais il a fini par déménager et par s'installer dans son propre logement.

Elle marqua une pause, ne sachant pas quoi dire d'autre.

— Est-ce qu'il t'en a voulu ? demanda Lucky.

Devyn grimaça.

— Oui, un peu. Je crois qu'il s'est senti perdu dans la masse. Mes sœurs aînées ont toujours été de bonnes élèves et Grover a rejoint l'armée. Tout le monde était tellement fier de lui. Et puis, il y avait moi, la petite sœur malade qui recevait toute l'attention. Il faisait beaucoup la fête au lycée et il avait des amis plutôt mauvais. Mes parents n'étaient pas contents quand il a quitté l'université, mais ils étaient heureux qu'il trouve un emploi à l'usine et qu'il semble se reprendre en main.

Elle voulait en dire plus. Mais elle ne pouvait pas le faire. Elle avait gardé ses secrets sur Spencer pendant si longtemps qu'elle avait l'impression qu'il serait mal d'en parler à présent.

— Tu peux me faire confiance, dit doucement Lucky.

Devyn sourit tandis qu'Angel frottait sa tête contre ses doigts, exigeant plus de caresses. Elle eut l'impression d'être comme ce petit animal abandonné. Un peu perdue en ce qui concernait ce qu'elle voulait faire de sa vie, nerveuse, ayant du mal à faire confiance... et elle avait tellement envie de se sentir en sécurité.

— Je sais, dit-elle après une minute.

— Je ne crois pas. Mais tu finiras par le savoir, déclara Lucky.

Puis, il changea de sujet en affirmant :

— Je crois que tu leur plais.

Whiskers ronronnait sans arrêt et Angel s'était rapprochée pour que Devyn puisse la caresser de l'autre main.

Lentement, Lucky tendit les bras et posa Angel sur ses genoux. La chienne trembla, mais ne se débattit pas. Devyn regarda l'animal dans les yeux en palpant son abdomen, vérifiant si l'incision de sa stérilisation, qui n'était pas couverte, était saine.

— Elle a l'air d'aller bien, dit Devyn à Lucky.

Il soupira de soulagement.

— Bien.

— Je veux dire, je ne suis pas vétérinaire, mais son incision cicatrise bien. Ça ne lui ferait pas de mal d'être un peu plus à l'air frais, mais de manière générale, tout va bien. Elle n'a pas les yeux infectés et elle ne tressaille pas quand j'appuie où que ce soit. Je crois qu'il lui faut juste un bon bain, de la nourriture et un peu de temps.

— Je crois que nous allons sauter le bain pour le moment. Mais le temps, je peux lui en donner.

Ils firent la même chose avec Whiskers et Devyn déclara qu'elle était aussi en bonne santé. Les deux animaux s'installèrent à nouveau dans leur panier pelucheux et soupirèrent d'exténuation, comme s'ils venaient de parcourir des kilomètres.

— Eh bien, au moins, elles ne sont pas surexcitées, dit sèchement Devyn.

Lucky gloussa.

— C'est vrai. Tu as faim ?

— Je pourrais manger quelque chose, dit Devyn.

— Super. Descendons et je vais te préparer le meilleur sandwich au fromage fondu que tu aies jamais mangé.

— Tu es terriblement sûr de toi, lança malicieusement Devyn.

— Oui, dit Lucky.

Ils se levèrent lentement et il lui prit à nouveau la main, comme s'il le faisait tous les jours.

— Je vais laisser la porte ouverte. Je vais les laisser explorer si elles en ont envie, lui dit-il tandis qu'ils traversaient sa chambre.

— Elles pourraient uriner par terre, l'avertit Devyn.

Elle savait qu'elle devrait retirer sa main, mais elle n'arrivait pas à rompre leur connexion.

Lucky haussa les épaules.

— Dans ce cas, je nettoierai.

Bon sang, cet homme était trop bon pour être vrai.

— Je les sortirai avant de manger, reprit-il. Je pense qu'il sera facile d'apprendre à Whiskers à faire ses besoins dehors. Elle fait tout ce qu'Angel fait. Je serai le seul mec à avoir un chat qui sort pour faire ses besoins. Je n'aurai peut-être pas besoin de la litière que tu m'as achetée.

Devyn rit.

— Ce serait incroyable, lui dit-elle.

— J'ai appris à un des chats que nous avions quand j'étais petit à uriner dans les toilettes, confia-t-il tandis qu'ils descendaient les escaliers.

— Sérieusement ?

— Oui. Mais ça rendait ma mère folle, parce que nous ne pouvions pas baisser la lunette pour que la chatte puisse l'utiliser. Elle aurait préféré qu'elle utilise la litière.

Il lui serra la main et tira une chaise.

— Assieds-toi. Je vais nous préparer quelque chose.

— Est-ce que je peux t'aider ?

— Non. Je m'en charge. Cela dit…

— Oui ?

— Peut-être que tu pourrais assembler la caisse ? Et retirer les étiquettes des jouets et tout ça ? demanda Lucky.

Ravie de pouvoir aider, Devyn hocha la tête et se leva, se dirigeant vers les sacs d'articles qu'elle avait achetés plus tôt.

Ils rirent et plaisantèrent tandis qu'elle se mettait au travail et que Lucky préparait les sandwichs.

Finalement, Devyn dit :

— Lucky ?

— Oui ?

— Je te remercie d'avoir été honnête avec moi quand tu m'as dit que tu raconterais à Grover tout ce que je pourrais te dire et qu'il t'a conseillé d'adopter un animal pour que je me sente obligée de venir t'aider. Quand j'étais malade, beaucoup de gens parlaient de moi derrière mon dos ou me mentaient. Ils ne pensaient pas que je pouvais entendre la vérité sur mes traitements et tout ça. Je crois qu'ils se sont habitués à me traiter comme un bébé, alors ils ont continué de ne rien me dire, même quand je me suis sentie mieux. Alors... Merci.

Lucky posa sa spatule et s'approcha de la table où elle s'était assise après avoir fini d'assembler la caisse. Il s'accroupit devant elle et posa une main sur son genou.

— Il y aura certaines choses que je ne pourrai pas te dire. Des choses en lien avec mon travail et ce que nous faisons. Mais à part ça, je te promets que je ferai de mon mieux pour ne rien te cacher. Je veux que tu me fasses confiance, Devyn. Je veux que tu saches que je te couvrirai dans toutes les situations. Ça pourrait vouloir dire que tu entendras des choses gênantes parfois, comme le fait que j'admette que l'idée de Grover avait du mérite. Mais je préfère être honnête depuis le début plutôt que de te voir découvrir que j'ai menti ou que je t'ai caché la vérité. De plus, je savais que Grover ne pourrait pas se taire. Tôt ou tard, tu entendrais parler de sa suggestion. Et la dernière chose que je voulais, c'était que tu penses que je suis sournois. Nous sommes adultes, Dev. Nous devons parler des choses qui nous ennuient ou des choses qui pourraient être effrayantes.

Le cœur de Devyn battait à toute vitesse. C'était une conversation sacrément sérieuse et elle n'avait pas vraiment voulu qu'elle soit aussi intense.

— Tu donnes l'impression que nous devrons parler de beaucoup de choses profondes à l'avenir.

— J'espère que oui, dit Lucky. Je veux mieux te connaître, Devyn. Je veux sortir avec toi. Aller à un rendez-vous. Et une partie de tout cela consiste à être honnête. J'ai des défauts, trop pour en parler maintenant, alors que j'essaie de te convaincre de me donner une chance.

Il sourit.

— Mais tu les découvriras tôt ou tard. Je veux juste que tu saches que je serai toujours à tes côtés. Si le fait que nous fassions connaissance débouche sur une relation, tu auras toujours la priorité. Ma relation avec ton frère changera, ce qui n'est pas une mauvaise chose. Nous serons toujours comme des frères et je lui confierai toujours ma vie, mais il n'aura pas le droit de savoir tout ce dont nous parlons, toi et moi.

Devyn déglutit difficilement. Elle comprenait ce qu'il voulait dire. Du moins, c'était ce qu'elle croyait. Pour le moment, il pouvait raconter à Grover tout ce qu'elle pourrait lui dire sur ce qu'il se passait entre Spencer et elle. Mais s'ils se lançaient dans une relation sérieuse, cela changerait.

Elle savait que si quelque chose de grave arrivait, comme le retour de son cancer ou un danger pour sa vie, Lucky le dirait à Grover. Mais sinon, s'ils étaient en couple, leur vie personnelle serait effectivement personnelle.

— Je...

Devyn s'éclaircit la gorge et réessaya.

— Je veux mieux te connaître aussi. Et pour information, ça ne me dérange pas que Grover sache certaines choses sur moi et sur ma vie. Nous avons toujours été proches. C'est juste que... Je ne veux pas que ce soit ma faute si les relations entre mes frères et sœurs deviennent plus difficiles qu'elles ne le sont déjà.

Lucky lui prit la main et embrassa sa paume avant de serrer ses doigts.

— Ce sont des adultes. Tout ce qu'il se passe entre les frères et les sœurs est entre *eux*. Tu n'as plus huit ans, Dev.

— Je sais.

C'était vrai. En grande partie. Mais elle ressentait encore l'obligation de ne pas faire de vagues.

— Alors, tu vas sortir avec moi ? demanda Lucky en souriant.

— Oui.

Un mot. Mais il changerait sa vie pour toujours. Elle le savait.

Pour le mieux ou pour le pire, elle allait poursuivre ce qu'elle voulait depuis des mois. Les conséquences pourraient la détruire émotionnellement, mais elle en avait assez de faire ce qu'elle pensait être le mieux pour autrui.

Et le sourire qui apparut sur le visage de Lucky fut suffisant pour qu'elle repousse ses autres problèmes au fond de son esprit.

— Bien, dit-il. Je vais aller chercher Angel et Whiskers et je vais les sortir. Ensuite, nous pourrons manger. Est-ce que tu pourrais leur préparer une gamelle de nourriture chacune et une gamelle d'eau aussi ? Je ne sais pas si elles vont manger, mais je veux essayer de les laisser au rez-de-chaussée pendant que nous déjeunons.

— Pas de problème. Je vais aussi mettre la caisse dans le coin pour qu'elles puissent nous voir, mais se sentir en sécurité dedans en même temps.

— Super idée. Nous sommes une bonne équipe, conclut Lucky.

Il hésita un moment, comme s'il voulait ajouter quelque chose, puis il se leva et se dirigea vers les escaliers.

Devyn laissa échapper le soupir qu'elle avait retenu. Elle voulait se confier à Lucky. Elle en avait terriblement envie. Mais elle ne pouvait pas le faire. Pas encore.

Avec un peu de chance, Spencer comprendrait qu'elle ne voulait pas lui parler. Qu'elle ne pouvait plus l'aider. Il devait s'aider lui-même, sinon il n'irait jamais mieux. Elle espérait juste qu'il le verrait avant qu'il ne soit trop tard.

CHAPITRE CINQ

Une semaine plus tard, pendant l'entraînement, Oz demanda :

— Alors, comment ça va entre Devyn et toi ?

Lucky s'arrêta au milieu de son exercice d'abdominaux.

— Quoi ?

— Devyn et toi. Riley était en train de parler avec elle l'autre soir et Devyn a dit qu'elle avait passé les dernières soirées chez toi. Tu as quelque chose à raconter ?

Jetant un coup d'œil à Grover, Lucky fut soulagé de voir que l'autre homme ne semblait pas irrité. Il avait dit qu'il ne voyait pas d'inconvénient à ce qu'il sorte avec sa sœur, mais il aurait pu réagir différemment face à la situation réelle.

— Vous savez que j'ai adopté Angel et Whiskers, dit Lucky à ses coéquipiers. Eh bien, j'ai demandé à Devyn de m'aider à les socialiser. Angel était presque sauvage et elle a besoin de plus d'interactions avec des êtres humains. Alors elle est venue passer du temps avec nous, pour leur montrer que tous les humains ne sont pas mauvais. Elle ne passe pas la nuit chez moi, si c'est ce que tu insinues.

— Je n'insinuais rien, dit Oz en souriant. Je me posais juste des questions.

— Pour répondre à la question que tu n'as *pas* posée, même si je sais que tu meurs d'envie de connaître la réponse, nous sortons ensemble, dit Lucky à ses amis.

— Il était temps ! s'exclama Trigger.

— Super ! déclara Doc.

— Génial ! fit Lefty.

Grover se contenta de sourire.

— Je suis content pour toi, mec, lui dit Brain. Il faut que tu saches que nous vous avons tous soutenus.

— Elle est... incroyable, avoua Lucky avec un petit sourire.

— Est-ce qu'elle t'en a dit davantage sur ce qui la travaille ? questionna Grover.

Lucky secoua la tête, se tournant pour regarder son ami.

— Non.

— Merde.

— Nous savons tous les deux que c'est lié à votre frère, Grover. Est-ce que tu as parlé à Spencer pour savoir ce qu'il se passe ? demanda Lucky. J'ai l'impression que Devyn ne veut pas bouleverser la famille. Elle a très peur de faire ou de dire quelque chose qui pourrait faire du mal à quelqu'un. Est-ce que tu savais qu'elle s'en voulait parce que vos parents ont failli divorcer quand elle était malade ?

Tout le monde avait arrêté de s'entraîner et ils écoutaient attentivement l'échange entre Grover et Lucky.

Grover passa une main dans ses cheveux et soupira.

— J'ai essayé de l'appeler, mais il ne décroche jamais. C'est frustrant, mais à part conduire jusqu'au Missouri et l'obliger à me parler, je ne peux pas faire grand-chose. Et non, je ne savais pas qu'elle s'en voulait, mais ça ne me surprend pas. Devyn se donne l'air dure à cuir, mais je crois qu'elle est très sensible, en réalité. Elle prend les choses très personnellement et elle est très consciente de ce que les gens disent ou pensent.

— Exactement, acquiesça Lucky en hochant la tête. Et ce qui la travaille est lié à Spencer. Continue d'essayer de l'appeler. Dis-lui de laisser ta sœur tranquille.

— Je le ferai, promit Grover. Est-ce qu'elle t'a parlé de son ancien patron ?

Lucky sourcilla face au brusque changement de sujet.

— Qui ?

— Le type de la clinique vétérinaire où elle travaillait dans le Missouri. Tu sais, celui qui l'a malmenée et qui lui a fait ce bleu sur le flanc ? Je sais qu'il se passe quelque chose avec Spencer, mais je pense que ce salaud pourrait aussi faire partir du problème. Elle a dit qu'il craquait pour elle et que c'est pour cette raison qu'elle a démissionné. Il pourrait continuer de la harceler.

Lucky fronça les sourcils.

— Elle ne m'a pas parlé de lui. Et s'il l'a harcelée à distance, je n'en ai vu aucun signe. Elle n'a pas reçu d'appels quand elle était chez moi et son téléphone n'a pas explosé de messages.

— Ça ne veut pas dire qu'il ne lui envoie pas d'e-mails ou qu'il ne la harcèle pas quand tu n'es pas là, dit Trigger.

— C'est vrai. Mais je ne... Je n'ai pas l'impression qu'elle a peur, assura Lucky. Je sais que ça n'a pas beaucoup de sens, mais elle n'est pas très inquiète quand elle va de ma porte à sa voiture quand il fait sombre et elle semble plutôt détendue quand nous traînons chez moi.

— J'aimerais quand même avoir dix minutes seul à seul avec ce salaud, marmonna Grover.

Lucky se souvint que Devyn avait parlé de son patron quand ils l'avaient aidée à emménager dans son appartement et il l'avait interrogée à propos du bleu sur son flanc. Il avait été très énervé à ce sujet à ce moment-là, mais elle n'avait pas reparlé de cet homme depuis. Cela ne voulait pas dire qu'il ne la harcelait pas, comme Trigger l'avait suggéré, mais Lucky en doutait. Peut-être qu'il trouverait un moyen d'aborder le sujet.

Même s'il avait adoré passer du temps avec Devyn au cours de la semaine précédente, il en voulait davantage. Il en voulait *beaucoup* plus. Il adorait qu'ils soient à l'aise ensemble, mais d'une certaine manière, il avait l'impression que leur relation jusque-là était... superficielle ? Il en avait beaucoup appris sur elle : sa couleur préférée, le fait qu'elle détestait le saut à l'élastique, mais qu'elle adorait le saut en parachute, le fait qu'elle adorait lire des thrillers et qu'elle détestait les légumes verts. Mais il ne savait rien de plus profond.

Ce qu'elle ressentait quant au fait d'avoir eu une leucémie étant petite et de l'avoir vaincue. Pourquoi elle avait décidé de travailler avec des animaux. Pourquoi on aurait dit qu'elle cachait une partie d'elle quand elle était avec Gillian et les autres femmes.

Il voulait savoir ce qui tracassait Devyn et il voulait qu'elle partage des choses avec lui qu'elle n'avait pas parta-gées avec qui que ce soit d'autre.

Il savait qu'elle appréciait le temps qu'ils passaient ensemble, mais il voulait qu'elle lui fasse assez confiance pour s'ouvrir complètement. Il voulait qu'elle lui montre toutes les parties d'elle, y compris celles qu'elle pensait être abîmées. Grover avait dit qu'elle était sensible, mais Lucky n'avait pas du tout vu cette partie d'elle. Et cela le dérangeait.

— Vous êtes prêts pour la course d'obstacles ? demanda Trigger.

Tout le monde acquiesça.

— Je crois que nous allons le faire avec tout l'équipement ce matin, les informa Trigger avec un sourire en coin.

Tout le monde grogna. Leurs sacs pesaient plus de vingt-cinq kilogrammes et étaient encombrants. Mais personne ne se plaignit. Bien souvent au cours de leurs missions passées, ils avaient dû traverser des terrains compliqués et surmonter des obstacles tout en portant leurs sacs. Ils devraient le refaire à l'avenir, au cours d'autres missions.

Lucky avait hâte de réaliser l'entraînement épuisant. Cela l'empêcherait de penser à Devyn un moment. Peut-être.

* * *

Devyn fit de son mieux pour ne pas se tortiller alors qu'elle était assise avec Aspen, sentant le regard intense de l'autre femme sur elle. Elles s'étaient retrouvées pour déjeuner et Aspen était bien trop observatrice pour Devyn. De toutes les femmes qu'elle avait appris à connaître au cours de l'année précédente, c'était à Aspen qu'il était le plus difficile de cacher quelque chose.

— Tu veux me dire comment tu vas *vraiment* ? demanda Aspen.

Devyn soupira intérieurement, mais elle afficha un sourire lumineux et dit :

— Je vais bien.

Elle détesta voir la déception qui apparut sur le visage d'Aspen avant qu'elle ne la cache.

— D'accord. Tu vas bien. Tu vas toujours *bien*, Dev, mais ce sont des conneries. Est-ce qu'au moins tu parles à *quelqu'un* de ce qu'il t'arrive ? Tu ne peux pas tout garder à l'intérieur. Ce n'est pas sain.

Devyn était tentée de tout raconter à Aspen, mais celle-ci avait déjà assez de problèmes. Elle allait accoucher deux mois plus tard et elle venait de prendre un congé maladie à son travail de secouriste. Devyn savait que ce n'était pas ce qu'elle voulait, mais elle en était arrivée au stade où son ventre rond l'empêchait de faire son travail. Brain avait été soulagé quand elle avait admis qu'elle avait besoin d'arrêter de travailler pour le moment.

— C'est compliqué, dit-elle à voix basse.

Il était impossible que quelqu'un les entende dans le café plein de monde où elles avaient accepté de se retrouver pour le déjeuner, mais Devyn ne voulait pas crier ses ennuis sur les toits.

— Ça l'est toujours, assura Aspen en appuyant ses coudes sur la table. Quand Brain m'a mise à la porte de sa chambre d'hôpital après avoir réalisé qu'il ne se souvenait pas des langues qu'il avait apprises, je croyais que j'allais mourir. Je *voulais* mourir. Je n'arrivais pas à croire que l'homme que j'aimais plus que tout, l'homme que j'avais littéralement tenu dans mes bras dans les eaux les plus sales que tu puisses imaginer, m'avait pour ainsi dire craché au visage et m'avait dit de sortir. Ça a été douloureux. Et ma première réaction a été de me terrer quelque part et de ne parler à personne.

Devyn savait comment Brain avait été blessé, mais elle n'avait jamais vraiment connu les détails de ce qu'il s'était passé entre Aspen et lui ensuite. Elle savait qu'ils avaient dû se battre, mais elle en avait ignoré la raison. Elle se pencha vers elle, ne voulant pas rater un mot de l'histoire.

— Est-ce que c'est ce que tu as fait ? demanda-t-elle.

— Non, répondit Aspen en secouant la tête. J'ai appelé Gillian et je me suis énervée contre Brain. Je lui ai dit que je le détestais, que c'était un salaud et que je ne voulais plus jamais le revoir. Elle a écouté mon coup de gueule et quand elle a cru que j'avais fini, elle m'a dit : « Bon débarras. Maintenant, tu peux trouver un homme qui te traite à ta juste valeur. »

Devyn resta bouche bée.

— Elle a dit ça ?

— Oui. Et ma première réaction a été l'horreur.

Elle rit.

— Je m'en suis pris à elle, insistant pour lui montrer que Brain me traitait bien à ma juste valeur. Qu'il était blessé et qu'il n'avait pas les idées claires. Qu'elle ne connaissait pas toute l'histoire. Et puis je l'ai entendue rire. Elle savait que j'avais juste besoin d'exprimer ma frustration et ma douleur avant de décider quoi faire.

Devyn n'était pas sûre de comprendre ce qu'Aspen essayait de lui dire. Son froncement de sourcils avait dû trahir sa confusion, car Aspen poursuivit :

— Ce que je veux dire, c'est que Gillian m'a aidée à voir la situation sous un autre angle. Elle m'a laissée m'énerver et divaguer, puis elle m'a donné l'impulsion dont j'avais besoin pour me reprendre en main. Nous sommes tous là pour toi, Devyn. Nous ne savons pas ce qu'il t'arrive, mais nous serons ravis de t'écouter quand tu seras prête à en parler. Nous pourrons peut-être t'apporter un point de vue que tu n'avais pas envisagé auparavant. Tu peux nous faire confiance.

Devyn déglutit difficilement. Voilà pourquoi elle n'avait pas quitté Killeen. Elle était venue parce que Grover y vivait, mais elle était restée parce qu'elle savait dans le fond qu'elle avait trouvé un groupe d'amis qui l'aimaient comme elle était. Ils ne l'avaient pas connue quand elle avait été une enfant malade longtemps auparavant, alors ils ne la prenaient pas avec des pincettes. Ils venaient pour passer du bon temps en sa présence, avec la personne qu'elle était à présent.

— Je sais, dit-elle doucement.

— Je l'espère, répondit nonchalamment Aspen. Nous avons tous traversé beaucoup d'épreuves, mais nous sommes plus forts grâce aux gens qui se trouvent autour de nous, ajouta-t-elle. Tu as une coquille sacrément impénétrable. Je ne dis pas que tu ne l'as pas gagnée à tes dépens. Tout ce que je dis, c'est que tu es en sécurité avec nous. Avec Gillian, Kinley, Riley et moi. On te couvre. Quoi qu'il arrive.

— Merci, murmura Devyn d'une voix étranglée.

— Et puis, il y a Lucky, dit Aspen en souriant. Tu sais que cet homme crève d'envie de te connaître, pas vrai ?

Devyn fut soulagée qu'Aspen détende l'atmosphère.

— Qui le dit ? demanda-t-elle.

— Moi. Et il faut que tu saches que nous avons toutes parlé de vous deux. Les filles, je veux dire. Nous avons mis en place une sorte de pari pour savoir quand vous passerez enfin à l'action.

Devyn cracha presque la gorgée d'eau qu'elle venait d'avaler.

— Oh, mon Dieu, ce n'est pas vrai !

— Si. Gillian va perdre, elle a dit que vous le feriez dans trois mois. Kinley est un peu plus optimiste et elle a dit que vous avez probablement déjà fait l'amour. Riley a dit que vous le feriez dans un mois et demi.

— Et toi ? s'enquit Devyn en souriant.

Aspen inclina la tête sur le côté et observa Devyn un peu trop attentivement à son goût.

— Tu ne fais pas facilement confiance aux gens. Et même si tu es ici avec nous depuis un moment, tu essaies encore de décider si tu veux rester. Tu travailles encore à mi-temps, même si je sais que le vétérinaire pour lequel tu travailles t'a suppliée de passer à plein temps. Tu as envie d'être avec Lucky, mais tu essaies aussi de protéger ton cœur de lui. Mais il s'est frayé un chemin, au moins un peu. Alors j'ai dit dans un mois.

Devyn savait qu'elle rougissait.

— Il est fantastique, admit-elle. Son comportement avec Angel et Whiskers est adorable. Il a la patience d'un saint. Il ne se met pas en colère quand Angel retourne se cacher dans sa cage. Il se contente de s'asseoir par terre, devant la cage, et il la laisse s'habituer au son de sa voix et à sa présence. Et bon sang, à chaque fois, elle finit par s'asseoir sur ses genoux avant la fin de la soirée. Parfois, j'ai l'impression d'être exactement comme ses animaux. J'espère être aimée et chérie, mais je suis morte de peur à l'idée de saisir ce que je veux.

Aspen tendit la main et prit celle de Devyn pour la placer sur son ventre rond. Devyn ne tressaillit pas face au geste intime.

— Tu sens ça ? demanda Aspen.

Devyn hocha la tête en sentant le petit bébé donner un coup de pied dans le ventre d'Aspen.

— J'ai passé trop de temps à essayer de me faire une place dans un monde d'hommes, à être forte et à faire semblant de ne pas m'en soucier quand les hommes me rabaissaient et me disaient que je n'étais pas assez douée pour être une aide-soignante militaire, que j'en ai oublié que j'avais le droit d'être une femme. Que j'ai le droit de vouloir être aimée, d'aimer les fleurs et de vouloir être mère. Être avec Brain m'a appris que j'avais le droit d'être *exactement* ce que je suis. On peut être sacrément forte au milieu d'un échange de coups de feu à l'étranger ou pleurer sur le canapé en mangeant du chocolat tout en regardant une comédie sentimentale un peu cruche.

Elle s'interrompit avant de reprendre :

— Nous voulons toutes être aimées, Devyn. Il n'y a rien de mal à ça. Nous voulons que les gens nous aiment, nous ne voulons pas mettre des bâtons dans les roues, pour ainsi dire, mais la vie ne sera pas toujours parfaite. Les gens vont penser que nous sommes des salopes ou que nous sommes égoïstes ou un million d'autres choses désobligeantes. Mais quand tu trouves la personne qui t'aime pour ce que tu es, avec toutes tes imperfections, ce que les autres pensent de toi n'a plus vraiment d'importance. Les salauds ne comptent plus tant que ça. J'ai toujours voulu être mère, mais j'ai concentré toute mon énergie sur le fait d'entrer dans un monde d'hommes qui ne m'acceptent pas telle que je suis. Et maintenant, je *suis* enceinte et je suis plus heureuse que jamais. Saisis l'occasion avec Lucky. C'est un homme bien. Un des meilleurs.

Devyn renifla. Fort.

— Tu me fais pleurer, garce, dit-elle à Aspen.

— Bien. Parce que j'ai plus pleuré au cours des deux derniers mois qu'au cours des dernières années. Ces hormones de grossesse ne sont pas une blague.

Devyn lui reprit la main.

— Est-ce que tu as peur ? demanda-t-elle.

— À l'idée d'accoucher ?

Devyn acquiesça.

Aspen secoua la tête, mais dit :

— Terrifiée.

Elles échangèrent un sourire.

— Je sais comment ça fonctionne. Bon sang, j'ai même aidé à mettre des bébés au monde auparavant. Mais c'est différent, car maintenant, il s'agit de *mon* bébé. Je l'aime déjà tellement, c'est fou. Mais je sais qu'avec Brain à mes côtés, je peux tout faire.

Devyn appréciait qu'Aspen essaie de la rassurer à propos de Lucky. Les encouragements étaient les bienvenus. Elle n'était pas sûre d'aimer le fait que tout le monde prenne les paris sur la date à laquelle Lucky et elle feraient l'amour, mais au fond, elle devait bien admettre qu'elle trouvait cela drôle.

Faisait-elle confiance à Lucky ? Oui. C'était le cas. Mais par conséquent, pourquoi ne pouvait-elle pas lui parler de Spencer ?

Toute cette situation était ridicule. Toutes les personnes impliquées étaient des adultes, mais d'une certaine manière, elle avait l'impression qu'elle avait de nouveau cinq ans et que si elle révélait les secrets de Spencer, la famille serait brisée à cause d'elle.

— Tout ira bien, lui dit Devyn. Tant que tu n'es pas en retard à la naissance de ton propre bébé, comme tu l'es pour tout le reste. Tu vas probablement préparer un repas de six services, courir cinq kilomètres et sauver la vie de quelqu'un en faisant un massage cardiaque quelques heures après être devenue maman.

Aspen éclata de rire.

— Je ne suis pas sûre que ça arrivera... Sauf le truc sur le fait d'être en retard. Dev ?

— Oui ?

— J'ai vraiment peur.

Devyn prit immédiatement la main d'Aspen.

— Pourquoi ?

— Pour tout. J'ai peur de ne pas être une bonne mère. De tout gâcher. Tu sais que Brain est très intelligent. Si notre fils hérite de son cerveau, je vais être tellement à la ramasse. Et s'il devenait une brute ? Je ne sais pas ce que je ferais s'il était le méchant garçon que tout le monde déteste.

— Prends une grande inspiration, ordonna Devyn. Bien.

Une autre. Tu seras une mère incroyable. Tu sais comment je le sais ?

— Comment ?

— Parce que tu t'inquiètes tellement à ce sujet. Si tu t'en fichais, je m'inquiéterais. Ton enfant sera merveilleux parce que Brain et toi êtes géniaux. S'il est intelligent, ce sera merveilleux. Mais s'il ne l'est pas, est-ce que tu l'aimeras moins ?

— Bien sûr que non.

— Alors, arrête de t'inquiéter pour des choses que tu ne peux pas contrôler, ordonna Devyn.

— Oui, madame, dit Aspen en souriant. Je vais essayer.

— Par curiosité... qu'est-ce que vous avez parié sur Lucky et moi ? s'enquit Devyn.

Aspen afficha un sourire en coin.

— Quatre cents dollars.

— La vache, sérieusement ?

— Oui. On a toutes les quatre mis cent dollars. La gagnante remporte le tout.

— Je n'arrive pas à croire que vous pariez sur le fait que Lucky et moi allons coucher ensemble.

Devyn savait qu'elle devrait être plus énervée qu'elle ne l'était, en particulier à cause du lien avec les jeux d'argent, mais de toute évidence, tout était fait avec bonne humeur.

— Oui, eh bien, nous les filles, on veut juste s'amuser, lui dit Aspen.

Devyn leva les yeux au ciel.

— Super, maintenant, tu cites Cyndi Lauper.

— Je t'en serais reconnaissante si tu t'y mettais, littéralement et au sens figuré, fit Aspen en gloussant. Je veux dire, j'aurais bien besoin de cet argent. Nous sommes encore en train d'aménager la chambre du bébé.

— Ce n'est pas de la triche que tu me parles du pari ? interrogea Devyn.

Aspen haussa les épaules.

— Probablement. Mais d'après moi, si ça te permet de faire avancer les choses avec Lucky, c'est gagnant-gagnant. Sérieusement, Dev, tu ne peux pas trouver quelqu'un de meilleur. Enfin, à part Brain peut-être, mais il est pris.

Devyn voulait dire à Aspen qu'elle avait sérieusement pensé à demander à Lucky si elle pouvait passer la nuit chez lui, mais pour le moment, elle n'en avait pas eu le courage. Elle ne pouvait pas nier qu'elle avait envie de lui. Il lui donnait l'impression d'être... normale. Et elle n'avait pas eu cette sensation depuis longtemps. Elle ne l'avait peut-être même jamais ressentie.

Avec lui, tout comme avec ses amies, elle n'était pas l'enfant qui avait eu une leucémie. Elle n'était pas la « sœur fragile ». Elle n'était pas la fille pour laquelle ses parents devaient s'inquiéter. Elle était juste Devyn.

Et elle avait vu ce qu'elle pensait être du désir dans son regard. Cela lui plaisait.

— Oui, eh bien, je te préviendrai quand nous coucherons ensemble, la taquina-t-elle.

— Fais-le, dit Aspen, tout à fait sérieuse. Et maintenant, je dois rentrer chez moi. Brain m'a dit que je n'étais autorisée à sortir qu'une heure avant de rentrer et de me détendre.

Devyn la fixa du regard.

— Vraiment ?

— Oui. Cependant, même s'il m'a dit que je ne pouvais sortir qu'une heure, ça ne signifie pas que je l'écoute.

Les deux femmes rirent.

— Il est surprotecteur, mais c'est mignon, alors je laisse couler, ajouta Aspen. Je vais très bien et je n'ai pas eu de problèmes avec la grossesse. Mais étant donné qu'il est inquiet pour moi *et* pour le bébé, je le tolère.

Devyn se leva et aida Aspen à en faire autant.

— Merci pour la conversation, dit-elle à l'autre femme.

— De rien. Et sérieusement, nous t'aimons toutes et nous sommes inquiètes pour toi. Si tu ne peux pas parler à Lucky, nous sommes toutes là pour toi.

— Merci. Ça compte beaucoup pour moi.

— Appelle-moi bientôt, dit Aspen.

Devyn accepta, puis sortit du café. Sur le trajet du retour à son appartement, elle pensa à ce qu'Aspen lui avait dit. Et elle avait raison. Elle devait arrêter de vivre à moitié. Elle adorait cet endroit et elle voulait rester.

Premièrement, elle devait enfin déballer ses affaires. Deuxièmement, elle devait parler à son patron pour passer à temps plein. Et troisièmement... elle voulait faire avancer les choses avec Lucky. Elle l'avait maintenu à distance plus d'un an, en dépit de son attirance. S'ils sortaient ensemble, elle devait au moins essayer de tout miser. Il lui plaisait, elle lui plaisait et elle voulait être avec lui.

Elle déciderait le reste plus tard. Elle n'était toujours pas sûre de savoir ce que le fait de parler de Spencer ferait à sa famille. Elle mettrait cela de côté pour le moment. Mais le reste ? Il était temps qu'elle aille de l'avant dans sa vie.

Faire du saut en parachute et du saut à l'élastique était très bien, mais elle se voilait la face. Faire ces choses ne la rendait pas courageuse ; c'était une couverture pour cacher ses insécurités. Les cascades dangereuses ne faisaient pas disparaître son passé. Elle serait toujours une survivante du cancer. C'était ce qu'elle était, et il était temps qu'elle l'affronte et qu'elle se projette vers l'avenir.

Et avec un peu de chance, Lucky ferait grandement partie de cet avenir.

CHAPITRE SIX

Devyn avait de grands projets pour s'assurer que Lucky sache qu'elle était vraiment prête à avoir une relation. Plus qu'une amitié. Mais quand elle était rentrée chez elle après le déjeuner avec Aspen, Spencer avait téléphoné.

— Spencer, tu dois arrêter de m'appeler, dit-elle en guise de salutations.

— Salut, sœurette. Ça fait longtemps qu'on n'a pas discuté.

— Sérieusement, j'en ai assez.

— Est-ce que tu vas me pardonner un jour de t'avoir poussée ? demanda Spencer.

Devyn grimaça.

— Il ne s'agit pas de ça.

Mais il l'ignora et continua de parler.

— Parce que je me suis déjà excusé. J'étais bouleversé ce jour-là et je ne voulais pas te pousser si fort. Ce n'est pas ma faute si tu es maladroite, que tu as heurté la table et que tu es tombée.

— Ce sont des conneries et tu le sais, dit-elle, furieuse

qu'il retourne la situation pour se sentir mieux à propos de ce qu'il avait fait.

— Peu importe. Les frères et sœurs se disputent, Dev. Nous avons toujours été comme ça. Tu te souviens quand nous avions onze ans, quand j'ai dit quelque chose sur toi qui ne t'a pas plu à une de tes amies et que tu m'as presque poussé de la cabane dans l'arbre ?

Devyn grimaça. Elle l'avait fait.

— Nous étions enfants, Spencer. C'était différent.

— Mais nous sommes les mêmes personnes. La famille. Les membres d'une famille s'entraident.

Et voilà. La culpabilité qu'il savait si bien utiliser. En particulier quand il s'agissait d'elle.

— Je t'ai aidé, Spencer. Et tu m'as promis que ce serait la dernière fois. Et pourtant, tu es revenu pour en demander davantage. Tu as besoin d'aide et tant que tu ne l'admettras pas et que tu continueras comme ça, je ne te donnerai plus d'argent.

— Devyn, tu es la seule à qui je peux le demander. Fred ne veut pas m'aider, il me dira d'être un homme ou une connerie comme ça, et Mila et Angela n'ont pas d'argent. J'en dois déjà à Papa et Maman.

— Tu m'en dois à *moi*, Spencer. Mais tu t'en fiches, pas vrai ?

— Allez, sœurette. Tu es célibataire. Tu peux te permettre de m'aider.

— En réalité, je ne peux pas. Je ne travaille qu'à mi-temps et j'ai mes propres factures à payer.

— Mais j'ai des ennuis, cette fois, Dev. De *gros* ennuis.

Devyn ferma les yeux et fit de son mieux pour endurcir son cœur. Fred et elle avaient toujours été proches, mais cela ne signifiait pas qu'elle ne voulait pas avoir le même genre de relation avec son autre frère. Ils n'avaient pas beaucoup de différence d'âge, ils auraient dû bien s'entendre. Mais Spencer n'avait pas bien reçu le fait qu'elle reçoive autant d'attention quand elle avait été malade et il s'était éloigné de Fred et elle.

— S'il te plaît, sœurette.

— Combien ? demanda Devyn, se maudissant pour cela.

C'était pour cette raison qu'elle avait déménagé à nouveau. C'était pour cette raison qu'elle avait refusé de répondre à ses appels. Parce qu'elle cédait à ses supplications. À chaque fois. Elle savait qu'elle ne devrait pas le faire... mais c'était son frère. Elle l'aimait, même s'il la piétinait.

— Cinquante.

— Seulement cinquante dollars ? Allez, dis-moi combien.

— Non. Cinquante mille, dit Spencer.

— Cinquante *mille* dollars ? cria-t-elle presque.

— Je sais, je sais ! Mais c'est différent, cette fois.

— Tu sais que je n'ai pas autant d'argent, affirma-t-elle, choquée.

— Il va me faire du mal, *beaucoup* de mal, si je ne le rembourse pas, dit Spencer.

Devyn s'assit sur le bord de son canapé et posa son front sur une de ses paumes.

— Je n'ai pas du tout autant d'argent, répéta-t-elle.

— Si je peux en avoir cinq, je peux y arriver. Les transformer en cinquante. Je le sais !

Devyn sentit une larme couler sur sa joue.

— Tu l'as déjà dit auparavant et ça n'arrive jamais. Tu as un sérieux problème, Spence. Tu as besoin d'*aide* ! Il y a des programmes que tu peux suivre. Des services pour les accros aux jeux. Ils peuvent t'aider à surmonter tout ça. S'il te plaît, pour moi, pour le reste de la famille, regarde ce que tu te fais. Ce que tu *nous* fais.

— C'est gonflé, s'emporta méchamment Spencer. Tu as détruit notre famille à toi seule et tu *me* dis de m'enfermer quelque part pour qu'un médecin puisse me dire que je suis taré ? Hors de question.

— J'étais une enfant, se défendit doucement Devyn. J'avais un *cancer*. Ce n'est pas la même chose.

— Peu importe. Est-ce que tu vas m'aider ou pas ?

— Je ne peux pas, murmura-t-elle, nauséeuse. Je n'ai pas autant d'argent.

— Ils vont me faire du mal, Dev ! Ils vont peut-être même me tuer, renchérit Spencer. Et tu vas rester les bras croisés ?

— *Je* ne reste pas les bras croisés ! Tes actes ont des conséquences, Spence. Ils en ont toujours, mais tu as été trop égoïste pour le voir ! Tu comptes sur les autres pour te sauver, et puis tu refais la même chose.

— Quand tu liras que mon cadavre a été retrouvé dans un champ de maïs quelque part, ne sois pas surprise. Peut-être que tu ne seras plus aussi hautaine à ce moment-là.

— Spencer...

Mais il était trop tard. Il lui avait raccroché au nez.

Baissant la tête et laissant les larmes couler, Devyn se sentit nauséeuse. Elle voulait aider son frère, pour de vrai. Mais elle lui avait déjà donné des milliers de dollars dans le passé. C'était pour cette raison qu'elle avait quitté le Missouri. Car elle ne pouvait pas lui dire « non ». Parce qu'il savait qu'elle se laissait marcher sur les pieds et qu'elle finirait par céder et par lui donner l'argent dont il avait besoin pour payer une autre personne à qui il en devait.

Spencer était un joueur compulsif. Il ne pouvait pas arrêter. Elle avait perdu le compte des choses qu'il avait mis en gage pour de l'argent. Il était toujours sûr de pouvoir récupérer des milliers s'il continuait de jouer. Un autre jeu de machine à sous. Un autre jeu de cartes. Mais cela n'arrivait jamais. Il se contentait d'aggraver ses dettes.

La dernière fois qu'elle avait vu Spencer, il était entré dans son appartement en son absence. Il avait une clé, car c'était son frère. Elle l'avait trouvé en train de remplir un carton de biens de valeur. Ils avaient eu une terrible dispute et il l'avait poussée. Elle aurait pu se heurter la tête, mais la table avait amorti sa chute.

Elle ne pouvait pas le dire à ses parents. Ils auraient essayé de la convaincre qu'elle réagissait de manière excessive, que son frère l'aimait et qu'il n'avait pas essayé de lui faire du mal. Elle ne pouvait pas le dire à Grover, car elle ne voulait pas briser sa relation avec Spencer. Et elle ne pouvait pas dire la vérité à Lucky à propos de ce terrible bleu sur son buste, car il voudrait probablement tuer son frère. Elle était au beau milieu d'une situation qui n'avait pas de solution.

Après que Spencer avait essayé de la voler et de lui faire du mal, Devyn avait compris qu'elle devait partir. Quitter sa ville natale et s'éloigner de son frère. Elle l'aimait, mais il se faisait du mal petit à petit et il la ferait tomber avec lui si elle le laissait faire. Alors, elle avait démissionné et elle avait fui jusqu'au Texas.

Mentalement, elle savait que tout cela était la responsabilité de Spencer, mais émotionnellement, elle ne pouvait pas s'empêcher de croire qu'elle aurait dû le convaincre de voir un thérapeute. Elle avait l'impression d'avoir échoué. Et à présent, elle était morte de peur pour Spencer. Il l'avait énervée, mais cela ne signifiait pas qu'elle voulait que quelqu'un lui fasse du mal.

— Merde, murmura-t-elle.

Épuisée, Devyn éteignit son téléphone et alla dans sa

chambre. Elle se déshabilla et se blottit sous les couvertures. Il était trop tôt pour aller au lit et Lucky s'attendrait probablement à ce qu'elle l'appelle ou à ce qu'elle aille chez lui, mais elle ne pouvait pas faire face à qui que ce soit ou quoi que ce soit d'autre ce jour-là.

C'était la raison pour laquelle elle n'avait pas voulu prendre les appels de Spencer. Parce qu'elle avait su qu'il lui demanderait plus d'argent. Parce qu'elle avait su qu'il la pousserait à se sentir coupable. Parce que si quelque chose lui arrivait, elle aurait l'impression que c'était sa faute.

Sentant la pression de l'année précédente peser sur ses épaules, Devyn pleura. Pour son frère. Parce qu'elle avait trop peur de dire à quelqu'un ce qu'il se passait. À cause de la décision qu'elle savait qu'elle devrait prendre sous peu.

Soit elle devrait agir en adulte et en parler à quelqu'un, soit elle devrait déménager. Fuir comme une lâche. Aucune des deux options n'était plaisante, mais elle ne pouvait pas continuer ainsi.

Deux jours plus tard, Lucky en eut assez d'être patient. Devyn l'ignorait et il n'avait pas l'intention de continuer à l'accepter. Quelque chose n'allait pas. Il le sentait au plus profond de lui. Et il était temps qu'elle lui parle. S'il devait lui jurer de ne pas dire à Grover ce dont ils avaient parlé, il le ferait... même si c'était quelque chose de terrible. Il n'aimait pas l'idée de cacher quelque chose à un de ses meilleurs amis, mais il le ferait si cela signifiait que Devyn s'ouvrirait à lui.

Il avait appelé Aspen pour savoir comment leur déjeuner s'était passé, car il n'avait pas réussi à joindre Devyn ce soir-là, et elle lui avait dit que tout s'était bien passé. Il ignorait donc pourquoi elle ne lui avait pas téléphoné depuis. Pourquoi elle l'avait évité, ainsi que Grover.

Eh bien, il en avait assez.

Il lui avait envoyé plusieurs textos et lui avait laissé des messages qu'elle avait ignorés. Si Devyn pensait qu'elle pouvait faire comme s'il n'existait pas maintenant, alors qu'ils avaient commencé quelque chose… Elle avait tort.

Lucky frappa à sa porte et attendit qu'elle l'ouvre. Il savait qu'elle était chez elle, car sa Mini Cooper était sur le parking. Avant d'aller chez elle, il avait téléphoné à la clinique vétérinaire et on lui avait dit qu'elle avait pris un congé maladie ce jour-là.

Il espérait qu'elle était vraiment malade et que c'était pour cette raison qu'il n'avait pas eu de nouvelles d'elle, mais il avait l'impression que ce n'était pas le cas.

— Va-t'en, Lucky, dit-elle depuis l'autre côté de la porte.

Fronçant les sourcils, Lucky croisa les bras sur son torse.

— Non. Ouvre la porte, Dev.

— Je suis désolée, mais je ne peux pas faire ça.

— Faire quoi ? demanda-t-il.

— Avoir une relation avec toi.

— Tu ne peux pas rompre avec moi derrière une porte. Si tu veux rompre, ouvre la porte et dis-le-moi en face, grogna Lucky.

Il ne croyait pas une seule seconde qu'elle ne voulait pas être avec lui. Rien ne s'était produit depuis la dernière fois qu'ils s'étaient vus. Elle avait peur de quelque chose et il ne pouvait pas l'aider s'il ne savait pas de quoi il s'agissait.

Il avait réussi à gagner la confiance d'Angel et Whiskers ; il pouvait en faire de même avec Devyn. Elle était nerveuse et il ferait tout ce qu'il pouvait pour s'assurer qu'elle sache qu'elle était en sécurité avec lui.

Il l'entendit retirer la chaîne, puis tourner le verrou.

Devyn ouvrit la porte et l'apostropha de manière quelque peu agressive :

— D'accord. C'est fini entre nous. Maintenant, tu peux partir.

La vue de Devyn effraya Lucky. Elle avait l'air lamentable. Ses cheveux n'avaient pas été brossés ou lavés et elle avait de grands cernes autour des yeux. Elle portait un T-shirt trop grand et un pantalon de survêtement.

Lucky poussa délicatement la porte et entra.

— Lucky ! protesta-t-elle, mais il l'ignora.

Il ferma la porte derrière lui, prit son coude et l'attira vers l'intérieur de son appartement.

— Arrête, Lucky, dit Devyn, mais elle ne libéra pas son coude de sa prise.

— Qu'est-ce que tu as mangé aujourd'hui ? demanda-t-il.

— Des Pop-Tarts, des œufs au beurre de cacahuète de Reese's et quatorze bâtonnets au fromage, dit-elle un peu sur la défensive.

— Assieds-toi, ordonna-t-il en tirant un tabouret de bar.

Devyn soupira, mais elle fit ce qu'il lui demandait.

Lucky retroussa ses manches et se dirigea vers son réfrigérateur pour voir ce qu'il y avait dedans.

— Pourquoi est-ce que tu es là ? demanda-t-elle calmement tandis qu'il sortait des œufs, du fromage, des poivrons et du chorizo.

— Parce que tu m'évites. Et que tu évites tous tes autres amis. Parce que j'ai appelé la clinique vétérinaire et qu'ils m'ont dit que tu avais téléphoné pour dire que tu étais malade. Je suis là pour te nourrir. Pour découvrir ce qu'il se passe pour que nous puissions aller de l'avant.

— Je ne peux pas t'en parler, avoua-t-elle tristement.

Lucky mit les ingrédients de l'omelette qu'il avait l'intention de préparer sur le plan de travail et rejoignit Devyn. Il la retourna sur le tabouret et prit son visage entre ses mains. Il l'inclina pour qu'elle n'ait pas d'autre choix que de le regarder dans les yeux.

— Tu peux me parler de *tout*, lui dit-il.

— Pas de ça, murmura-t-elle.

— Quoi que tu dises, ça restera entre nous, promit-il.

Elle fronça les sourcils.

— Quoi ?

— Tu as bien entendu. Si tu as besoin de savoir que je ne le dirai pas à Grover, je te le confirme.

— Mais... C'est ton meilleur ami. Ça ne gâchera pas votre amitié ? demanda-t-elle.

— C'est possible. Mais tu es plus importante.

Devyn le regarda, bouche bée.

— Je ne... *Pourquoi* ?

— Ce n'est pas un secret que je t'ai dans la peau, Devyn. Je trouve que tu es belle, drôle, que tu travailles dur et que c'est fou comme tu es loyale. Je vais me coucher en pensant à toi et je me réveille en pensant à toi. Je me demande comment ta journée de travail s'est passée et je m'inquiète à propos de ce qui te tracasse. La semaine dernière, avant que tu ne décides que tu ne pouvais pas me parler, ça a été une des meilleures que j'ai eues depuis des années. J'adore passer du temps avec toi et te voir interagir avec Angel et Whiskers me fait encore plus tomber amoureux de toi. Si tu as besoin de savoir que ce dont nous parlerons restera entre nous, si c'est ce qu'il faut pour que tu me fasses confiance, je te le dis... Mais il y a deux exceptions pour que je ne dise rien à Grover.

— Lesquelles ? questionna Devyn.

— Nous en avons déjà parlé un peu, mais il y a une exception si ta vie est en danger. Ou si ton cancer est revenu.

Je ne peux pas cacher ces choses à Grover ou au reste de l'équipe et je ne le ferai pas. Nous ferons tout ce que nous pouvons pour vaincre tes démons, qu'ils soient des menaces physiques ou qu'il s'agisse de ton propre corps. Tu as botté les fesses du cancer une fois, tu peux le refaire. Mais je ne peux pas cacher ces choses à ton frère.

— Je te l'ai déjà dit, ma vie n'est pas en danger et je ne suis pas malade, répondit Devyn. Je ne mentais pas à ce sujet.

Lucky ferma momentanément les yeux sous l'effet du soulagement. Puis, il les rouvrit.

— Bien. Dans ce cas, quel que soit ce grand secret que tu gardes, tu peux me le dire et nous pouvons trouver une solution. Mais avant ça, tu as besoin de nourriture. De la vraie nourriture. Tu ne peux pas survivre à base de Pop-Tarts et de bâtonnets au fromage.

— Et d'œufs au beurre de cacahuète, lui rappela-t-elle avec un petit sourire.

Lucky adora voir ses lèvres s'étirer. Cette femme avait une colonne vertébrale en acier, seulement elle ne pouvait pas le voir.

— C'est vrai, comment j'ai pu l'oublier ? dit Lucky en levant les yeux au ciel.

Il commença à s'éloigner, mais Devyn agrippa ses poignets et l'empêcha de bouger.

— Lucky ?

— Oui ?

— J'ai tellement peur de prendre la mauvaise décision.

Le cœur de Lucky gonfla dans sa poitrine. Il voulait tuer les dragons de Devyn pour elle, mais il savait qu'elle serait plus forte à la fin si elle le faisait elle-même.

— Nous avons tous peur de ça, Dev. Je sais que c'est mon

cas. Mais avec des amis et ta famille à tes côtés, tu peux tout traverser.

— Je l'espère, dit-elle doucement.

Lucky ne put s'en empêcher. Il se pencha en avant et l'embrassa sur le front.

— Je le sais, lui déclara-t-il.

Puis il libéra ses mains et retourna de l'autre côté du bar, dans la petite cuisine.

— Quand est-ce que tu t'es douchée pour la dernière fois ? s'enquit-il nonchalamment.

— Est-ce que c'est ta manière de me dire que je pue ? s'indigna Devyn.

Lucky était ravi d'entendre une certaine légèreté dans sa voix.

— Pas du tout. Je sais qu'il vaut mieux que je ne dise pas *ça*. Mais je pense que tu te sentiras mieux si tu es fraîche et propre.

— Aimable et diplomate, dit-elle en souriant. D'accord. Pendant que tu te donnes du mal pour faire à manger, je vais aller me doucher.

Lucky lui sourit.

— Comment vont Angel et Whiskers ?

— Tu leur manques. Et elles vont bien. Elles deviennent un peu plus courageuses de jour en jour. Whiskers s'est habituée à son harnais et elle s'est même éloignée d'un mètre d'Angel la dernière fois que je les ai sorties.

— Super, fit-elle en lui adressant à nouveau un sourire. Elles n'imaginent pas la chance qu'elles ont d'être avec toi.

— J'espère que je pourrai te convaincre de venir chez moi quand nous aurons mangé, lui dit Lucky.

— Mais il sera un peu tard. Je devrai rentrer chez moi environ une heure plus tard.

— Ou alors, tu pourrais rester, proposa Lucky.

Devyn s'immobilisa et le regarda attentivement.

Il détestait le fait de ne pas pouvoir déchiffrer l'expression de son visage.

— Est-ce que tu me demandes de passer la nuit chez toi ? l'interrogea-t-elle.

Lucky admirait qu'elle soit aussi directe.

— Oui. Mais c'est à toi de choisir où tu veux dormir. J'ai un lit d'appoint ou bien le canapé au rez-de-chaussée.

— Et *ta* chambre ? interrogea Devyn.

Cette fois, ce fut Lucky qui s'immobilisa.

— Tu peux avoir mon lit, dit-il doucement. Tu peux avoir tout ce que tu veux de ma part.

— Y compris toi ? répliqua-t-elle.

— Bon sang, dit Lucky entre ses dents. Oui, Dev. Je suis à toi, bordel. Je suis à toi depuis le moment où nous nous sommes rencontrés. J'attendais juste que tu me rattrapes.

Il la vit déglutir difficilement, ravalant la bravade qu'elle avait utilisée pour lui demander où elle dormirait.

— J'ai tendance à me perdre dans ma propre tête. De trop réfléchir aux choses. Mais j'ai assez réfléchi en ce qui nous concerne. J'ai envie de toi, Lucky.

— Dans ce cas, tu m'auras, parvint-il à dire. Prépare un sac avec assez d'affaires pour quelques jours. Je crois qu'une fois que tu seras chez moi, je ne voudrai pas te laisser partir.

Elle sourit.

— Je dois travailler demain après-midi.

— Bon sang, répéta-t-il.

Devyn descendit du tabouret de bar, mais elle n'entra pas dans la cuisine. Elle recula lentement en direction du couloir, là où se trouvaient les chambres.

— Je vais me doucher, dit-elle.

— Et maintenant, j'ai *cette* image dans la tête, dit Lucky en levant les yeux au ciel.

— Nous avons attendu des mois, alors quelques heures de plus, ce n'est pas grand-chose, fit-elle d'un air joueur.

— Ça pourrait bien me tuer, avoua Lucky, à moitié sérieux.

Elle s'arrêta dans l'entrée.

— Lucky ?

— Oui, Dev ?

— Je ne suis pas sûre de vouloir te dire ce qu'il se passe, mais je ne peux plus le garder pour moi. C'est égoïste de ma part, mais je te suis reconnaissante de ne pas le dire à Grover. Du moins, pas pour le moment.

— Nous trouverons une solution, lui assura Lucky, très inquiet à propos de son grand secret. Et quand ce sera le bon moment, si ça l'est un jour, nous en parlerons à ton frère ensemble. D'accord ?

— Tu ferais ça pour moi ?

— Je ferais n'importe quoi pour toi, admit Lucky. Y compris te faire une énorme omelette pour que tu ne t'éva-nouisses pas à cause du manque de nourriture.

Elle gloussa, comme il l'avait espéré.

— J'y vais. Merci d'être entré chez moi de force et de me préparer de la nourriture que je n'ai pas demandée.

— De rien. Je ne suis peut-être pas toujours l'homme le plus acceptable socialement parlant, mais je ferai toujours ce qui est le mieux pour toi. Et ce soir, tu avais besoin qu'on te sorte de ta déprime. Tu avais besoin de voir que tu as des amis qui seront heureux d'être là pour toi... Si tu nous laisses faire.

Devyn hocha la tête, puis elle se retourna et disparut dans sa chambre.

Lucky prit une profonde inspiration et posa ses paumes sur le plan de travail. Il devait admettre que les choses s'étaient déroulées mieux qu'il ne l'avait espéré. Dev avait accepté d'aller chez lui et de lui parler. Non seulement ça, mais elle avait admis qu'elle voulait passer la nuit chez lui. Avec lui. Dans son lit.

Ignorant son érection, Lucky se concentra sur la nourriture. Il devait préparer un repas décent pour cette femme, puis la ramener chez lui et la mettre assez à l'aise pour qu'elle s'ouvre à lui.

En réalité, elle lui avait fait peur quand elle avait arrêté de répondre à ses messages et à ses appels, puis quand Grover lui avait dit qu'il n'avait pas pu la joindre non plus. Aucune des autres femmes ne lui avait parlé et il l'avait imaginée allongée dans son appartement, impuissante et blessée. C'était quelque chose qu'il ne voulait plus jamais ressentir.

CHAPITRE SEPT

Il s'avéra qu'il n'y aurait pas de grande révélation ce soir-là. Quand Lucky était finalement entré chez lui avec Devyn, il était évident qu'Angel avait eu mal au ventre pendant son absence. Il avait mis la caisse dans la salle de bains et ils avaient trouvé de la diarrhée sur tout le sol de la pièce et à l'intérieur de la caisse. La chienne et la chatte étaient couvertes d'excréments.

Par conséquent, il fallait faire un grand nettoyage et les deux animaux devaient être baignés et réconfortés. De toute évidence, Angel savait qu'elle avait fait quelque chose de mal et elle avait frémi et s'était cachée pendant une heure après son bain. Lucky était enfin parvenu à la détendre en s'allongeant sur le sol de sa chambre avec elle. Whiskers était blottie dans le creux de son corps.

Devyn avait enfilé un pantalon de survêtement et un débardeur. Elle s'était endormie sur son lit et Lucky n'avait pas eu le cœur de la réveiller. Il était clair qu'elle était exténuée et il adorait le fait qu'elle soit là avec lui. Par conséquent, il avait remis les animaux dans la salle de bains désormais propre et stérilisée et il s'était glissé sous les couvertures derrière Devyn. Il l'avait serrée contre lui et il n'avait jamais été plus satisfait que lorsque Devyn avait soupiré dans son sommeil et s'était blottie davantage contre lui.

Il s'était endormi en quelques minutes.

Son alarma sonna tôt le lendemain matin et même si Lucky l'éteignit rapidement, Devyn bougea.

— Est-ce que tu vas à l'entraînement ? demanda-t-elle.

— Oui, lui dit doucement Lucky. Je serai de retour dans deux heures. Dors.

— D'accord. Je me lèverai dans un moment et je sortirai les animaux.

— Je vais les sortir maintenant, alors ils ne devraient pas en avoir besoin avant un moment. J'ai des bagels, des boissons protéinées et du porridge si tu as faim, lui dit Lucky.

Elle plissa le nez.

— Pas de beignets ? demanda-t-elle.

Lucky ignorait si elle plaisantait ou pas, mais il nota mentalement qu'il devrait en acheter la prochaine fois qu'il irait au magasin.

— Non, désolé.

— Ce n'est pas grave, bredouilla-t-elle.

Lucky pourrait se réveiller ainsi tous les jours du reste de sa vie et être heureux. Devyn était sacrément adorable quand elle était endormie et sortir du lit fut extrêmement difficile.

Il sortit Angel et Whiskers et il fut ravi de voir que ce qui avait bouleversé le système digestif d'Angel semblait s'être résolu tout seul. Les deux animaux urinèrent et il leur donna à manger quand il retourna à l'étage pour se changer.

Quand il redescendit au rez-de-chaussée, les deux animaux avaient terminé leur petit déjeuner. Angel était en boule dans un des quatre paniers qu'il avait récemment achetés et Whiskers était à ses côtés, l'air satisfaite. Ne voulant pas traumatiser la chienne plus qu'elle ne l'était déjà, Lucky avait fait de son mieux pour enlever délicatement les nœuds de ses poils pendant le bain de la veille et même si elle avait encore l'air assez pathétique, au moins, ses poils étaient brillants et propres.

Whiskers n'avait pas apprécié le toilettage autant qu'Angel, mais il avait coupé les nœuds de sa fourrure aussi. Étant donné que les deux animaux avaient une fourrure marron clair avec des taches blanches, quand ils se blottissaient l'un contre l'autre, il était difficile de les différencier.

Décidant de prendre le risque de les laisser en dehors de la salle de bains, Lucky les caressa une dernière fois, ravi qu'elles ne tressaillent pas. Au dernier moment, il se retourna et prit un morceau de papier pour y écrire un petit mot à l'intention de Devyn... juste au cas où elle descendrait avant son retour. Puis, il partit, particulièrement de bonne humeur.

Dev et lui devaient encore parler et elle devait révéler son grand secret pour son propre bien-être mental, mais le fait de se réveiller dans ses bras avait été particulièrement incroyable. Il pourrait le faire toute sa vie et être parfaitement heureux.

Cela aurait dû l'arrêter dans son élan, mais au contraire, il sourit. À un moment, au cours des derniers mois, il était tombé amoureux de Devyn. Peut-être même qu'il avait eu le coup de foudre. Et cela ne pouvait être que l'amour. Il n'avait jamais ressenti la même chose pour une femme. Jamais.

Quand il arriva à la base et qu'il rejoignit son équipe devant le parc de véhicules, il souriait encore.

— Oh, merde, pourquoi ce sourire ? demanda Doc.

— Rien. Je suis juste de bonne humeur ce matin, lui dit Lucky.

— Nous sommes sur le point de courir seize kilomètres et tu es de bonne humeur ? s'étonna Oz.

— Eh bien, oui. On ne court pas avec nos sacs, alors ce sera du gâteau, dit Lucky.

— Je ne comprendrai jamais les gens qui *aiment* courir, marmonna Brain dans sa barbe.

Pendant que ses coéquipiers s'étiraient et se disputaient avec bonhomie à propos des entraînements en général, Lucky parvint à attirer Grover et Trigger sur le côté.

— J'ai besoin de prendre des heures de repos aujourd'hui. Nous n'avons pas de réunions de prévues, n'est-ce pas ? demanda Lucky.

— Non... À moins qu'on ait des nouvelles cet après-midi, ce qui est possible. On dirait que nous allons nous occuper des jeux Olympiques cette année, alors bientôt, nous devrons commencer à coordonner ça avec les autres équipes du pays qui ont été choisies, dit Trigger.

— Vraiment ? Super ! C'est l'une des rares missions que j'ai hâte de faire, rétorqua Lucky.

C'était un euphémisme. Même si le risque qu'un terroriste fou prenne pour cible les athlètes olympiques qui se réunissaient pour concourir pour leur pays était toujours une possibilité, le fait de surveiller les sportifs était considéré comme un avantage au sein des forces spéciales.

Décidant d'aller droit au but, Lucky se tourna vers Grover.

— Dev a passé la nuit chez moi hier soir, annonça-t-il sans préambule.

L'expression du visage de Grover ne changea pas, ce qui était tout à son honneur.

— Et ? demanda-t-il. Je sais que tu ne me dis pas que tu

couches avec ma sœur pour essayer d'obtenir une augmentation.

— J'ai dormi avec elle, rien de plus, dit rapidement Lucky. Je suis allé chez elle hier soir parce qu'elle m'évitait. Elle nous évitait tous, comme tu le sais. Elle avait l'air d'aller mal, mec. Comme si elle portait le poids du monde sur ses épaules. Je lui ai donné à manger quelque chose de meilleur que cette merde qu'elle a avoué avoir mangée et je l'ai ramenée chez moi. Angel a eu des problèmes digestifs et quand j'en ai eu fini avec ça, Devyn dormait déjà. Je te dis tout ça parce que j'ai besoin de temps libre pour pouvoir lui parler. Et j'ai promis que ce qu'elle me dirait resterait entre nous.

Grover fronça les sourcils.

Lucky poursuivit :

— Elle a juré qu'elle n'était pas malade de nouveau et que sa vie n'était pas en danger. Comme je te l'ai déjà dit, je ne te cacherais jamais ça si c'était le cas.

Les épaules de Grover se détendirent.

— Je te remercie. Et je te fais confiance. Même si je me fais du souci pour Devyn, elle est adulte. Je ne veux pas t'empêcher de créer un lien fort avec elle.

— Je l'aime, lâcha Lucky.

Il avait dû le dire à voix haute et tout le monde avait dû l'entendre, car ses coéquipiers se turent autour d'eux.

— Merde, marmonna Lucky.

— S'il te plaît, dis-moi que tu le lui as dit avant de nous le lâcher, dit Lefty.

— Car si tu nous dis que tu aimes Devyn avant de le lui dire, c'est foireux, ajouta Brain.

— *Tu* veux parler de quelque chose de foireux ? fit Oz en frappant l'arrière de la tête de Brain.

— Va te faire voir, répliqua Brain à son ami.

Lucky ne put s'empêcher de sourire. Bon sang, il adorait ces hommes. Ils étaient parfois un peu rustres, mais ils avaient toujours de bonnes intentions.

— Je ne suis pas sûr que ce soit une grande surprise pour vous que j'aime Devyn.

— C'est vrai, marmonna Trigger. Tu lui adresses des regards rêveurs depuis longtemps maintenant.

— Des regards rêveurs ? demanda Doc. Qu'est-ce que c'est que ça ?

— Tu le sauras quand tu rencontreras la femme idéale pour toi, lui assura Lefty.

— C'est quand, peu importe ce qu'elle fait, tu trouves ça sacrément adorable, expliqua Brain. Même quand les autres personnes pensent qu'elle est ridicule ou qu'elle a ses règles, tu ne peux pas te rassasier d'elle.

— Je n'ai jamais regardé une femme comme ça et je ne sais pas si je le ferai un jour, admit Doc.

— Oh si, tu verras, le taquina Lefty.

— Quoi qu'il en soit, nous savons tous que tu es fou d'elle, reprit Trigger. Et si tu peux découvrir ce qui la dérange, je t'en serais reconnaissant. Je sais que Gillian s'inquiète pour elle depuis des semaines et je déteste la voir aussi stressée pour une de ses amies.

— Pareil pour Kinley, dit Lefty.

— Aspen aussi. L'autre soir, Riley et elle ont parlé au moins vingt minutes de ce qu'elles pouvaient faire pour essayer de mettre Devyn suffisamment à l'aise pour qu'elle se confie à elles, ajouta Brain.

— Si Trigger et le commandant sont d'accord, je vais prendre quelques heures de repos aujourd'hui et je vais voir si je peux découvrir ce qu'il lui arrive, admit Lucky.

— Bien, dit Doc.

— Tu nous préviendras si nous pouvons faire quelque chose ? demanda Trigger.

— Nous sommes là si tu as besoin de nous, affirma Oz.

Lucky n'avait pas les mots pour exprimer sa reconnaissance envers ses amis. Il apprécierait toujours leur soutien inflexible à sa juste valeur.

— Vous savez bien que oui, leur dit-il.

— Et tu devrais envisager de *lui* dire que tu l'aimes, conseilla Brain. Les femmes aiment entendre ce genre de choses.

— Et si elle découvre que tu nous l'as dit avant de le lui déclarer, il se pourrait que tu dormes dans le canapé plutôt que dans ton bon lit confortable à côté d'elle, dit Trigger en gloussant.

Il était bien trop tôt pour dire à Devyn qu'il l'aimait, mais Lucky savait que son ami avait raison. Il hocha la tête d'un air évasif.

— J'ai entendu dire que Logan s'en sortait très bien dans la ligue de baseball, dit Lefty à Oz, changeant de sujet.

Tandis que l'équipe commençait leur longue course à pied ce matin-là, Lucky écouta Oz parler de son neveu et de ses progrès. Il se vanta que l'enfant était l'un des meilleurs joueurs de son équipe, même s'il venait seulement de commencer à jouer. Sa nièce, Bria, s'épanouissait aussi. Elle était sur le point de terminer son année de CP et elle allait suivre des cours pendant l'été pour s'assurer de rattraper le niveau de ses camarades avant de commencer le CE1 en automne. L'année précédente avait été difficile pour elle et sa psychologue avait suggéré qu'il vaudrait mieux continuer à lui faire suivre un emploi du temps régulier.

Brain et Oz parlèrent des bébés qu'ils étaient sur le point d'avoir. Ils n'auraient que quelques mois de différence d'âge.

Aspen accoucherait environ deux mois plus tard et Riley ne serait pas loin derrière.

Leur vie changeait plus vite que Lucky ne l'aurait imaginé, mais tout le monde semblait satisfait. Quand leurs amis d'une autre équipe Delta de la base s'étaient tous mariés et avaient commencé à avoir des enfants, Lucky avait eu du mal à comprendre comment ils parvenaient à jongler entre leur vie personnelle et les exigences de leur travail. Mais il le comprenait à présent. Une chose n'excluait pas nécessairement l'autre. Ils pouvaient être des pères et des époux et de super soldats de la Delta Force. Aimer quelqu'un ne les rendait pas plus faibles ; de bien des manières, cela les rendait meilleurs dans leur travail.

Il l'avait vu de ses propres yeux dans son équipe. Trigger et les autres étaient peut-être plus prudents à présent, mais ce n'était pas une mauvaise chose. Ils travaillaient plus dur pour découvrir autant d'information que possible avant de partir en mission et leurs actes quand ils étaient déployés étaient plus déterminés. Ils ne se précipitaient pas et ils étaient vigilants avec leur vie et avec celle de tout le reste de l'équipe.

Vouloir retrouver Devyn après une mission. Vouloir construire un avenir avec elle. Vouloir la voir s'épanouir et peut-être même avoir des enfants avec elle. C'était une idée étrange pour un homme qui n'avait jamais envisagé d'avoir des enfants auparavant. Avant, il se sentait jeune à trente et un ans, mais soudain, il avait l'impression qu'il passait à côté de sa vie. Lucky voyait jour après jour qu'Oz était très heureux avec sa nièce et son neveu et que Brain et lui étaient enthousiastes à l'idée d'attendre des enfants.

Il se surprit à se demander à quoi ressembleraient les enfants qu'il pourrait avoir avec Devyn. Ils seraient grands et il espérait qu'ils hériteraient des boucles blondes de Devyn plutôt que de ses propres cheveux bruns.

Ses pensées étaient folles… Cependant, elles lui semblaient parfaites.

Mais au fond, Lucky avait l'impression que les choses avec Devyn ne seraient pas aussi faciles qu'il l'espérait. On aurait dit que tous ses amis avaient dû passer une épreuve du feu. Il n'était pas assez vaniteux pour imaginer que sa relation avec Devyn serait différente. Mais, d'un autre côté, toutes les difficultés que ses amis avaient traversées avaient renforcé leurs relations.

Lucky ne voulait absolument pas que quelque chose arrive à Devyn ou à lui. Rien de similaire à ce que ses amis avaient traversé. D'après ce qu'il savait, elle n'avait pas d'ex-petit ami qui pourrait soudain apparaître et lui faire du mal. Elle n'avait pas été dans un avion détourné par des terroristes et elle n'avait pas travaillé pour un tueur en série inconnu. Mais il savait comme tout le monde que parfois, le mal apparaissait de nulle part.

La première étape serait de découvrir ce qui la travaillait. Une fois qu'il s'en serait occupé, il s'assurerait qu'elle sache à quel point il l'aimait… et qu'il ferait n'importe quoi pour qu'elle soit heureuse et pour la protéger.

Devyn se réveilla environ une heure après le départ de Lucky. Elle avait un léger mal de tête, mais à part cela, elle se sentait bien. La nuit dernière, elle avait pris la décision de parler à Lucky et ce choix lui donnait l'impression qu'un énorme poids avait été retiré de ses épaules.

Elle avait été ridicule au cours des derniers jours, y compris quand Lucky s'était présenté sur le pas de sa porte.

Elle avait agi comme une adolescente. Toute cette colère ne lui ressemblait pas. Elle était le genre de personne à dire les choses telles qu'elles étaient. Elle avait appris à l'être après tout le temps qu'elle avait passé dans des hôpitaux. Même enfant, elle préférait les médecins et les infirmiers qui ne tournaient pas autour du pot en ce qui concernait les mauvaises nouvelles, ceux qui lui disaient ce qu'il se passait et comment y faire face.

Mais au cours de l'année qui s'était écoulée depuis son arrivée à Killeen, garder le secret à propos de l'addiction de Spencer lui avait complètement embrouillé les idées. Elle n'était pas prête à parler de Spence au reste de sa famille, mais elle savait sans l'ombre d'un doute qu'elle pouvait faire confiance à Lucky. Et le fait qu'il lui ait dit qu'il ne parlerait pas à Fred de ce qu'elle lui avouerait était très important pour elle.

Elle n'était pas bête, elle savait que Lucky était très proche de ses coéquipiers. Il devait l'être. Ils se couvraient les uns les autres et ils se protégeaient en mission. Obliger Lucky à cacher quelque chose pouvait endommager cette proximité, mais avant que cela n'arrive, elle espérait que Spencer sortirait enfin la tête du sable et qu'il demanderait l'aide dont il avait besoin.

Mais en repensant à la dernière conversation qu'elle avait eue avec lui, elle n'en était plus si sûre. Elle avait du mal à croire qu'il devait cinquante mille dollars à un usurier. Et le fait qu'il pense qu'il pouvait lui emprunter cinq mille dollars et les transformer en cinquante mille était complètement ridicule. Devyn détestait l'idée que son frère soit blessé par quelqu'un s'il ne rendait pas l'argent qu'il avait emprunté... Mais une petite partie d'elle ne pouvait s'empêcher de penser que cette situation était peut-être ce dont

Spencer avait besoin pour enfin s'occuper sérieusement de son addiction.

Devyn s'étira et descendit du lit très confortable de Lucky, puis elle alla dans sa salle de bains. Elle se brossa les dents et les cheveux, puis elle sortit de la chambre et descendit au rez-de-chaussée. Elle ne s'était pas donné la peine de s'habiller. Elle était à l'aise dans son pantalon de survêtement et son débardeur. Elle n'avait jamais eu à s'inquiéter de ne pas porter de soutien-gorge. Elle ne faisait qu'un bonnet B dans les bons jours *et* avec un bon soutien-gorge push-up. Elle avait toujours regretté le fait d'avoir des petits seins, mais quand elle se souvint des yeux de Lucky qui l'avaient presque dévorée quand elle était sortie de la salle de bains, prête à aller se coucher, elle se sentit bien mieux.

Angel et Whiskers dormaient dans un des paniers pour chien que Lucky avait achetés la semaine précédente. Il avait décidé que celui qu'elle avait acheté le premier soir n'était pas suffisant et il s'était assuré que ses nouveaux animaux aient un endroit confortable où dormir dans toutes les pièces. Angel et Whiskers allaient être la chienne et la chatte les plus gâtées de l'Histoire, mais elle ne pensait pas que Lucky ou les animaux se faisaient du souci pour ça.

Angel leva la tête quand elle aperçut Devyn et elle la baissa à nouveau rapidement. Devyn était ravie. Au cours des premiers jours après l'adoption, Angel – et Whiskers, bien entendu – étaient sorties de la pièce quand elle entrait, à moins que Lucky ne soit avec elles. Elle considérait donc le fait qu'elles ne partent pas en courant comme une grande victoire.

— Bonjour, les filles, dit Devyn d'une voix joyeuse. Est-ce que Papa vous a déjà sorties ? Il a dit qu'il le ferait. Et je suis sûre que vous avez mangé. Vous avez peur des gens, mais vous savez qu'il vaut mieux ne pas cracher sur la nourriture, pas vrai ? C'est intelligent. Je crois que vous êtes les animaux les plus intelligents du monde.

Elle savait que ce qu'elle disait n'avait pas de sens, mais elle voulait que les deux animaux s'habituent à sa voix.

Devyn se dirigea doucement vers la cuisine pour préparer du café et elle réalisa que Lucky l'avait déjà fait. Elle se versa une tasse et s'immobilisa, la tasse à mi-chemin de sa bouche, quand elle vit le mot sur le plan de travail.

Elle le prit et posa sa tasse en souriant à la vue de l'écriture désordonnée et masculine de Lucky.

Le café est prêt. J'ai sorti et nourri les enfants. J'ai acheté du sucre roux hier, car je sais que tu aimes que ton porridge soit sucré. Si tu es sage et que tu manges quelque chose de sain, je passerai acheter des beignets en rentrant.

~ Lucky

P.S. J'ai aimé que tu sois dans mon lit hier soir... et ce matin. Je crois que nous devrions en faire une habitude.

Devyn lut le mot trois fois avant de fermer les yeux et de soupirer en signe de satisfaction. Ce mot ressemblait tellement à Lucky. Court et droit au but.

Qui aurait dit que Lucky pouvait être aussi adorable ? Quand elle était arrivée en ville, si quelqu'un lui avait dit qu'elle serait là à ce moment-là, debout dans la cuisine de Lucky, en pyjama, lisant un mot de lui à propos de leurs « enfants » et lui disant qu'il avait aimé l'avoir dans son lit... Elle n'y aurait pas cru.

Mais c'était tellement parfait.

Merde...

Elle aimait cet homme.

C'était la raison pour laquelle elle était là, en réalité.

Lucky n'avait pas besoin de son aide avec Angel et Whiskers. D'après ce qu'elle avait vu, il avait tout sous contrôle pour les aider à s'intégrer et à se socialiser. Il était patient et gentil. Il ne s'énervait jamais, comme le prouvait le fait qu'il avait à peine sourcillé quand il avait retrouvé sa salle de bains couverte d'excréments.

Elle s'était sentie tout à fait en sécurité quand elle s'était endormie dans son lit. Devyn n'avait pas eu peur qu'il profite d'elle. Et elle avait eu raison. De plus, il lui avait préparé du café et il allait lui acheter des beignets. Cet homme pouvait-il être plus parfait ?

Elle avait hâte qu'il revienne à la maison. Pour pouvoir lui parler. Il serait bon d'avoir un regard critique sur le cas de Spencer. Elle aimait son frère. C'était en grande partie la raison pour laquelle elle avait été aussi bouleversée par ses actes. Elle voulait l'aider, mais elle savait aussi qu'il devait vouloir s'aider *lui-même* avant que quelque chose ne change.

Devyn prit le mot et monta à l'étage. Elle devait le mettre en lieu sûr. C'était son premier mot de Lucky et elle voulait le chérir pour toujours.

Voilà qu'elle agissait à nouveau comme une adolescente naïve... Mais Devyn s'en fichait. Elle espérait que Lucky lui écrirait des milliers d'autres mots, mais comme il s'agissait du premier, il était important.

Puis elle redescendit, prit son café, s'installa dans le canapé et attendit que Lucky revienne pour qu'ils puissent parler.

CHAPITRE HUIT

Lucky ouvrit la porte et sourit en voyant ce qui l'attendait. Devyn était assise par terre à côté du panier pour chien, le dos appuyé contre le canapé. Angel avait posé sa tête sur le genou de Devyn et Whiskers était sur le dos dans le panier pendant que la femme lui caressait le ventre.

Le sourire que Devyn lui adressa le réchauffa de l'intérieur.

— Je leur plais… Enfin, je leur plais ce matin, dit-elle.

— Je vois ça, confirma-t-il en s'approchant lentement du trio pour ne pas effrayer les animaux.

Il s'accroupit devant eux et le bout de la queue d'Angel commença à bouger d'avant et arrière. C'était la première fois qu'il voyait ce genre de réaction de sa part depuis le refuge et il était ravi.

— Vous avez passé une bonne matinée ? demanda-t-il de façon rhétorique. Je vois que vous menez Dev par le bout du nez, hein ? Quel bon chien ! Et chat. Les animaux les *plus* meilleurs du monde, ajouta-t-il.

Devyn émit un petit rire.

— Je suis ravie de ne pas être la seule à leur parler comme à des bébés.

Lucky tourna la tête pour sourire et réalisa que son visage était à quelques centimètres de celui de Devyn.

— Salut, beauté.

— Salut, répondit-elle en rougissant quelque peu.

— Tu as bien dormi ? demanda-t-il.

— Très bien. Et toi ?

— Mieux que jamais, si tu veux vraiment le savoir. Ça devait être grâce à l'oreiller-humain blotti contre moi, dit-il en souriant.

Elle baissa les yeux vers le sachet qu'il tenait à la main.

— Est-ce que ce sont des beignets ?

— Ça dépend. Est-ce que tu as mangé sainement ce matin ? la taquina-t-il.

Devyn fit la moue.

— Sérieusement ?

— Oui. C'est toi qui as admis que tu avais mangé quatorze fichus bâtonnets au fromage hier.

— Le fromage, c'est bon pour toi, protesta-t-elle.

— Peut-être, mais tu dois manger autre chose avec. Comme des légumes et des fruits. Et des protéines. Les Pop-Tarts et les œufs au beurre de cacahuète n'entrent pas dans ces catégories.

— Est-ce que tu vas vraiment m'empêcher de manger ces beignets tant que je n'aurai pas mangé quelque chose que tu considères comme correct ?

— Oui, déclara Lucky sans se sentir coupable un seul instant.

— Eh bien, dans ce cas, c'est une bonne chose que j'ai déjà mangé un bol de porridge, pas vrai ? fanfaronna-t-elle.

Lucky rit, faisant sursauter et reculer Angel.

— Désolée, ma fille, dit-il doucement. Je ne voulais pas

te faire peur. Dev dit des bêtises ce matin. Est-ce qu'elle a vraiment mangé du porridge ou est-ce qu'elle dit ça pour mettre la main sur un de mes beignets ? Peut-être qu'elle *vous* a donné le porridge pour me faire croire qu'elle l'avait mangé. Hein ? Est-ce que vous avez eu un deuxième petit déjeuner ce matin ?

— Éloigne-toi des beignets et personne ne sera blessé, l'avertit Devyn d'une voix faussement sérieuse.

Bon sang, Lucky adorait cela. Plaisanter avec Devyn. La taquiner.

Il bougea sans réfléchir et posa ses lèvres sur les siennes.

Ils s'immobilisèrent tous les deux sous l'effet de la surprise pendant un instant, puis Devyn soupira et leva la main, agrippant l'avant du T-shirt de Lucky.

Le baiser fut d'abord léger et taquin, puis profond et sérieux en quelques secondes. Elle avait un goût de sucre roux et de café et Lucky ne pouvait pas s'en rassasier.

Il n'avait pas eu l'intention de faire cela. Pas à ce moment-là. Mais étant donné qu'il le faisait, Lucky avait l'intention d'en apprécier chaque seconde. Il tendit la main et la plaça sur la nuque de Devyn, augmentant l'intimité du moment. Leurs langues bougèrent ensemble, apprenant le goût et la sensation l'une de l'autre.

Après ce qui sembla être plusieurs minutes, même si seules quinze secondes avaient dû s'écouler, Lucky sentit quelque chose pousser son genou. Il recula en se léchant les lèvres et en fixant Devyn du regard, essayant de décider s'il devrait la jeter sur le canapé juste derrière eux ou la passer par-dessus son épaule et l'emmener à l'étage, dans son lit.

Mais un petit bruit attira son attention et Lucky baissa les yeux.

Angel était debout à côté de lui et quand elle vit qu'il la regardait, elle posa une patte sur son genou et gémit.

Lucky n'avait pas retiré sa main de la nuque de Devyn et il la sentit et entendit glousser au même moment.

— Je crois qu'elle est jalouse.

Lentement, Lucky tendit sa main libre.

— C'est vrai, ma fille ? Tu es jalouse ? Ce n'est pas la peine. Tu seras toujours ma priorité numéro un. Mais Dev va être souvent ici. Et ce n'est pas la dernière fois que je vais l'embrasser. Alors, il faudra que tu t'y fasses. Mais le fait que je l'embrasse ne signifie pas que tu es moins importante. Non, tu es ma jolie petite fille. Toi et Whiskers.

Lucky savait qu'il était ridicule, mais il ne pouvait pas nier qu'il adorait que la chienne ait fait un pas vers lui. Il y avait beaucoup de premières fois ce matin-là et il n'aurait pas pu être plus ravi.

Lucky caressa délicatement la tête d'Angel et lui gratta les oreilles tout en regardant à nouveau Devyn.

— C'était...

Soudain, il n'avait plus les mots.

— Incroyable ? Merveilleux ? Sacrément génial ? fit Devyn en souriant.

— Oui. Tout ça, dit Lucky.

Apparemment, Angel avait fini de montrer son affection et elle se retourna pour aller dans le panier. Elle s'enroula autour de Whiskers, qui commença immédiatement à ronronner.

Ses mouvements rapides remuèrent l'air autour de lui et Lucky réalisa pour la première fois qu'il sentait mauvais. Il plissa le nez.

— J'ai besoin d'une douche.

Devyn sourit.

— Oui. C'est vrai. Tu as couru un marathon ou quoi ?

— Juste seize kilomètres. Enfin, dix-neuf, car Brain a dit

quelque chose qui a agacé Trigger et il nous a obligé à continuer.

— Oh, seulement dix-neuf. Fainéant, plaisanta Devyn.

Lucky secoua la tête et se leva.

— Hé ! dit Devyn en tendant le bras et en agrippant le bord de son short.

Il y eut presque un court-circuit dans le cerveau de Lucky en voyant ses doigts si proches de son sexe. Il parvint à contrôler sa réaction pour ne pas l'effrayer en dressant son érection devant son visage.

— Oui ? demanda-t-il.

— Donne-moi mes beignets, ordonna-t-elle en tendant la main et en agitant les doigts.

Lucky éclata de rire à nouveau. Il avait souri plus souvent ce matin-là que dans le passé récent.

— C'est vrai, désolé. Les voilà, dit-il en tendant le sachet comme s'il contenait une bombe qui pourrait exploser au moindre mouvement.

Devyn afficha un grand sourire et le lui prit des mains, regardant immédiatement à l'intérieur.

— Je ne savais pas ce que tu aimais. Alors j'en ai acheté un nature glacé, un au chocolat fourré à la crème, un à la cannelle et un pâtissier.

— Je les aime tous, affirma Devyn en souriant. Quel est ton préféré ?

— D'habitude, je ne mange pas de beignets, lui dit sincèrement Lucky.

— Si je te mettais un pistolet sur la tempe et que je te disais que tu devrais en manger un, ce serait lequel ? demanda-t-elle, toujours souriante.

— Celui à la cannelle.

— D'accord. Je vais te le mettre de côté, dit Devyn. Mais

si tu passes dix ans dans la douche, je ne peux pas te promettre qu'il sera encore là quand tu en sortiras.

— Je ne vais pas y passer dix ans, lui assura Lucky. Et si tu veux tous les manger, vas-y. Je peux en acheter d'autres.

— Je ne crois pas que mes fesses aient besoin que j'y ajoute quatre beignets. Il vaudrait même probablement mieux que je n'en mange pas un seul, marmonna-t-elle.

Lucky baissa la main et posa ses doigts sous son menton pour qu'elle soit obligée de lever les yeux vers lui. Quand il fut certain qu'elle lui prêtait attention, il dit :

— Je crois que je t'ai prouvé plus tôt que tu me plais exactement comme tu es. Je me fiche que tu prennes quarante-cinq kilos ou que tu en perdes vingt. Ni l'un ni l'autre ne seraient très sains, mais tu ne me plairais pas plus ou moins pour ça. Je me fiche que tu n'aimes pas faire de sport ou que tu fasses du yoga une heure tous les soirs. Je veux que tu sois en bonne santé parce que je veux que tu sois là pendant très longtemps. Mais je me mettrais en quatre pour te donner tout ce que tu veux parce que je veux par-dessus tout que tu sois heureuse. D'accord ?

Elle déglutit difficilement avant de répondre.

— D'accord.

Il recula et se dirigea vers les escaliers sans détourner le regard d'elle.

Quand il atteignit la première marche, Lucky se retourna et ajouta :

— C'était le meilleur baiser de ma vie. Et je ne dis pas ça comme ça. Ça va marcher entre nous, Dev. Je ferai tout ce qui est en mon pouvoir pour t'aider à résoudre ce qui te tracasse et nous irons de l'avant. Tu sais ce que je fais, tu sais en quoi consiste mon travail, et si tu peux gérer ça, nous pouvons *tout* gérer. Littéralement. Je reviendrai après m'être lavé et nous parlerons. Ensuite, nous sortirons les filles pour voir si nous pouvons les emmener faire une petite balade. Je ne l'ai pas encore fait, j'ai juste essayé de les promener dans le jardin, alors je ne sais pas comment ça se passera. Mais nous allons tenter le coup. Et je sais que tu dois travailler cet après-midi, mais je peux te déposer et aller à la base, puis aller te chercher quand tu auras fini et te ramener pour dîner. Nous improviserons le reste de la soirée. Ça te convient ?

— Oui, dit-elle doucement.

— Bien.

Lucky avait beaucoup plus de choses à dire. Il voulait lui dire qu'il l'aimait et si elle décidait finalement qu'elle ne voulait pas être avec lui, cela le détruirait.

Mais au lieu de cela, il se retourna et monta les escaliers jusqu'à sa chambre. Il savait qu'il s'agirait de la douche la plus rapide qu'il ait prise depuis longtemps. Il voulait passer le plus de temps possible avec Devyn. Il aimait passer du temps avec elle. Plaisanter avec elle. Et il ne pouvait qu'admettre qu'il mourait d'envie de savoir ce qui la travaillait.

* * *

Devyn retomba contre le dossier du canapé et laissa échapper d'un coup le soupir qu'elle avait retenu. Bon sang, cet homme était mortel. Il était maître dans l'art d'embrasser. Aucun baiser ne lui avait donné la chair de poule auparavant. Mais à la seconde où sa langue s'était enroulée autour de la sienne, elle avait été perdue. Puis, quand il lui avait saisi la nuque... *Elle avait fondu.*

Elle se redressa et regarda les animaux.

— Votre papa est mortel, murmura-t-elle.

Angel et Whiskers ne répondirent pas et se contentèrent de lever des yeux méfiants vers elle.

Lentement, Devyn se leva et emporta le sac de beignets dans la cuisine. Elle avait peut-être exagéré son obsession pour les délicieuses douceurs, mais cela ne signifiait pas qu'elle ne les aimait pas. Elle n'était pas difficile en ce qui concernait son beignet préféré. Elle mangeait presque tout... sauf le glaçage aux fraises. C'était tout simplement une mauvaise idée de mettre du glaçage aux fruits sur un beignet.

Quand Lucky descendit les escaliers, elle avait mangé le beignet glacé et la moitié du beignet pâtissier. Elle avait gardé le beignet fourré à la crème pour torturer un peu Lucky. Elle voulait le rendre fou comme elle l'était chaque fois qu'*elle* était près de lui. Et si le fait d'utiliser la crème pouvait vraiment lui faire penser au sexe et le pousser à l'embrasser à nouveau, elle n'avait rien contre.

Devyn supposait qu'elle devrait se sentir un peu honteuse d'agir de manière aussi flagrante, mais ce n'était pas le cas. Elle avait attendu des mois pour voir ce qu'il y avait dans le caleçon de Lucky et elle allait saisir ce qu'elle voulait. Elle avait adoré dormir dans son lit, être dans ses bras toute la nuit, mais ce soir-là, elle allait avoir autre chose qu'un câlin. Cela faisait très longtemps qu'elle n'avait pas eu un orgasme grâce à quelqu'un d'autre. Cette nuit-là serait sa nuit. *Leur* nuit.

Elle mènerait à bien leur conversation, elle irait travailler, puis, après le dîner, elle prendrait la main de Lucky et elle l'emmènerait à l'étage et...

— Je suis surpris que tu n'aies pas encore tout mangé.

Devyn sursauta, se retourna et vit Lucky s'approcher d'elle. Il fit un détour pour caresser Angel et Whiskers, puis il alla jusqu'à la chaise sur laquelle elle était assise devant la table et il se pencha en avant pour l'embrasser sur la tête. Finalement, il se dirigea vers le placard et prit une tasse pour se verser un café. Il la rejoignit à la table et prit le beignet à la cannelle.

Il sentait terriblement bon. Quel que soit le savon ou le gel douche qu'il utilisait, il lui donnait envie de s'asseoir sur ses genoux, de s'agripper à lui et de ne jamais le laisser partir. L'odeur n'était pas fruitée et elle n'était ni accablante ni artificielle. Elle était fraîche et légère. Elle l'avait adorée la première fois qu'elle l'avait sentie et elle l'aimait encore plus à présent.

Elle se regarda timidement. Elle avait brossé ses cheveux ce matin-là, mais elle portait encore son pyjama alors qu'il portait un pantalon treillis dans lequel il avait rentré son T-shirt vert-kaki. Ses biceps se gonflaient à chaque mouvement... Soudain, elle eut l'impression d'être la femme la plus mal fagotée sur monde. Elle aurait dû se doucher et mettre un peu de maquillage avant qu'il ne rentre. Mais elle avait été submergée par la douceur du mot que Lucky lui avait laissé, puis Angel et Whiskers avaient été vraiment adorables et elle avait voulu gagner leur confiance.

— Qu'est-ce qui ne va pas ? demanda Lucky.

Il semblait toujours en phase avec les sentiments de Devyn.

— Je ne suis pas très bien habillée, dit-elle en plissant le nez.

— Si tu veux mon avis, tu es trop habillée, mais ça n'a pas d'importance. Tu es très bien, Dev.

Alors, d'accord. Au moins, ils étaient sur la même longueur d'onde sur ce qu'ils espéraient qu'il se passerait ce soir-là.

Sans réfléchir, Devyn saisit le beignet fourré à la crème et en prit une grande bouchée. Comme on pouvait s'y attendre, de la crème s'écoula de chaque côté de la pâtisserie et elle utilisa sa langue pour l'empêcher de tomber sur la table ou par terre.

Elle leva les yeux et elle aurait ri en voyant l'expression du visage de Lucky si elle n'avait pas eu la bouche pleine. Distraite par son apparence, elle avait oublié qu'elle essayait de le séduire en mangeant le beignet de manière aguicheuse, mais il semblerait qu'elle l'avait fait sans même essayer.

Prenant son temps, elle lécha la crème et le glaçage qui avaient coulé sur ses doigts, sachant qu'elle torturait Lucky au passage.

— Aie pitié de moi, bon sang, dit Lucky d'une voix grave et rauque.

Cette fois, elle *dut* rire.

— Tu dois admettre que tu as ouvert cette porte pour moi en achetant un beignet fourré à la crème.

— Je ne m'attendais pas à ce que tu me tortures avec, se plaignit Lucky en lui prenant la main.

Il lui prit le beignet des doigts et le laissa tomber dans l'assiette devant elle. Puis, il choqua Devyn en approchant sa main de sa bouche. Ses lèvres s'enroulèrent autour des doigts de la jeune femme, suçant la crème blanche qu'elle n'avait pas léchée. Puis, il passa sa langue le long du doigt jusqu'à la base et le lécha.

L'acte était tellement sensuel que Devyn serra les cuisses, essayant de contrôler son excitation.

— Lucky..., se plaignit-elle.

— Tu l'as bien cherché, dit-il en continuant de presque faire l'amour avec sa main.

Il s'arrêta avant qu'elle ne soit prête et recula. Ils se regardèrent un long moment.

— La situation nous a presque échappé, dit-il enfin.

— Tu crois ? dit-elle d'un ton impassible.

Ils rirent tous les deux.

— D'accord. Va te laver les mains, Dev. Je vais nettoyer ça. Ensuite, nous parlerons. D'accord ?

— D'accord, dit-elle.

Elle ne voulait pas vraiment avoir cette conversation, mais en même temps, elle avait besoin d'en finir. Elle avait besoin que tout cela soit derrière elle. Elle savait qu'elle se sentirait mieux si elle ne portait pas le fardeau du secret de Spencer sur ses seules épaules, mais elle ignorait comment Lucky réagirait. Il pourrait se demander pourquoi elle était aussi bouleversée ou il pourrait être agacé. Il pourrait même parler avec Spencer lui-même.

Mais en conclusion, elle savait sans l'ombre d'un doute que Lucky ferait tout ce qu'il pourrait pour qu'elle se sente mieux par rapport à la situation. Peu importe ce qu'il fallait pour y arriver.

Ce fut cette pensée qui la poussa à se lever et à se diriger vers l'évier de la cuisine.

Le moment était venu. Elle était ravie qu'il ait insisté. Elle en avait assez de réprimer toute cette angoisse. Elle avait besoin de se comporter en adulte et de parler de ses inquiétudes. Et il n'y avait personne de mieux à qui parler que Lucky.

Ils travaillèrent ensemble pour ranger la cuisine. Il posa leurs tasses de café dans l'évier et sortit deux bouteilles d'eau. Elle jeta le sac qui avait contenu les beignets et mit les restes de côté. Elle n'avait pas l'intention de mettre de bons beignets à la poubelle. Elle pensa qu'ils formaient une bonne équipe et elle adorait effleurer intentionnellement Lucky tandis qu'ils se déplaçaient dans la cuisine.

Puis, il s'empara de sa main et la ramena vers le canapé. Elle s'assit au centre et ne fut pas surprise quand Lucky s'installa à côté d'elle. Il se tourna de manière à ce que son genou effleure la cuisse de Devyn. Il ouvrit la bouche pour commencer, mais Devyn le devança :

— Je crois que Spencer est accro aux jeux.

Elle lâcha tout, décidant qu'il valait mieux le dire rapidement plutôt que de réfléchir longuement à la meilleure manière d'aborder le sujet.

Lucky sourcilla, mais ne réagit pas.

— Et si tu commençais par le début ? suggéra-t-il.

Elle apprécia le fait qu'il ne réagisse pas, même si elle voyait qu'il n'était pas vraiment content.

— Au début, je ne me suis pas inquiétée qu'il me demande de l'argent. Il est venu chez moi, nous avons dîné ensemble, puis il m'a demandé s'il pouvait m'emprunter vingt, cinquante, cent dollars jusqu'à sa prochaine paie. Bien entendu, j'ai accepté. Mais après la troisième fois, je lui ai posé des questions à ce sujet. Il a admis qu'il avait des soucis d'argent. Je me suis sentie très mal pour lui, alors je lui en ai donné un peu plus, car il a dit qu'il avait du mal à payer son loyer.

— Laisse-moi deviner : ce n'était pas la dernière fois qu'il te demandait de l'argent, dit sèchement Lucky.

— Non. Finalement, nous en sommes arrivés au stade où il avait trop emprunté et j'essayais de l'éviter, ce pour quoi je me sentais très coupable. Un jour, ma mère m'a appelée pour me dire que Spence lui avait dit que je me comportais bizarrement avec lui et que cela le dérangeait. La culpabilisation de ma mère ne m'a pas vraiment aidée à me sentir mieux, alors quand Spencer m'a redemandé s'il pouvait venir chez moi, j'ai dit oui. Il a agi normalement et j'étais soulagée. Mais quand il est parti... J'ai réalisé qu'il manquait plusieurs choses chez moi.

— Il t'a *volée* ? demanda Lucky d'un air incrédule.

— Oui. Rien d'important : quelques bijoux fantaisie

dont il avait probablement surestimé la valeur et environ quarante dollars que j'avais mis dans un bocal de pièces, dit Devyn.

— Quel salaud, marmonna Lucky entre ses dents.

Devyn baissa les yeux et essaya de ne pas pleurer. Elle n'aurait pas dû être aussi bouleversée par ce qu'il s'était passé une éternité auparavant. Mais c'était le cas.

— Je l'ai immédiatement confronté à ce sujet, mais il a tout nié. Il a dit que j'avais probablement dépensé l'argent et que je ne m'en souvenais pas et que j'avais perdu les bijoux. Il a essayé de tout retourner contre moi en disant que j'essayais de lui attirer des ennuis avec Maman et Papa et que j'étais une sale gosse gâtée. J'ai été surprise de voir qu'il se retournait contre moi aussi vite.

— C'est à cause de lui que tu as quitté le Missouri, n'est-ce pas ? demanda Lucky.

Il lui prit la main et la caressa délicatement du pouce. Devyn acquiesça.

Plusieurs minutes s'écoulèrent tandis qu'elle essayait de trouver la meilleure façon de parler de la partie suivante à Lucky. Elle savait qu'il n'allait pas bien le prendre. Et même si Spencer lui avait fait de la peine, elle avait l'impression de le trahir.

Mais Lucky ne la pressa pas. Il n'interrompit pas ses pensées. Il la laissa réfléchir et déterminer quand et comment continuer son histoire. Décidant qu'il valait mieux être directe comme elle l'avait été à propos du reste, Devyn prit une profonde inspiration et continua :

— Après ça, je n'ai pas vu Spencer pendant environ deux mois. Mais un jour, je suis rentrée à la maison après le travail et il était à l'intérieur de mon appartement. J'avais oublié que je lui avais donné une clé en cas d'urgence. Il avait une grande boîte et il la remplissait avec tout ce qu'il pensait pouvoir vendre. J'étais *tellement* en colère... Mais j'étais aussi inquiète pour lui. Je lui ai demandé sans détour s'il était toxicomane. Il ne m'avait jamais vraiment dit pourquoi il avait besoin d'argent et c'était la seule chose qui me venait à l'esprit. Il a eu l'air vraiment choqué et l'a nié. Il m'a montré ses bras et il n'y avait pas de bleus ni rien. Maintenant, je sais que les gens peuvent se piquer ailleurs, comme entre leurs orteils ou des trucs de ce genre. Mais je l'ai cru. Il n'agissait pas comme s'il était défoncé ou comme s'il avait consommé de la drogue. Finalement, je l'ai obligé à admettre qu'il perdait de l'argent aux jeux. Mais il m'a rapidement rassurée en me disant qu'il n'était pas accro, qu'il pouvait arrêter quand il voulait. J'ai ri et ça l'a vraiment irrité. Il a juré qu'il allait bien et qu'il me rembourserait pour ce qu'il volait. Puis, il a insisté pour dire qu'il gagnerait le gros lot un jour et que je regretterais d'avoir ri. Il aurait des millions de dollars et il ne me donnerait pas un centime. Je lui ai dit que je ne voulais *pas* de son argent. Que je voulais juste passer du temps avec lui sans avoir à craindre qu'il me vole !

Le souvenir de ce qu'il s'était passé ensuite fit couler des larmes sur ses joues. Il avait été presque impossible d'y croire à l'époque, au moment de la bagarre, et à présent, presque un an plus tard, elle avait encore du mal à le faire.

Tandis que Devyn essayait de se contrôler et de ne pas éclater en sanglots, elle sursauta quand Angel sauta sur le canapé à côté d'elle. La chienne aux poils en bataille poussa sa main du museau et Devyn caressa consciencieusement sa tête. Angel s'assit sur les fesses et s'étira, puis posa sa tête sur la jambe de Devyn.

Levant les yeux vers Lucky, elle murmura :

— Est-ce qu'elle a déjà fait ça auparavant ?

— Non, dit doucement Lucky. Elle ne m'a jamais demandé de caresses comme ça.

Devyn baissa à nouveau les yeux vers la chienne qui était presque assise sur ses genoux. Sa fourrure était encore ébouriffée, on aurait dit qu'elle venait de se réveiller d'une sieste particulièrement profonde, les poils dressés sur son crâne. Mais ses yeux marron et expressifs se fixèrent sur elle et Devyn eut envie de fondre. Elle caressa la chienne d'une main tandis que Lucky tenait l'autre.

— Je crois qu'elle n'aime pas le fait que tu sois triste, dit Lucky. Moi non plus.

Whiskers était assise par terre devant le canapé, levant des yeux inquiets vers sa protectrice. Il était évident qu'elle essayait de décider quoi faire. Finalement, elle sauta sur le canapé et s'installa à côté d'Angel.

— Maintenant, tu es complètement encerclée, dit Lucky en souriant.

Devyn hocha la tête et prit une profonde inspiration. Elle essuya ses larmes et continua son histoire :

— Je vois. Bref, Spencer pensait que le prochain gros lot était tout près. Il a eu le cran de me demander mille dollars. La boîte remplie de mes affaires qu'il allait *voler* était posée sur le sol à côté de lui et il voulait m'emprunter de l'argent. J'ai ri de nouveau. Je n'ai pas pu m'en empêcher. Je lui ai dit que même si j'avais cet argent, je ne le lui donnerais pas pour qu'il le jette par les fenêtres. Ça ne lui a pas plu. Il a dit que j'étais égoïste et que je l'avais toujours été. Il a râlé en disant que je lui *devais* une faveur, que je lui avais volé son enfance parce que Maman et Papa avaient toujours été avec moi à l'hôpital. Nous nous sommes disputés et nous nous sommes crié l'un sur l'autre. J'ai dit des choses que je regrette maintenant et j'aimerais penser qu'il regrette de m'avoir dit certaines choses aussi. À un moment, j'ai essayé de le pousser vers la porte pour qu'il parte et il m'a poussée en retour. Il m'a poussée très fort. J'ai trébuché, j'ai perdu l'équilibre et je suis tombée contre la table. C'est comme ça que je me suis *vraiment* fait ce mauvais bleu que Kinley a vu quand vous m'avez aidée à emménager.

Voyant que Lucky ne disait rien, Devyn s'avisa de lever les yeux vers lui.

Merde. Il semblait absolument furieux.

— Ton frère a *levé la main* sur toi ? Il t'a fait du mal ?

Devyn secoua la tête.

— C'était un accident. Il n'avait pas l'intention de me pousser aussi fort.

Elle ignorait pourquoi elle essayait de protéger son frère. Elle savait au fond d'elle qu'il l'avait poussée intentionnellement.

— N'importe quoi. Il savait ce qu'il faisait, dit Lucky d'une voix tendue. Ça me serait égal si vous étiez jumeaux, ce n'est *jamais* acceptable de lever la main sur quelqu'un d'autre.

Devyn ne pouvait pas nier que la colère de Lucky à son égard ainsi que son soutien étaient sacrément agréables.

— Quoi qu'il en soit, ajouta-t-elle. Je suis tombée et il est parti sans ajouter un mot. Après ça, j'ai su que je ne pouvais pas rester dans le Missouri.

— Parce que tu avais peur qu'il te fasse à nouveau du mal, l'interrompit Lucky.

— Non. Parce que je savais qu'il n'arrêterait jamais de me demander de l'argent. Il était désespéré, Lucky, je l'ai vu dans ses yeux, et le fait qu'il entre chez moi en cachette et qu'il essaie de voler mes affaires l'a prouvé. Je l'ai appelé plus tard et je l'ai supplié de se faire aider. D'aller aux Joueurs anonymes ou quelque chose comme ça. Mais il a de nouveau nié qu'il avait un problème. Il m'a dit que si je ne l'aidais pas, il trouverait l'argent ailleurs. Ça ne me plaisait pas, mais j'étais un peu soulagée de ne plus avoir à m'en inquiéter. Mais... j'ai inventé l'histoire selon laquelle mon patron me draguait et je suis partie quelques jours plus tard. Je ne voulais pas que Maman et Papa soient au courant pour Spencer.

— Pourquoi pas ? demanda Lucky.

— Parce que ça les détruirait. Il a toujours essayé d'obtenir leur approbation. Je crois que c'est parce qu'il se sentait un peu perdu dans la masse quand il était petit. J'avais leur attention à cause de la leucémie, mes sœurs étaient plus âgées et elles recevaient beaucoup d'attention de la part de leurs amies et des garçons et Fred s'en fichait. Mais Spencer ne s'en fichait pas. Il désirait leur approbation. Je ne voulais pas parler de mes soupçons à Maman et Papa parce qu'ils seraient déçus. Ils ont déjà failli divorcer à cause du stress provoqué par ma maladie et je ne veux pas en ajouter davantage à leur vie.

— Pourquoi tu n'as pas tout dit à Grover quand tu es venue ici ?

— Parce qu'il aurait été très en colère contre Spencer et ce n'était pas ce que je voulais non plus. Il y a toujours eu une sorte de compétition entre eux, plus de la part de Spencer que de celle de Fred. Il essayait toujours d'être à la hauteur de l'excellente réputation de son grand frère... Et il n'a jamais réussi. Tu ne comprends pas, Lucky ? Je ne veux pas être la raison pour laquelle ma famille vole en éclats, dit Devyn, admettant enfin sa peur la plus profonde. Et si Fred savait que Spencer était sur mon dos pour de l'argent, il perdrait la tête. Il le dirait à Maman et Papa, ils seraient bouleversés, mes sœurs en entendraient parler et s'en prendraient à Spencer... Ce serait un désastre.

— Alors tu essaies de gérer ça toute seule, constata Lucky. Chamboulant toute ta vie pour protéger ton frère.

Devyn haussa les épaules.

— Oui.

— Et maintenant, il recommence à te téléphoner. Je suppose qu'il te harcèle pour que tu lui donnes plus d'argent.

Devyn hocha la tête et refusa de regarder Lucky dans les yeux. Elle ignorait pourquoi elle avait honte alors que c'était Spencer qui aurait dû se sentir mal.

— Regarde-moi, Dev.

Elle prit une grande inspiration et le fit.

— Merci de me l'avoir dit. Je sais que ça n'a pas dû être facile.

— Tu ne peux pas le dire à Fred, dit-elle en se mordant la lèvre.

Lucky écarta sa lèvre de ses dents à l'aide de son pouce puis posa sa grande main sur le côté de son cou.

— Je ne lui dirai pas. Tant que Spencer ne fait rien de stupide, comme entrer chez toi par effraction, te voler de nouveau ou lever la main sur toi.

— Il est encore dans le Missouri, il ne peut pas faire tout ça.

— Je sais. Mais quand même. Tu sais que tu ne peux pas aider quelqu'un tant que cette personne ne veut pas s'aider elle-même, pas vrai ?

— Je sais. Mais... ça a empiré, admit Devyn.

— Comment ça ?

— Il m'a appelée récemment et il a dit qu'il avait besoin de cinquante mille dollars, dit Devyn.

Lucky secoua la tête et soupira.

— C'est beaucoup d'argent.

— Je sais. Il m'a suppliée de l'aider. Il a dit qu'il avait des ennuis. Que si je pouvais lui donner cinq mille, il pourrait les transformer en cinquante mille.

— Tu sais que la possibilité qu'il y arrive est extrêmement faible, en particulier si on prend en compte son passé, déclara Lucky.

— Je sais. Il a dit d'autres horreurs, puis il m'a dit que quand son cadavre serait retrouvé dans un champ de maïs, ce serait ma faute.

— Viens ici, dit Lucky en tendant la main vers elle.

Devyn se retrouva assise sur les genoux de Lucky, Angel appuyée contre ses jambes, qui étaient posées sur les coussins du canapé. Elle appuya sa tête sur le torse de Lucky et s'accrocha à lui aussi fort que possible. Ses bras autour d'elle étaient très agréables. Sécurisants.

— Je suis désolé, Dev. Ça a dû être tellement dur de garder tout ça pour toi.

Elle hocha la tête.

— Tu peux toujours me parler de ce que tu as en tête. Il se pourrait que je n'aime pas tout ce que tu dises, mais ça ne veut pas dire que je n'écouterai pas ou que je ne ferai pas tout ce que je peux pour t'aider à résoudre le problème qui te tracasse. D'accord ?

— D'accord, répondit-elle d'une voix douce.

— On dirait que ton frère a emprunté de l'argent aux mauvaises personnes.

Elle hocha à nouveau la tête.

— Est-ce que tu penses qu'il bluffait ?

— Je ne sais pas. C'est possible. Je crois qu'il ferait ou dirait n'importe quoi pour avoir de l'argent avec lequel parier. C'est vraiment une addiction, comme la drogue. Je ne crois pas qu'il puisse s'en empêcher. Il croit vraiment qu'il est à un pari de gagner le gros lot.

— Qu'est-ce que tu veux faire ? demanda Lucky.

Devyn était très reconnaissante qu'il lui pose la question. Il n'essayait pas de prendre les choses en main, de lui dire quoi faire ou de lui dire que Spencer était une cause perdue et qu'elle devrait tirer un trait sur lui. Elle était énervée à cause de son frère et elle n'arrivait pas à croire qu'il se soit mis dans cette situation, mais elle était inquiète pour lui.

— Honnêtement ? Je veux lui donner cinquante mille dollars et l'obliger à aller dans un centre de désintoxication. Mais premièrement, je n'ai pas cet argent et deuxièmement, comme tu l'as dit plus tôt, s'il ne veut pas se faire aider, ça ne servira à rien.

— Qu'est-ce que tu veux que je fasse ? questionna Lucky.

— Ça, dit immédiatement Devyn. Me serrer dans tes bras quand je suis triste. Me laisser emprunter tes formidables animaux pour que je me sente mieux. Et me soutenir sans critiquer et sans essayer de prendre le contrôle de la situation.

— Je dois admettre que je ne m'en sors pas très bien en ce qui concerne la critique, répondit Lucky contre ses cheveux. Mais j'essaie. Comme tu l'as dit, je n'ai pas de frères et sœurs alors j'ai du mal à être aussi décontracté à ce sujet.

Devyn leva les yeux vers Lucky.

— Tu ne vas vraiment pas le dire à Fred ?

Il soupira.

— Non. Pas maintenant. Je n'aime pas que la somme d'argent dont nous parlons soit aussi élevée. Si Spencer ne mentait pas, cinquante mille dollars, ça représente beaucoup d'argent et un usurier pourrait bien recourir à la violence pour le récupérer. Mais comme je te l'ai promis, à moins que *ta* vie soit en danger ou que tu sois malade, ce dont nous parlons reste entre nous.

— Je suis désolée, lâcha Devyn.

Lucky fronça les sourcils.

— Pourquoi ?

— Parce que tu dois cacher ça à Fred. Je sais que vous êtes très proches et que ton premier instinct est de lui en parler, mais... je ne veux pas faire de mal à ma famille.

Lucky l'embrassa sur le front.

— Ta compassion est une des choses que j'aime chez toi. Ta compassion pour les animaux, pour tes amis et pour ta famille.

Le cœur de Devyn cessa de battre dans sa poitrine un moment. Avait-il dit ce qu'elle pensait qu'il avait dit ? Elle était trop poule mouillée pour lui demander de le répéter, alors elle enfouit sa tête contre son torse et le serra fort.

Pouvait-il vraiment l'aimer ? Ils ne sortaient pas ensemble depuis très longtemps. Mais ce n'était pas comme s'ils venaient de se rencontrer. Elle savait beaucoup de choses sur l'homme sur les genoux duquel elle était assise, simplement parce qu'elle avait passé du temps avec Fred et ses amis pendant de nombreux mois.

Ils avaient été amis bien avant de commencer à sortir ensemble, c'est pourquoi elle savait sans l'ombre d'un doute qu'elle aurait du mal à trouver une personne plus incroyable que Lucky. Il était une des principales raisons pour lesquelles elle n'avait pas quitté la ville pour recommencer à zéro ailleurs.

Devyn aimait cet homme. Elle l'aimait vraiment. Et elle ne pouvait pas imaginer ne pas le voir et ne pas lui parler tous les jours. Elle avait déjà eu l'intention de faire l'amour avec lui, mais maintenant qu'il venait presque de lui admettre qu'il l'aimait en retour ? Elle avait hâte que le soir arrive.

Après quelques minutes, il s'enquit :

— Tu vas bien ?

Devyn acquiesça.

— S'il t'appelle à nouveau, tu me le diras ?

— Oui. Mais je n'ai pas l'intention de décrocher s'il essaie vraiment d'entrer en contact avec moi. Spencer est adulte et je ne peux pas lui sauver la mise cette fois. Ça me tuera s'il est blessé... Mais peut-être que c'est ce dont il a besoin pour remettre sa vie sur les rails. J'ai horreur de dire ça et je vais me noyer dans la culpabilité si quelque chose lui arrive, mais j'en ai assez.

— Je suis fier de toi, dit Lucky. Et si nous allions promener Angel et Whiskers ? Ou du moins, essayer de les promener. Je ne sais pas comment ça va se passer. Ensuite, tu devras prendre une douche et te préparer à aller travailler. Je peux m'occuper du déjeuner avant que nous partions.

— Comment ai-je pu avoir autant de chance ? demanda Devyn.

Lucky sourit.

— Est-ce que c'était un jeu de mots ?

Devyn rit.

— Non, mais ça pourrait en être un.

— Tu m'as eu parce que tu es mignonne et compatissante et parce que j'ai utilisé Angel et Whiskers de manière éhontée pour t'attirer dans mon antre, dit-il.

— Tu crois qu'aucun mec n'a essayé d'utiliser un animal pour me draguer auparavant ? questionna Devyn.

Lucky prit un air renfrogné.

— Vraiment ?

— Calme-toi, dit Devyn en tapotant le torse de Lucky. Et

oui, bien sûr. Ils amènent leurs adorables chiots à la clinique et ils commencent à flirter comme des dingues pendant que je fais l'examen préliminaire de leurs animaux. Le regard dévasté quand ils ratent leur coup est tellement amusant.

— Tu es une femme dure, la taquina Lucky.

— Hé. Ce n'est pas difficile de voir quels propriétaires aiment vraiment leurs animaux et ceux qui les utilisent uniquement pour essayer de coucher.

— J'ai presque peur de te demander dans quelle catégorie je suis.

Devyn afficha un sourire en coin si léger à présent qu'elle avait tout raconté à Lucky. Il était incroyable de voir que le fait de parler de ses sentiments et de sa honte avait allégé le fardeau.

— Tu adores Angel et Whiskers, c'est facile à voir, mais je dois admettre… Tu vas coucher aussi.

Puis, avant qu'il ne puisse répondre, elle descendit de ses genoux et se leva.

— Laisse-moi m'habiller et j'irai chercher leurs harnais.

— Bon sang, c'était cruel, dit Lucky.

Mais il le dit en souriant, Devyn n'était donc pas trop inquiète.

— La cruauté, ce serait de t'utiliser pour tes adorables animaux, mais étant donné que nous allons tous les deux obtenir ce que nous voulons, je crois que nous allons tous les deux l'emporter au final.

— Oh, nous allons bien nous emporter, marmonna Lucky en se levant.

Devyn ne put s'empêcher de sourire en se dirigeant vers la chambre pour enfiler autre chose que son pyjama.

CHAPITRE NEUF

— Tu as parlé à Devyn ? Tu as découvert ce qu'il se passait ? demanda Grover dès que Lucky entra dans la salle de réunion, plus tard cet après-midi-là.

Il avait déposé Devyn à la clinique vétérinaire et ils avaient échangé un baiser torride et intense dans son pick-up. L'alchimie entre eux avait changé. Ils ne cachaient plus leur attirance et c'était terriblement agréable.

Il avait hâte de montrer à Devyn que les choses pouvaient être fantastiques entre eux au lit plus tard ce soir-là et on aurait dit qu'elle était sur la même longueur d'onde. Il était rafraîchissant de ne pas avoir à se demander ce qu'elle pensait du fait de faire avancer leur relation à l'étape suivante. Elle lui avait dit sans détour qu'elle voulait faire l'amour et il était cent pour cent d'accord.

Lucky savait aussi que cette étape les rapprocherait plutôt que de rendre la situation gênante. Le fait de coucher avec la sœur de son meilleur ami n'était pas toujours bien vu, mais Lucky avait déjà eu le feu vert de Grover et c'était fantastique.

Mais avant qu'il ne fasse progresser sa relation avec

Devyn, l'après-midi devait s'écouler. Et ce n'était pas comme s'il pouvait se jeter sur elle à la seconde où il la ramènerait chez lui non plus. Ils devraient manger, s'occuper des animaux, mais ensuite...

— Lucky ? Est-ce que tu lui as parlé ou pas ? répéta Grover, interrompant ses pensées.

— Oui. Nous avons parlé.

— Et ? renchérit Grover.

Lucky se raidit. Il avait espéré qu'après sa conversation avec Grover ce matin-là, son ami ne lui poserait pas de questions sur sa sœur. Mais il semblait qu'il voulait le faire, après tout.

— Elle n'est pas en danger et elle n'est pas malade, dit Lucky sans trahir ses émotions.

— Aïe, mec, tu t'es fait exclure, dit Doc en gloussant.

Mais personne d'autre ne rit.

— Tu ne vas vraiment pas me le dire, hein ? s'obstina Grover.

— On en a déjà parlé, dit Lucky.

Grover soupira.

— Je sais. Mais c'est plus difficile que je le pensais que ma petite sœur *et* toi ayez des secrets pour moi.

— Est-ce que tu lui dis tout ce qu'il se passe dans ta vie ? rétorqua Lucky.

Les deux hommes se regardèrent un long moment avant que Grover ne dise :

— Tu sais que non.

— Est-ce qu'elle est au courant pour Sierra ? Est-ce qu'elle sait que tu t'intéressais à une contractuelle que tu as rencontrée en Afghanistan et que tu as été bouleversée quand elle a cessé de répondre à tes e-mails ? insista Lucky.

— Non.

— Est-ce qu'elle sait qu'un jour tu as complètement oublié son anniversaire et que tu t'es couvert en envoyant un type de télégramme chantant à son bureau, mais que tu n'as pas fait attention et qu'au lieu de lui chanter « Joyeux anniversaire », il pensait qu'elle fêtait son dernier jour de célibat ?

Grover rit.

— Euh, non. Et si elle découvre un jour que ce n'était pas juste une blague et que j'avais oublié son anniversaire, elle me tuera.

— Effectivement. C'est une adulte, Grover. Elle a vingt-neuf ans. Il y a beaucoup de choses que tu ne sais pas d'elle non plus. Mais elle va bien. Nous avons parlé et nous allons faire face à ce qui la tracasse ensemble. J'aimerais pouvoir te le dire. Ça me tue de te cacher des choses. Mais je lui ai donné ma parole et la dernière chose que je veux, c'est la perdre pour ça.

Grover marcha à grands pas vers Lucky et posa une main sur son épaule.

— Je comprends. Ça craint, mais *rien* ne se mettra entre nous. Je te confie la vie de ma sœur. Je parle bien de sa vie et de son bien-être émotionnel aussi. Excuse-moi si je suis trop curieux à l'avenir. Je l'aime, c'est tout, et je veux ce qu'il y a de mieux pour elle. Si je pouvais l'enfermer dans une bulle protectrice, je le ferais.

— Je sais, dit Lucky.

Et c'était vrai. Il ressentait la même chose, bien que son amour soit différent de celui de Grover pour sa sœur.

— Bon, alors maintenant qu'on en a fini avec ça, on peut commencer la réunion ? questionna Grover. Moi, j'ai hâte de commencer la mission des jeux Olympiques. Pendant que nous serons là-bas pour protéger les athlètes des États-Unis, nous pourrons demander des billets pour trois compétitions. Je pense que je vais en demander pour le basket, le baseball ou le beach-volley.

Il haussa les sourcils de manière suggestive.

— Vous savez... des femmes sexy en bikini qui sautent sur la plage ? Ça m'a l'air d'être une bonne option.

Tout le monde rit et s'assit.

— Nous pouvons demander nos trois choix préférés, mais il n'y a pas de garanties que nous obtiendrons les billets, leur rappela Trigger.

Lucky écouta attentivement tandis qu'ils parlaient des avantages et des inconvénients du fait de protéger les athlètes de différents sports et de l'organisation de la logistique du village olympique. Le lieu de la compétition était plutôt vaste à cause de la diversité des disciplines et il serait difficile d'établir un plan pour tous les protéger. Même si plusieurs équipes des forces spéciales étaient déployées pour s'occuper de la sécurité en plus de la police du pays organisateur, la tâche était énorme.

Il était dommage que les forces spéciales doivent être utilisées lors d'un événement aussi prestigieux que les jeux Olympiques. Cependant, il avait été prouvé par le passé que les terroristes saisissaient n'importe quelle occasion de promouvoir leur cause et de répandre la peur et la terreur.

Mais à la fin de leur réunion, l'équipe avait décidé de demander des billets pour voir les épreuves de tir, de plongée et de boxe pendant leur temps libre. Ils savaient tous qu'il y avait peu de chance qu'ils puissent voir ces sports, mais cela valait la peine d'essayer.

L'équipe avait travaillé pendant les jeux Olympiques d'hiver deux ans auparavant et l'expérience avait été éducative et palpitante, très différente de leurs missions habituelles.

— Maintenant que nous avons fini de parler de ce qui

est amusant... Nous devons parler de Shahzada, dit Trigger. Un autre contractuel a disparu. Ce n'est plus juste une possibilité que les gens tombent malades sur leur lieu de travail et s'en aillent, comme on l'a suggéré.

— Sérieusement ? demanda Grover. Les gens pensent que les employés au milieu de l'Afghanistan ont soudain décidé qu'ils n'aimaient pas leur travail et qu'ils sont tout simplement partis ?

— Oui, c'est exactement ce qu'ils pensent. En particulier parce que leurs affaires disparaissent avec eux, répondit Trigger d'un air sombre.

— Ce sont des conneries, dit Brain.

— Qu'est-ce qu'ils font à ce sujet ? demanda Oz. Le fait qu'ils partent avec leurs affaires et sans dire quoi que ce soit à qui que ce soit n'est pas normal. Et plus d'une personne ? C'est sacrément louche.

— Je suis d'accord. Et le commandant aussi. Il est en train de parler avec le général de la base et ils essaient de travailler avec les détectives privés que les agences de contractuels ont engagés pour essayer de trouver leurs employés disparus, renchérit Trigger.

— Merde, dit Brain avec frustration. Et nous sommes certains que c'est lié à Shahzada ?

— Malheureusement, oui. Nos informations indiquent qu'il prévoit quelque chose d'important. Et que les contractuels qui ont disparu étaient ciblés.

— Pourquoi ? interrogea Grover.

— C'est la grande question. Personne n'est sûr. Mais ce dont ils sont certains, c'est que les partisans de Shahzada sont devenus plus agressifs et qu'ils se sont fait entendre au cours des mois qui se sont écoulés depuis la dernière fois que nous y sommes allés. Le général de la base a interdit aux soldats de s'approcher de la ville parce que ce n'est pas sûr. Ils fortifient la base autant que possible, mais il est difficile de savoir exactement ce que Shahzada a planifié, en particulier parce qu'il n'y a pas de photographie claire de lui, expliqua Trigger, l'air soucieux.

Lucky entendit Grover prendre une brusque inspiration.

— Quoi ? demanda-t-il à son ami.

— Il a Sierra, dit Grover.

— Tu ne le sais pas, dit Oz.

— Je crois que nous le savons *tous*, rétorqua fébrilement Grover.

— Elle a disparu depuis un moment, fit Lefty avec prudence.

— Et c'est une femme, ajouta Doc.

— Exactement, dit Grover d'un ton mordant.

Sierra avait disparu des radars des mois auparavant. Ils savaient tous que la probabilité que la femme rousse et menue soit retrouvée en vie était faible, voire inexistante, si elle avait été kidnappée par Shahzada.

L'équipe resta silencieuse un moment avant que Trigger ne poursuive la réunion, parlant de la zone de l'Afghanistan et des informations qui avaient été découvertes sur Shahzada.

Lucky avait beau essayer de se concentrer, le rappel de la disparition de Sierra lui fit penser à Devyn.

Il voulait tuer Spencer pour avoir levé la main sur elle. Intellectuellement, il comprenait ce que Devyn avait dit sur les frères et les sœurs qui se disputaient sans y accorder d'importance, mais le fait qu'*elle* avait fini par avoir un terrible bleu affaiblissait son argument aux yeux de Lucky.

Il était également conscient que Devyn aimait son frère. Et elle était inquiète à son sujet. Lucky l'était aussi. Si Spencer était impliqué dans les affaires d'un usurier qui ne réfléchirait pas à deux fois avant d'en faire un exemple pour les autres clients qui ne lui rendaient pas son argent, il pourrait avoir de gros ennuis.

Tant qu'il ne faisait pas tomber Devyn avec lui, Lucky ne pouvait pas faire grand-chose. Il serait présent pour soutenir Dev de toutes les manières possibles.

Mais si Spencer levait à nouveau la main sur elle, il le regretterait.

La journée sembla s'éterniser, mais leurs réunions finirent par s'achever et il fut temps de rentrer à la maison. Grover rattrapa Lucky lorsqu'il passa la porte.

— Je peux te parler une seconde ?

Lucky salua ses autres coéquipiers et se tourna vers Grover.

— Qu'est-ce qu'il y a ?

— Je sais que ce qui tracasse Devyn est lié à Spencer. Je sais aussi qu'elle l'évite et après avoir reçu cet appel chez Oz, rien ne s'est arrangé. Je n'arrive toujours pas à joindre mon frère, alors je ne sais pas ce qu'il a fait... Mais je veux que tu saches que je ne vais pas prendre parti, quoi que Devyn pense.

Lucky avait promis à Devyn qu'il n'interviendrait pas, alors il hocha la tête.

— C'est bon à savoir. Je n'ai pas de frères et sœurs de chair et de sang, mais je suis presque certain que si c'était le cas, je les protégerais.

— Exactement. Devyn a été vulnérable pendant longtemps. Physiquement et mentalement, je pense. Tout le monde croyait qu'elle allait bien quand elle a commencé à se permettre de faire des folies comme du saut à l'élastique ou du saut en parachute, mais moi, j'avais l'impression qu'elle voulait cracher au visage de la mort. Je ne suis même pas convaincu qu'elle aimait faire ces activités, je crois plutôt qu'elle était particulièrement imprudente pour essayer de prouver qu'elle n'était pas l'enfant malade que nous voyions tous en elle.

Lucky pensa que Grover avait raison. Il se contenta de hocher la tête à nouveau.

— Même si Spencer est né entre Dev et moi, il a toujours semblé plus immature. Il voulait toute l'attention de Maman et Papa quand ils étaient à la maison, il écartait même Devyn de son chemin s'il le fallait. Alors... s'il y a un conflit entre eux, je ne serais pas surpris. Je ne vais pas prendre parti et si c'est ce que Devyn craint... ce n'est pas nécessaire.

— Je le lui dirai.

Grover regarda Lucky.

— Est-ce que je suis sur la bonne piste ? s'enquit-il.

Lucky soupira.

— Oui. Les dynamiques de famille sont toujours étranges et j'imagine qu'elles le sont encore plus dans ta famille parce que Dev était malade. Mais elle t'aime et elle ne ferait rien pouvant te blesser, je suppose que tu le sais.

— Oui. Mais je ne veux pas que le fait qu'elle ne me blesse pas la blesse, *elle*. Si tu vois ce que je veux dire.

— Oui, lui dit Lucky. Je vais avoir l'œil sur la situation. En attendant, je pense qu'elle a juste besoin de se sentir aussi normale que possible. Passer du temps avec tout le monde, faire des trucs de filles, ce genre de choses.

— Elle va commencer à travailler à plein temps, non ? demanda Grover.

— Je ne suis pas sûr.

Grover soupira.

— D'accord. J'aimerais qu'elle le fasse, car ça signifierait qu'elle reste. Pendant un moment, je pensais qu'elle allait partir en courant d'un moment à l'autre. Bref, on se voit demain matin, dit Grover. Dis à Dev que je l'aime.

— D'accord. À demain.

Lucky se dirigea vers son pick-up d'un pas enjoué. Il ignorait ce que Dev et lui feraient pour le dîner, mais ils trouveraient quelque chose. Il se fichait qu'ils mangent des hot-dogs ou un filet mignon. Il passerait du temps avec elle et c'était suffisant pour rendre la soirée parfaite.

Pour la première fois de sa vie, il ne suranalysait pas comment il voulait que la situation se déroule. Si Devyn et lui faisaient l'amour, parfait. Si elle avait eu une dure journée au travail et qu'elle voulait juste parler et dormir dans ses bras, génial.

Ainsi, Lucky sut qu'il l'aimait. Il ne ressentait pas la nécessité de faire avancer les choses juste pour jouir. Il aimait Dev et le rythme auquel elle voudrait aller serait parfait pour lui, quel qu'il soit. Tant qu'il pouvait passer du temps avec elle, il serait satisfait.

Le sentiment de satisfaction était profondément enfoui en lui chaque fois qu'il voyait Devyn. Il avait compris de quoi il s'agissait récemment et il espérait qu'elle éprouvait la même chose. Car dans le cas contraire, s'il ne s'agissait que d'une amourette pour elle, il serait dévasté. Lucky ne pourrait pas continuer à la voir aux fêtes de son équipe si elle rompait avec lui. Cela le tuerait.

Il devait faire tout ce qui était en son pouvoir pour s'assurer que Devyn sache à quel point elle comptait pour lui. À quel point il l'appréciait. Ce ne serait pas difficile. Elle méritait le monde entier et il était prêt à le lui donner.

CHAPITRE DIX

— À demain ! cria Magaret, une des autres techniciennes de soins vétérinaires quand Devyn se dirigea vers la porte.

Elle lui fit un signe de la main, mais ne détourna pas le regard de Lucky. Il s'était garé sur une place de parking devant la clinique et il lui avait envoyé un message pour la prévenir qu'il était là.

Elle n'avait pas encore dit au vétérinaire qu'elle voulait travailler à plein temps. Devyn ignorait pourquoi elle hésitait. Elle supposait que c'était parce qu'elle n'était pas encore complètement convaincue que sa relation avec Lucky fonctionnerait.

Oh, elle *voulait* qu'elle fonctionne. Mais curieusement, dans sa vie, quelque chose semblait mal tourner dès qu'elle pensait que tout allait bien. La dernière chose qu'elle voulait, c'était mettre ses collègues et le vétérinaire dans le pétrin si les choses devenaient gênantes entre Lucky et elle. Elle ne pourrait pas rester et le voir tout le temps. Elle ne pourrait absolument pas supporter de le voir sortir avec quelqu'un d'autre.

Par conséquent, elle hésitait. C'était lâche de sa part,

mais elle n'était pas encore suffisamment à l'aise pour miser le tout pour le tout... pour le moment. Devyn espérait que la soirée changerait ce qu'elle ressentait. Passer cette dernière étape pourrait solidifier l'idée qu'ils étaient un couple sérieux et elle pourrait s'engager à rester au Texas.

— Salut, dit Lucky de cette voix grave et rauque qui l'excitait toujours.

— Salut, répondit-elle en montant dans son pick-up.

— Tu as passé une bonne journée aujourd'hui ?

— Oui. J'ai eu l'occasion de câliner une portée de chatons adorables. Oh ! Et j'ai pu prendre un bébé lévrier dans mes bras. Ce sont comme des licornes.

— Ah oui ?

— Hum hum. Il n'y en a pas beaucoup. Je veux dire, il y en a, mais peu d'entre eux sont emmenés chez des vétérinaires ordinaires. À cause des courses, la plupart d'entre eux sont élevés avec leurs portées pendant plus d'un an et en dehors des courses, la plupart sont élevés pour être des chiens de concours.

— Alors, il n'y a pas beaucoup de chiots en dehors des courses ? demanda Lucky.

C'était quelque chose qu'elle adorait chez lui. Il semblait toujours très intéressé par ce qu'elle avait à dire. Il la prenait toujours au sérieux.

— Non, il y en a peu. Il y aura toujours des chiots de toutes les races élevées chez des particuliers par des personnes qui veulent gagner de l'argent rapidement. Les lévriers ne sont pas très demandés comme chiens de compagnie, alors il y a moins de chiots. Mais tu aurais dû voir ce petit gars. Il ressemblait beaucoup aux autres chiots, alors il est difficile d'imaginer qu'ils deviennent aussi grands à l'âge adulte, avec des pattes aussi longues.

— Tu adores ce que tu fais, dit Lucky.

— Quoi ? demanda Devyn, surprise.

— Tu adores ce que tu fais, répéta-t-il. C'est évident. Tu t'illumines quand tu parles des animaux et tu as tellement de compassion pour eux. Je pourrais t'écouter parler de tes clients à quatre pattes toute la journée.

Devyn savait qu'elle rougissait, mais elle ne parvint pas à s'en empêcher.

— C'est juste que... Les animaux ont une si grande capacité à aimer et à pardonner. J'ai vu les animaux les plus maltraités et négligés lécher les personnes qui les avaient battus et se blottir contre eux. Et tu l'as vu toi-même avec Angel et Whiskers. Les gens ne font pas aussi facilement confiance quand ils ont été blessés.

— Et toi ? s'enquit Lucky.

— Moi ? fit Devyn, feignant la confusion pour gagner du temps.

— Oui, toi. Tu ne l'as pas dit ce matin, mais je sais que le fait que ton frère te prenne pour cible pour demander de l'argent pour son addiction au jeu doit être douloureux. Est-ce que ça t'a poussée à moins faire confiance aux gens ? Est-ce que ça t'a rendue plus méfiante en général ? Je demande juste parce que je ne te connaissais pas avant que tu ne viennes au Texas et j'essaie de découvrir ce qui te fait réagir... et quels efforts je vais devoir faire pour que tu me fasses confiance.

— Je te fais confiance, dit Devyn, et elle le pensait à cent pour cent. Je ne t'aurais pas parlé de Spencer si ce n'était pas le cas.

— Ça compte beaucoup pour moi, chérie, répondit Lucky en tendant la main pour prendre la sienne.

Il posa leurs mains sur la console entre eux et passa son pouce sur sa peau d'un geste rassurant.

— Et pour répondre à ta question : pas vraiment, reprit

Devyn. Je suis optimiste dans l'âme. J'ai tendance à penser que les gens sont bons de manière générale... à moins qu'ils ne me montrent le contraire. Je suis sûre que ce n'est pas très malin et que je devrais probablement mieux protéger mon cœur, mais je ne pense pas vouloir penser que tout le monde veut s'en prendre à moi ou que tout le monde me ment et me trompe.

— Et si c'était moi le cynique de la relation ? C'est moi qui vais penser ça et je te couvrirai quand ce sera nécessaire. Tu peux être la moitié légère et insouciante, et je serai la moitié boudeuse et taciturne.

Devyn eut la chair de poule en l'entendant parler d'eux comme d'un couple. Mais elle rit.

— Tu n'es ni boudeur ni taciturne. Je ne sais même pas si c'est un mot qui existe.

Lucky lui sourit.

— Tu me plais comme tu es, Dev. Je ne veux pas que tu changes. Je suis désolé que ton frère soit sur ton dos et je ferai tout ce dont tu as besoin pour qu'il te laisse tranquille. Et j'essaierai même de le convaincre de chercher l'aide d'un professionnel, juste parce que je sais que ça te permettra d'avoir l'esprit tranquille.

— Merci, murmura Devyn.

Cet homme... Oh... Il la tuait. Mais il rendait aussi la décision de coucher avec lui très facile. Elle avait envie de lui. Elle voulait connaître son attention au lit, car elle savait qu'elle serait tout aussi puissante que lorsqu'ils avaient une simple conversation, comme à ce moment-là.

— Qu'est-ce que tu veux manger pour le dîner ?

De la nourriture ? Elle ne pensait qu'au fait de regarder le tatouage qu'il avait sur l'épaule droite, de près et en personne. Elle l'avait vu quand ils s'étaient retrouvés dans la nouvelle ferme de Grover peu de temps auparavant. Il avait retiré son T-shirt, car il avait fait chaud, et les autres hommes et lui avaient démoli une vieille grange sur la propriété. Elle savait qu'il était noir, mais elle ne savait pas exactement à quoi il ressemblait.

Elle eut presque l'eau à la bouche en pensant au fait d'explorer le corps de Lucky. Elle avait beau ne pas être très sûre de son propre sex-appeal, elle avait l'impression que quand elle sentirait la peau de Lucky contre la sienne, elle oublierait à quoi *elle* ressemblait.

— Dev ? demanda-t-il, un sourire complice sur le visage. Pour le dîner ?

— Je m'en fiche, dit-elle. Ce que tu veux.

— Ce que je veux ? s'étonna-t-il.

Son sourire présomptueux s'élargit.

Devyn fit de son mieux pour contrôler son excitation. Elle ne pouvait pas vraiment lui sauter dessus à la seconde où ils entreraient chez lui. Ils devraient s'occuper d'Angel et Whiskers et les nourrir et elle devrait se doucher et se changer. Des poils de chien et de chat couvraient sa blouse et elle sentait probablement comme l'intérieur d'un chenil.

— Je ne sais pas ce que tu as. Mais je n'ai pas très faim. Qu'est-ce que tu dirais d'une poêlée ?

— Je crois que j'ai quelques légumes qui feront l'affaire. Du riz ?

— Absolument. Je sais que la mode va contre les glucides en ce moment, mais j'adore ça. De plus, il me faudrait un peu plus de rembourrage.

Devyn désigna sa poitrine d'un geste timide.

— Tu n'es pas sérieusement en train de te critiquer, si ? demanda Lucky.

Devyn haussa les épaules.

— On ne peut pas vraiment dire que je ressemble à Dolly Parton.

— Dieu merci, dit Lucky en lui serrant la main. Je te l'ai déjà dit, mais de toute évidence, tu as oublié. Tu me plais comme tu es, Dev. Tu es grande et svelte et tu m'excites tellement que ma queue est dure depuis des mois. Tu marches comme si tu étais parfaitement en harmonie avec ton corps. De plus, tu ris quand quelque chose est drôle, tu es émue quand tu vois une de ces publicités pour la SPA et qu'ils montrent des animaux maltraités. Si tes seins étaient plus gros, tu serais mal équilibrée. Tu es parfaite, Devyn, alors ne t'imagine pas que je veux quelque chose d'autre. J'ai hâte de voir de près ce dont je rêve depuis des mois. Et je sais sans l'ombre d'un doute que tu vas faire exploser tous mes fantasmes. Alors si tu veux du riz, tu auras du riz.

Devyn laissa échapper un long soupir. Elle aurait souhaité enregistrer tout cela pour pouvoir réécouter ce qu'il venait de dire à l'avenir, quand elle se sentirait peu sûre d'elle en ce qui concernait son corps.

— D'accord.

Rien d'autre ne lui vint à l'esprit.

— D'accord, répéta Lucky. Tu vas passer la nuit à la maison, alors ?

— Si ça te convient, murmura-t-elle timidement.

— Ça me convient parfaitement, conclut-il immédiatement. Et juste pour en finir avec cette partie gênante : j'ai des préservatifs. Je les ai achetés il y a deux jours. Pas pour te presser, mais parce que je voulais être prêt et pour pouvoir te protéger.

— Je me fais des piqûres. Les injections contraceptives font de l'effet pendant trois mois, lui assura Devyn.

Elle était légèrement gênée par le sujet, mais elle était soulagée qu'il l'aborde à ce moment-là.

— Tu vas bien ? demanda-t-il.

Devyn fronça les sourcils d'un air confus.

— Comment ça ?

— Eh bien. Je sais que tu ne sors avec personne et certaines femmes prennent des contraceptifs pour contrôler des règles fortes ou parce qu'elles ont des crampes extrêmement douloureuses ou des choses comme ça, ou parce qu'elles ont des kystes ovariens. Alors, est-ce que tu vas bien ? demanda-t-il à nouveau.

— Je vais bien. J'ai commencé quand j'avais environ vingt-cinq ans parce que je trouvais que c'était responsable de la part de quelqu'un de mon âge qui sortait avec des hommes. La dernière chose dont j'avais besoin, c'était une grossesse non désirée. J'aime savoir quand j'aurai mes règles et combien de temps elles dureront. C'est juste devenu une partie de ma routine.

Lucky lui serra la main.

— D'accord. La dernière fois que j'ai été avec une femme, c'était des mois avant que tu arrives. Je n'ai pas de maladies ; nous faisons régulièrement des examens dans l'armée. Je peux te montrer mes derniers résultats.

Devyn lui serra la main.

— Je n'ai pas besoin de les voir. Je te fais confiance.

Il lui sourit.

— Ça compte beaucoup pour moi. Mais je vais te les montrer quand même.

— Je n'ai pas de maladies non plus. Il faut que je trouve un nouveau médecin ici, au Texas, mais je me fais un test tous les ans.

— C'est une bonne chose.

Devyn hésita à parler, mais elle décida enfin de se lancer :

— Alors... Si je n'ai pas de maladies et toi non plus... Et que je prends un contraceptif... Est-ce que le préservatif est nécessaire ?

Voyant qu'il ne répondait pas immédiatement, elle se sentit stupide.

— Oui, c'est probablement mieux. Je veux dire, aucun contraceptif n'est efficace à cent pour cent et c'est plus intelligent d'être prudent.

Ils étaient arrivés chez lui et Lucky se gara sur sa place de parking, devant sa porte. Il éteignit le moteur et se tourna immédiatement vers elle. Il tendit le bras et l'attira vers lui en posant sa main dans sa nuque. Sans un mot, il l'embrassa.

C'était un geste possessif et il contrôla entièrement le baiser.

La tête de Devyn lui tourna et elle ne put que s'accrocher à lui tandis que Lucky dévorait sa bouche. Quand il recula enfin, le regard intense qu'il lui adressa fit frissonner Devyn.

— Je n'ai jamais fait l'amour sans préservatif auparavant, dit-il, la surprenant énormément.

— Jamais ? murmura-t-elle.

— Non. Je n'ai jamais eu assez confiance en une femme pour le faire. Et honnêtement, je n'en ai jamais vraiment ressenti le besoin. Mais avec toi ? Je tuerais pour être en toi nu. Mais je ne veux pas que tu le proposes à moins que tu sois sûre de vouloir une relation à long terme avec moi. Car je sais déjà qu'aucune autre femme ne sera à ta hauteur, Devyn.

Bon sang. Il la tuait.

— J'en ai envie, dit-elle doucement. J'ai envie de toi. Juste toi.

Lucky ferma les yeux comme s'il avait mal. Puis, il les ouvrit immédiatement.

— Tu m'as. Viens, nous devons sortir Angel et Whiskers et ensuite, je devrai te donner à manger. Et si je ne sors pas du pick-up dans les dix prochaines secondes, je vais te prendre juste ici.

Devyn gloussa.

— Je ne l'ai jamais fait dans une voiture, le taquina-t-elle.

— Putain, tu me tues. Aie pitié de moi.

Lucky se pencha et l'embrassa à nouveau. C'était un baiser rapide et dur qui n'avait pas pour but de l'exciter, puis il se retourna pour sortir du pick-up.

Devyn descendit de son côté avec un grand sourire sur le visage. Être avec quelqu'un n'avait jamais été aussi facile qu'avec Lucky. Elle ne pouvait pas nier qu'elle se sentait plus à l'aise maintenant qu'ils avaient parlé de la contraception. Elle n'avait pas mentionné qu'elle n'avait jamais été avec un homme sans préservatif. Certes, elle n'avait pas couché avec beaucoup d'hommes, mais elle avait l'impression que Lucky ne voudrait pas en entendre parler.

C'était un mâle alpha typique pour ce genre de choses. Mais ce n'était pas un problème. Devyn était ravie de ne rien savoir non plus sur sa vie amoureuse passée.

Une partie d'elle n'arrivait pas à croire que le moment était enfin venu. Elle avait désiré Lucky depuis leur première rencontre ; elle avait juste gardé ses sentiments pour elle.

Mais ce soir-là, il serait enfin à elle. Ou serait-elle à lui ? Elle l'ignorait, mais au final, cela n'avait pas d'importance. Elle ne savait pas ce qui arriverait, mais elle ferait tout ce qu'il fallait pour le garder à ses côtés. Elle reconnaissait un homme bon quand elle en voyait un et Lucky était un des meilleurs.

Souriant dans sa barbe, elle prit la main de Lucky quand il la tendit vers elle et ils avancèrent jusqu'à la porte d'entrée main dans la main.

CHAPITRE ONZE

Lucky ne parvenait pas à détourner le regard de Devyn. Il savait qu'il se comportait de manière un peu bizarre, mais il ne pouvait pas s'en empêcher. Elle serait à lui ce soir-là. Et tous les soirs à partir de ce moment-là.

Il avait eu une demi-érection toute la soirée : pendant leur courte promenade avec Angel et Whiskers, lorsqu'ils riaient ensemble en préparant le dîner, alors qu'ils étaient assis dans le canapé et qu'ils regardaient les informations. Il savait qu'à la seconde où il cesserait de se contrôler, il serait dur comme la roche et prêt à se lancer.

Mais il aimait cela. Passer du temps avec Devyn. Parler des gens avec qui elle travaillait. Des animaux qu'elle avait vus ce jour-là. Parler de son propre travail autant que possible. Il n'avait pas à lui expliquer à quel point il était proche de Trigger, son frère et les autres hommes. Elle le savait.

Ils discutèrent des grossesses d'Aspen et Riley et ils plaisantèrent en essayant de deviner combien d'enfants elles finiraient par avoir. Oz n'avait pas caché qu'il voulait une grande famille. On aurait dit qu'une fois qu'il avait eu la garde de sa nièce et de son neveu, il avait réalisé que les enfants étaient formidables et il en avait voulu autant que possible... et aussi vite que possible.

Il était évident que Riley allait devoir le contrôler et Lucky adorait pouvoir plaisanter facilement avec Devyn à propos de cette situation. Elle s'intégrait dans le groupe comme si elle en avait toujours fait partie.

— Grover est ravi que tu sois là, lui dit Lucky.

Devyn se blottit contre son flanc et hocha la tête.

— Je sais. Je lui suis un peu tombée dessus et il aurait pu m'en vouloir parce que je me suis frayé un chemin dans son groupe d'amis, mais il m'a accueillie à bras ouverts. Quand nous étions petits, ça ne le dérangeait jamais que je le suive quand il traînait avec ses amis. Je sais qu'ils l'ont embêté pour ça, mais il s'en fichait. Je l'aime tellement, et je veux qu'il trouve une femme qui l'aime pour ce qu'il est.

— Et avec qui tu pourras être amie, compléta Lucky.

Elle soupira.

— Oui. J'aurais horreur qu'il finisse avec quelqu'un qui ne m'aime pas. Ou qui ne vous aime pas, d'ailleurs. Je veux dire, je ne crois pas qu'il le supporterait, mais l'amour peut pousser les gens à faire des choses étranges.

— J'ai foi en lui. Il sait ce qu'il veut, dit Lucky.

— Et qu'est-ce que c'est ? demanda Devyn en inclinant la tête pour le regarder.

— Quelqu'un qui le soutiendra quoi qu'il arrive. Quelqu'un qui le regardera comme si le soleil se levait et se couchait avec lui, mais en même temps, une femme qui connaît sa propre valeur. Une femme qui est indépendante et qui peut se débrouiller et s'occuper de leurs enfants, s'ils en ont, quand il sera déployé. Elle devra avoir le sens de l'humour et ne pas se prendre trop au sérieux. Mais par-dessus tout, je crois que Grover a besoin d'une personne forte. Ouverte. Qui n'a pas peur de lui faire face ou de faire face à quelqu'un d'autre qui pense pouvoir s'en prendre à elle.

Devyn acquiesça.

— Tu as raison. Il est parfois très autoritaire et s'il ne trouve pas quelqu'un qui peut lui tenir tête, il lui en fera voir de toutes les couleurs en un rien de temps.

— Exactement. Et il est doué dans ce qu'il fait, mais il a tendance à penser au travail tout le temps.

Devyn acquiesça.

— Tu crois qu'il la trouvera ?

— Oui.

Elle gloussa.

— Tu l'as dit très vite.

— Je crois que nous nous la coulions douce. Nous étions ravis de sortir avec des filles sans trop nous impliquer. Et puis, Ghost et son équipe – c'est une autre équipe Delta de la base – ont commencé à tomber les uns après les autres. Nous avons assisté au mariage de Truck et Mary et nous avons vu qu'ils étaient tous fous de joie. Et qu'ils arrivaient à combiner les relations avec leur travail. J'ai l'impression que nous supposions tous que nous ne pourrions pas nous marier tant que nous ferions partie de la Delta. Alors, ce mariage nous a ouvert les yeux. Et nous avons réalisé qu'on ne rajeunissait pas.

— Et puis, Trigger a rencontré Gillian, dit Devyn.

— Oui. Et ça a provoqué un effet domino, fit Lucky en souriant.

— Est-ce que tu penses que leurs relations ont fonctionné à cause de ce qui est arrivé à Gillian et aux autres ? s'enquit Devyn.

— Qu'est-ce que tu veux dire ?

— Juste ça. Gillian et Trigger se sont rencontrés dans des

circonstances extrêmes. Et Kinley et Lefty ont vécu cette histoire de protection de témoins. Aspen et Brain ont travaillé sur une opération ensemble et elle est sacrément dure à cuire. Et bien entendu, ils ont subi l'attaque de Brain. Puis, Riley et Oz ont eu toute cette histoire avec sa nièce et son neveu. Ma vie est carrément ennuyeuse par rapport aux leurs et à ce qu'ils ont vécu.

Elle haussa les épaules. Lucky vérifia que les animaux allaient bien et vit qu'ils ronflaient dans le panier pelucheux dans le coin de la pièce. Il se leva et attira Devyn avec lui.

— Lucky ? dit-elle, mais il ne répondit pas.

Il vérifia que la porte d'entrée était verrouillée avant de l'emmener en haut des escaliers. Il entraîna Devyn dans sa chambre, puis s'assit sur le lit, l'attira contre lui et la poussa à se mettre à califourchon sur ses genoux. Son visage était au même niveau que le sien à présent et il le prit tendrement entre ses mains.

— Écoute-moi, Dev. Je me fiche complètement de la manière dont mes amis ont rencontré leur femme, je suis juste ravi qu'ils l'aient fait. Je n'ai pas eu besoin d'un grand drame pour savoir que je veux être avec toi. Je n'ai pas besoin que tu te retrouves au cœur d'une fusillade ou qu'un terroriste fou essaie de te poignarder. Je n'ai pas besoin d'un grand événement vital pour savoir que je t'aime. Je t'aime, c'est tout. Parce que tu es *toi*. Tu es réservée et ça a été un cauchemar d'essayer d'aller doucement avec l'attirance que je ressens pour toi. Je voulais que tu apprennes à me connaître, je voulais que tu voies que je ne vais pas prendre le contrôle de ta vie et que je ne vais pas être trop possessif. Tu es une adulte qui a parfaitement géré sa vie sans moi. Ça me va que nos vies soient terriblement ennuyeuses. Ça ne changera pas ce que je ressens pour toi.

Il la regarda déglutir difficilement et se mordre la lèvre.

— Tu m'aimes ? murmura-t-elle.

Lucky sourit. Il devrait probablement être un peu inquiet à l'idée de l'avoir dit, mais étant donné qu'elle ne s'était pas écartée de ses bras et qu'elle ne semblait pas horrifiée par sa déclaration, quelque chose s'apaisa en lui.

— Oui, Dev. Je t'aime. Comment pourrait-il en être autrement ? Je serais aussi chanceux que mon surnom l'indique si tu pouvais trouver dans ton cœur ne serait-ce qu'une fraction de l'amour que je ressens pour toi.

— Je t'aime aussi, chuchota-t-elle comme si elle était terrifiée à l'idée de le prononcer à voix haute.

Lucky savait qu'il souriait comme un fou, mais il ne pouvait pas s'en empêcher.

— Excuse-moi, je ne t'ai pas bien entendue. Est-ce que tu peux répéter ?

Devyn fronça les sourcils.

— Tu as bien entendu.

— Non. Je crois que tu dois le dire de nouveau. Je veux dire, je suis plus vieux que toi et j'ai fait face à quelques explosions. Mon ouïe n'est plus ce qu'elle était.

— Tu as entendu Angel gémir deux pièces plus loin l'autre jour. Tu t'es précipité pour voir quel était le problème et tu as réalisé que la friandise que tu lui avais donnée était tombée sous le canapé et qu'elle ne pouvait pas l'atteindre, l'accusa Devyn.

— Hum, tu dois te tromper, je n'aurais pas pu l'entendre, lui dit Lucky, toujours souriant.

Devyn plissa le nez et au lieu de dire ce qu'il voulait entendre à nouveau – ou plutôt, ce qu'il avait *besoin* d'entendre à nouveau – elle enfonça ses doigts dans ses flancs pour le chatouiller.

Lucky laissa échapper un cri perçant carrément féminin et se mit immédiatement à rire. Il était extrêmement chatouilleux et il ne l'avait jamais dit à personne. Pourtant, d'une manière ou d'une autre, cette femme savait exactement comment le toucher pour le rendre complètement impuissant.

Il essaya de l'écarter d'elle, mais Devyn ne le laissa pas faire et continua de le chatouiller sans pitié.

— Je me rends ! cria Lucky en essayant de s'éloigner de ses doigts, en vain. J'abandonne !

— Tu vas admettre que tu entends bien ? demanda-t-elle, ses doigts passant sous son T-shirt pour intensifier la torture de ses chatouilles.

— Oui ! Tout ce que tu voudras ! S'il te plaît, pour l'amour du ciel, arrête !

— Bon sang, et tu te fais passer pour un soldat de la Delta ? se moqua-t-elle, tandis que ses doigts s'immobilisaient enfin.

Lucky ferma les yeux sous l'effet du soulagement. Il était sur le dos et Devyn était encore à califourchon sur ses hanches, mais ses doigts étaient encore sous son T-shirt.

— Les chatouilles ne faisaient pas partie de l'entraînement pour supporter la torture, dit-il faiblement.

Devyn gloussa. Puis elle rit. Puis elle eut un fou rire. Lucky profita de l'occasion pour rouler sur le côté et pour bloquer le corps de Devyn sous le sien. Mais elle n'arrêtait toujours pas de rire. Le fait d'être la victime de la plaisanterie ne le dérangeait pas. Qui avait un jour entendu parler d'un agent des forces spéciales mis KO en moins d'une minute par des chatouilles ?

Il aurait pu la regarder rire sans réserve pendant des heures. Quand elle se reprit enfin, elle le regarda, les larmes aux yeux.

— C'était trop drôle, dit-elle.

— Je t'aime, dit doucement Lucky. Tu apportes de la joie

à ma vie et aucune femme ne l'a jamais fait. J'étais heureux et satisfait et je me disais que je ne me sentais pas du tout seul. Et puis, tu es arrivée et j'ai réalisé que ma vie était ennuyeuse. Je ne peux pas te perdre, Dev. Si je commets une erreur, dis-le-moi immédiatement pour que je puisse m'excuser et arranger les choses. Si je ne passe pas assez de temps avec toi ou que tu te sens ignorée, pour l'amour du ciel, dis-le-moi. S'il te plaît. Je ne le supporterais pas si tu me quittais à cause de quelque chose que je peux arranger.

— Je t'aime aussi, déclara-t-elle. Et pareil pour moi. J'essaie de ne pas me laisser emporter dans des drames, mais si ça arrive, fais-le-moi remarquer. Je ne veux pas que tu aies l'impression d'être le second couteau dans notre relation. Si je parle trop de mon travail ou que je ne prends pas assez de congés, tu as ma permission de me kidnapper.

— Personne ne va kidnapper personne, affirma Lucky en écartant une mèche de cheveux de son front. Acceptes-tu que je te fasse l'amour ? Que je te montre à quel point tu comptes pour moi ?

— Si j'*accepte* ? Non. Je vais devoir te supplier de bien vouloir te dépêcher et de me prendre sur-le-champ.

Lucky sourit. Bon sang, cette femme était parfaite pour lui.

— Tu aimes ça dur et fort ? demanda-t-il en frottant ses hanches contre elle.

— Avec toi, je crois que je vais aimer tout ce que tu veux bien me donner.

— Bonne réponse, dit Lucky en gloussant. Et si nous improvisions ?

— Ça me paraît bien. Mais... Je dois me laver les dents d'abord. Et faire pipi. Et peut-être retirer quelques vêtements.

— Tu es tellement pragmatique, la taquina-t-il.

Devyn haussa les épaules.

— Je n'ai jamais compris comment les gens dans les romans ou les films d'amour arrivent à se déshabiller tout en étant allongés. C'est beaucoup plus compliqué qu'ils n'en donnent l'impression. C'est juste plus facile de tout enlever avant de se mettre au lit.

— C'est vrai, dit Lucky. Cependant, plus tard, je vais avoir envie de retirer tes vêtements un par un. Il y a quelque chose de sacrément sexy à l'idée de révéler ton corps centimètre par centimètre.

— Ça marche. Tant que je peux te rendre la pareille.

Lucky la fixa du regard un long moment sans dire un mot.

— Quoi ? fit-elle un peu timidement.

— Je mémorise juste cet instant, lui dit Lucky.

Devyn sourit tendrement. Puis, elle le menaça :

— Si tu ne bouges pas, je vais te chatouiller de nouveau.

Lucky s'écarta immédiatement d'elle.

— Sadique, grommela-t-il.

Elle rit.

— Je veux t'embrasser et te voir nu, mais je ne veux pas avoir mauvaise haleine la première fois que nous faisons l'amour.

— Tu n'as pas mauvaise haleine, lui assura-t-il.

Elle haussa un sourcil.

— Attends, est-ce que *j'ai* mauvaise haleine ? questionna-t-il, horrifié.

Elle ne répondit pas et se contenta d'afficher un sourire en coin et d'aller dans la salle de bains.

Lucky secoua la tête lorsqu'elle disparut dans l'autre pièce, mais il se précipita dans la salle de bains des invités, dans le couloir, pour se brosser aussi les dents. De toute évidence, il allait devoir rester calme quand elle était dans les parages. Elle aimait plaisanter et il adorait cela. Il n'avait jamais autant souri avec une femme.

Deux minutes plus tard, il retourna dans la chambre. Il avait retiré son T-shirt et son treillis et il se tenait maladroitement à côté de son lit, attendant que Devyn revienne. C'était peut-être pour cette raison que les gens retiraient généralement leurs vêtements au lit. Le fait d'être debout et nu en l'attendant était gênant.

Puis, elle arriva.

Et elle le choqua grandement en sortant de la salle de bains complètement nue.

Il s'était attendu à ce qu'elle soit enroulée dans une serviette ou à ce qu'elle ait gardé son soutien-gorge et sa culotte. Mais elle avança vers lui à grands pas, en tenue d'Ève... Il en eut l'eau à la bouche.

La rougeur de la poitrine de Devyn s'étendit jusqu'à ses joues, probablement parce qu'il la fixait du regard, mais il ne pouvait pas détourner les yeux de son corps. Ses seins étaient petits, mais surmontés de tétons délicieux qui étaient déjà durs comme la roche. Ses cheveux blonds effleuraient le haut de ses seins, lui donnant envie de sentir les mèches sur son propre corps quand elle le chevaucherait. Même si elle était svelte, son ventre avait un petit bourrelet, ce qui était sacrément sexy à ses yeux. Ses jambes n'en finissaient pas et Lucky avait hâte de les sentir autour de lui, ses talons s'enfonçant dans ses fesses tandis qu'il la pénétrerait profondément.

Le fait de penser à la pénétrer lui rappela qu'il allait pouvoir la prendre sans protection, ce qui fit durcir son membre dans son caleçon. Distraitement, Lucky baissa le vêtement le long de ses jambes, libérant son sexe. Il le sentit remonter brusquement, comme pour la saluer.

Le sourire soulagé sur le visage de Devyn valait la peine qu'il soit gêné en l'attendant nu.

— Viens ici, dit-il en tendant la main.

Devyn avança immédiatement vers lui, s'agrippant à ses doigts comme s'il s'agissait de lignes de vie. Il voulait en être une pour elle. Pour toujours.

— Tu es tellement courageuse, lui dit-il.

— En fait, non, avoua-t-elle. Mais je pensais que ce serait étrange de sortir avec une serviette... En particulier après la bravade dont j'ai fait preuve plus tôt.

— Rien ne serait bizarre entre nous, lui dit Lucky. Fais ce que tu veux. Toujours.

Puis il l'attira contre son corps. Le plafonnier de la chambre était encore allumé et Lucky en fut reconnaissant. Il voulait voir chaque centimètre de Devyn tout en la prenant.

Alors qu'il la tenait peau contre peau pour la première fois, la nervosité à propos de ce qu'il se passerait disparut. Il était tellement agréable de la sentir contre lui. Il passa sa main le long de son dos, adorant sa peau douce et soyeuse. Elle était tellement différente de lui. Il était dur et calleux. Elle était douce et lisse.

— C'est un crâne, dit Devyn d'un air surpris.

Lucky vit que son regard était rivé vers le tatouage sur son épaule.

— Oui.

— Je n'arrivais pas bien à voir de quoi il s'agissait avant. Je croyais que c'était une sorte de tribal, lui dit Devyn.

— Je me le suis fait après avoir rejoint la Delta. Ça me semblait adéquat. Les crânes représentent la mortalité et ça me rappelle que je ne suis pas immortel. J'ai beau être un Delta, je ne suis pas invincible. Comme ça, je me souviens d'être toujours en alerte, sinon je pourrais finir comme les terroristes que nous pourchassons. Mais c'est un peu morbide, alors je ne le montre pas souvent.

— Il me plaît. Il te va bien, dit Devyn en passant ses doigts sur le motif.

Il n'aurait pas dû être aussi soulagé qu'elle ne déteste pas son tatouage, mais Lucky ne put s'empêcher de se souvenir de la réaction horrifiée d'une autre femme qui l'avait vu. Il n'était pas sorti avec elle, cela avait eu lieu à un match de volley sur la base. Il l'avait entendue dire à ses amies qu'il était affreux. Elle avait dit qu'elle n'arrivait pas à croire qu'il avait abîmé son corps en tatouant quelque chose d'aussi horrible dessus.

Il avait été très prudent pour ne pas retirer son T-shirt devant les mauvaises personnes après cela, mais le fait de savoir que Devyn n'était pas dégoûtée par son tatouage et qu'il pourrait bien l'exciter, à en juger par la manière dont elle se léchait les lèvres en le regardant, l'aidait à oublier les mots de l'autre femme.

— Tu vas regarder mon épaule toute la nuit ou est-ce qu'on s'y met ? la taquina-t-il.

Elle leva les yeux vers lui.

— Tu es pressé ?

— En fait, oui, lui dit-il en poussant ses hanches contre elle.

Du liquide pré-éjaculatoire sortait de son sexe et il savait qu'elle le sentait contre son bas ventre. Il était heureux de ne pas avoir à contorsionner son corps pour lui faire l'amour. Ils étaient parfaitement alignés. Il ne serait pas difficile de la prendre debout, contre le mur, dans la douche... Il grogna à chaque image coquine qui lui passait par la tête.

Comme si elle savait à quoi il pensait, Devyn sourit et

leva une jambe, l'enroulant autour de sa cuisse et s'ouvrant à lui.

— C'est ça. Au lit, déclara Lucky en les retournant avant de la soulever et de presque la jeter sur le matelas.

Devyn rit et recula immédiatement, lui donnant de la place pour qu'il se joigne à elle. Lucky rampa à quatre pattes jusqu'à elle, ne s'arrêtant pas avant d'être au-dessus d'elle.

— Je voulais te faire un cunnilingus d'abord, dit-il sérieusement. Mais je ne pense pas pouvoir attendre.

La main de Devyn se faufila entre eux et s'enroula autour de son membre. Lucky inhala rapidement tandis qu'elle le caressait.

— Je pourrais te faire une fellation, proposa-t-elle.

L'idée de ses lèvres autour de lui fit grogner Lucky. Il se mit à genoux, baissa la main et écarta celle de Devyn de son sexe. Puis, il le prit lui-même à la base, s'empêchant d'éjaculer sur-le-champ.

— Putain. Tu ne peux pas me faire ça.

— Quoi ? Te proposer de te sucer ? le taquina Devyn.

— Oui. Du moins, pas avant que je ne jouisse en toi plusieurs fois. Peut-être que je me contrôlerais plus à ce moment-là, mais je suppose que je partirai toujours au quart de tour avec toi, lui dit-il sincèrement.

— Si c'est censé me couper l'envie, ça ne marche pas, l'informa-t-elle. Je ne sais pas pourquoi les hommes tiennent tant à tenir des heures. Honnêtement, après un moment, toutes ces pénétrations font mal. Je suis toujours preneuse d'un bon petit coup rapide.

— Tu jouis facilement ? demanda Lucky, souhaitant désespérément avoir autant d'information que possible pour pouvoir leur faire plaisir à tous les deux.

Elle rougit à nouveau, mais elle hocha la tête.

— D'habitude, j'utilise un vibreur plutôt fort. Je peux jouir en moins d'une minute si je ne me taquine pas.

— Je veux voir ça, déclara Lucky.

— Eh bien, pas ce soir, car je n'ai pas apporté mon vibreur, lui dit-elle.

Cela ne posa pas de problème à Lucky. Il écarta les jambes de Devyn tout en s'approchant.

Elle lui sourit. Adorant le désir qu'il vit dans ses yeux, Lucky tendit la main entre ses jambes. Il n'était peut-être pas assez patient pour la dévorer à cet instant, mais il pouvait s'assurer qu'elle jouisse avant qu'il ne la prenne.

À l'aide de son pouce, il s'occupa immédiatement de son clitoris. Il observa ses réactions pour apprendre quel genre de contact l'excitait.

— Oh oui, plus fort, lui dit-elle.

Lucky savait qu'il affichait un sourire stupide, mais il ne pouvait pas s'en empêcher. Il sentait son excitation et cela rendait le moment encore plus charnel. La lumière vive du plafonnier lui permit de voir que ses lèvres internes étaient roses et il utilisa le jus de Devyn pour lubrifier son doigt tout en continuant à caresser son clitoris.

Ses hanches commencèrent à se propulser subtilement en avant tandis qu'il la menait de plus en plus près de l'orgasme. À l'aide de son autre main, il inséra délicatement un doigt en elle, la caressant encore plus fort en voyant qu'elle se resserrait immédiatement autour. Il commença à la pénétrer avec son doigt.

— J'y suis presque ! haleta-t-elle.

L'avertissement était inutile. Il le vit par la façon dont sa poitrine rougit et par le tremblement de ses cuisses. Elle était sacrément belle comme ça. Étalée devant lui, en proie au désir. *Il* lui donnait cela. Et il en tirait une grande fierté. Lucky voulait se pencher et prendre un de ses tétons dans sa bouche. Il avait envie de l'embrasser. Il voulait tout, mais il avait besoin de la voir jouir cette fois. Il voulait la regarder pendant qu'il lui donnait du plaisir.

— Jouis pour moi, mon amour, dit-il d'une voix rauque tandis que les jambes de Devyn essayaient de s'écarter davantage, tandis qu'elle essayait de s'empaler plus fort sur son doigt.

— *Argh !*

Le son qu'elle émit en jouissant était sacrément adorable. Sans lui donner le moindre avertissement, Lucky saisit son membre et fit glisser le bout à l'intérieur de son corps tandis qu'elle tremblait sous l'effet de l'orgasme.

— Encore, ordonna-t-elle en baissant la main et en agrippant ses fesses, essayant de l'attirer en elle.

La sensation de son corps chaud et humide essayant d'étrangler son membre était accablante. Il n'avait jamais rien ressenti d'aussi incroyable auparavant. Il s'enfonça en elle rapidement, sans vraiment penser à ce qu'elle ressentait. Il ne pouvait pas attendre. Il lui en fallait plus. Plus de contact peau contre peau. Lucky avait déjà l'impression qu'il allait exploser.

Ses bourses étaient serrées contre son corps et il savait qu'il allait perdre la bataille pour garder le contrôle de lui bien avant d'être prêt. Il voulait rester en elle ainsi pour toujours. Il voulait sentir ses parois internes se serrer et caresser la peau extrêmement sensible de son sexe. On aurait dit qu'il était vierge à nouveau. Il ne pouvait pas se contrôler. Pas du tout.

— Je dois bouger, dit-il d'une voix rauque.

— Oui, encore, haleta Devyn.

Il avait eu l'intention d'aller doucement. De savourer chaque seconde du cadeau qu'elle lui offrait. Non seulement son corps, mais le fait qu'elle ait confiance en lui pour le laisser la pénétrer sans protection. Mais de nouveau, il n'en fut pas capable. La première fois qu'il recula ses hanches, l'idée d'aller doucement et prudemment s'envola par la fenêtre.

La manière dont son sexe pénétrait la moiteur excitée de Devyn ne ressemblait en rien à ce qu'il avait ressenti auparavant. Il sentait sa chaleur jusque dans ses os.

Lucky enfonça à nouveau son sexe en elle pour ressentir la même chose. Les petits seins de Devyn furent secoués et il sentit ses muscles de Kegel se serrer autour de son sexe lorsqu'il se retira.

Il ignorait combien de pénétrations il parvint à réaliser ; il savait juste qu'il était au paradis. Quand il sentit les cuisses de Devyn se soulever et se frotter aux siennes, puis ses talons s'enfoncer dans ses fesses... Il fut perdu.

Il la prit comme s'il s'agissait de la dernière fois qu'il était à l'intérieur d'une femme. Durement, rapidement, désespérément. Quand la main de Devyn se referma autour de son biceps et se resserra brutalement, Lucky sut qu'il porterait la marque de ses ongles et il explosa.

À un instant, il la pénétrait comme un fou et un instant plus tard, il enfonça son sexe aussi profondément que possible en elle avant de jouir.

Il libéra ce qui devait être la plus grande quantité de sperme du *monde* en elle. Il sentit son jus se mélanger à celui de Devyn profondément en elle et cela provoqua un deuxième orgasme, moins intense. Ses bourses étaient humidifiées par le mélange de leurs fluides et même cela lui sembla excitant et nouveau.

— *Putain*, murmura-t-il, les bras tremblants tandis qu'il faisait de son mieux pour se maintenir au-dessus d'elle et ne pas l'écraser.

Mais Devyn s'enroula autour de lui et dit :

— Allonge-toi. Tu ne me feras pas de mal.

Il le fit. Elle maintint ses jambes autour de sa taille et il resta à moitié dur en elle. Lucky réalisa qu'il n'avait pas besoin de se lever immédiatement et de retirer le préservatif pour qu'il ne fuie pas. Il n'y avait pas de préservatif, alors ils étaient déjà trempés. C'était carrément charnel et tellement sexy. Et salissant. Il sourit contre ses cheveux.

— De quoi est-ce que tu ris, bon sang ? demanda-t-elle, l'air un peu agacée.

Lucky leva la tête, mais maintint le reste de son corps collé au sien.

— Je pensais juste que nous allons avoir beaucoup de lessive à faire.

— Sérieusement ? La lessive ? Qu'est-ce qui ne va pas chez toi ?

Lucky ne pouvait s'empêcher de sourire.

— On salit tout, lui dit-il en poussant ses hanches contre les siennes pour soutenir son argument.

— Oh ! dit-elle.

— Oui, oh, répéta-t-il. Je ne me suis jamais rendu compte que c'était aussi salissant.

— Si tu trouves que c'est salissant maintenant, attends de voir quand tout ce que tu as mis en moi ressortira.

— Ça ressort ? demanda Lucky.

Devyn éclata de rire.

— Oui ! Qu'est-ce que tu pensais ? Que mon corps l'absorbait ?

Il haussa les épaules d'un air incertain.

— Flash spécial, mon pote. Ça ne fonctionne pas comme ça. Ce n'est pas une éponge. Ce qui entre finit par sortir. Je veux dire, je n'en ai pas fait l'expérience en personne, car j'ai toujours utilisé des préservatifs, mais j'ai entendu assez de gens dire que les petits coups rapides sont très salissants pour les femmes. Pour les hommes, c'est « crac-boum-hue, merci madame », mais les femmes ont des fuites un moment après.

— Je veux voir ça, dit Lucky.

— Quoi ? Non ! Lucky, non, se plaignit Devyn tandis qu'il se retirait lentement et qu'il s'agenouillait pour regarder entre ses jambes.

— Bon sang, c'est tellement gênant, dit Devyn tandis que Lucky écartait ses jambes et regardait son sperme sortir de son corps.

— Non, insista-t-il. C'est sacrément sexy.

Il baissa la main et passa un doigt entre ses plis, prenant un peu du mélange de leurs jus. Puis, il utilisa ce doigt pour caresser son clitoris. Devyn sursauta.

— Je vois que nous n'aurons pas besoin de lubrifiant à l'avenir, dit-il en souriant.

— Je ne vais pas dormir là où c'est mouillé, déclara Devyn.

— Je suis d'accord. Alors... qu'est-ce que tu dirais d'essayer à nouveau, maintenant que je nous ai calmés un peu ?

— Encore ? demanda-t-elle, incrédule.

— Oui. Debout. À quatre pattes, Dev.

* * *

Devyn se retourna rapidement. Elle n'avait jamais été dans cette situation auparavant. Elle n'avait jamais été avec un homme qui pouvait avoir deux érections la même nuit. Bon sang, elle n'avait jamais eu deux orgasmes d'un coup auparavant. Mais elle avait l'impression que Lucky allait lui offrir beaucoup de premières fois.

À la seconde où elle se mit en position, Lucky grogna :

— Bon sang, j'aimerais que tu voies ça.

— Je crois que je vais passer mon tour, marmonna Devyn contre l'oreiller.

Elle sentait le jus couler le long de l'intérieur de ses cuisses. De toute évidence, il avait été très excité par le fait de la prendre sans protection, à en juger par la grande quantité de sperme qui recouvrait ses cuisses.

— Je suis désolé, mais c'est tellement sexy, lui dit Lucky.

Une main agrippa sa hanche, puis elle sentit le bout de son sexe passer entre ses plis gonflés de nouveau.

Il semblait encore plus grand dans cette position et Devyn ne se donna pas la peine de retenir un grognement tandis qu'il s'enfonçait entièrement en elle. Quand il recula, elle entendit le bruit de succion que leurs corps émirent.

Elle rit et ce fut au tour de Lucky de grogner.

— Bon sang, je le sens autour de mon sexe quand tu ris.

Et Devyn réalisa à ce moment-là qu'elle n'avait jamais vraiment ri pendant l'amour auparavant. Elle aimait cela.

— Attends que je rie alors que je t'ai dans la bouche, ronronna-t-elle.

Elle ignorait d'où lui venait cette manière de parler si coquine.

— Putain, jura-t-il et Devyn rit à nouveau.

Puis, il recommença à la prendre fortement. Le son de leurs peaux se heurtant l'une à l'autre était fort dans la pièce. Elle rua contre lui tandis qu'il la prenait, en voulant davantage. Il voulait tout d'elle.

— Touche-toi, lui ordonna Lucky. Je veux te sentir jouir autour de mon sexe.

Devyn obéit immédiatement, tellement excitée qu'elle avait désespérément envie de jouir à nouveau. Ses doigts effleurèrent le membre de Lucky tandis qu'il entrait et sortait de son corps et elle adorait l'entendre gémir sous l'effet de l'extase.

Ses cuisses commencèrent à trembler à cause de l'effort qu'elle faisait pour rester en position et elle sentit Lucky enrouler un bras autour de son ventre pour l'aider à garder l'équilibre.

— C'est ça, Dev. Tu y es presque. Je te sens trembler contre moi. Bon sang, c'est tellement bon, tu ne t'imagines même pas comme c'est bon ! Vas-y, chérie. Je ne pourrai pas tenir beaucoup plus longtemps.

Deux fortes pénétrations de plus et Devyn explosa. Elle émit une sorte de mélange bizarre entre un grognement et un gémissement et tout devint blanc un instant. Quand elle reprit ses esprits, elle sentit l'aine ferme de Lucky contre ses fesses et il jouit à nouveau en elle.

Il resta immobile un long moment. Devyn sentait son cœur battre la chamade et elle n'avait pas assez d'énergie pour faire autre chose que rester là, soutenue par la force de Lucky. Elle grogna quand il se retira lentement.

— Sérieusement... c'est tellement sexy, dit-il avant de l'allonger et de la serrer contre lui par-derrière.

Une de ses mains glissa le long de son corps et couvrit le sexe de Devyn. Ses doigts jouèrent paresseusement avec son jus et elle ne trouva pas l'énergie d'être gênée.

— Je t'aime, dit-il.

— Je t'aime aussi.

— Ça va fonctionner, déclara-t-il comme s'il la mettait au défi de le contredire.

— D'accord, confirma-t-elle.

— C'est vrai. Je ne vais pas te laisser partir, et ce n'est pas parce que je suis accro à ton sexe. C'est parce que je suis vraiment heureux pour la première fois de ma vie. Je comprends maintenant. Je comprends pourquoi tout le monde fait tout un plat du fait d'avoir quelqu'un avec qui on veut passer chaque minute de chaque jour.

Ses mots étaient agréables. Très agréables.

— Je ressens la même chose.

Ils échangèrent un tendre sourire.

Puis, un peu gênée par l'intensité de leurs sentiments, elle dit :

— Mais je répète que je ne dormirai pas sur la partie du drap qui est mouillée, même si tu me lèches les bottes.

Elle le sentit glousser contre son dos plus qu'elle ne l'entendit, puis il bougea. Il les déplaça jusqu'à ce qu'il soit sur le dos et qu'elle utilise son épaule comme oreiller. Devyn passa une jambe au-dessus de sa cuisse et enroula son bras autour de son ventre.

— Mieux ? demanda-t-il.

— Oui. Mais je devrais me lever et aller faire pipi ; ça aidera probablement à moins salir.

— Plus tard, dit-il. Je veux profiter de ce moment.

Elle aussi.

— Lucky ?

— Oui, mon amour ?

— Merci.

— Pourquoi ?

— Merci d'être toi.

Il rit.

— De rien ?

Devyn savait qu'elle devrait mieux expliquer ce qu'elle ressentait, mais elle décida de ne pas le faire. Les mots ne pourraient jamais vraiment lui faire comprendre à quel point elle était reconnaissante qu'il soit aussi incroyable. Elle devrait juste faire de son mieux pour lui *montrer* à quel point il la rendait heureuse.

Elle se détendit, plus satisfaite qu'elle ne l'avait été depuis des mois. Lucky avait tout ce qu'elle voulait chez un homme... Et elle n'avait pas l'intention de le laisser partir.

Elle avait été inquiète pour son frère auparavant, mais avec lui, c'était différent. Si quelque chose arrivait à Lucky, elle ne s'en remettrait jamais. Mais il adorait son travail, il était doué et elle serait la meilleure partenaire qu'il ait jamais eue. Si Gillian, Kinley, Aspen et Riley pouvaient faire face à l'incertitude de sortir avec un homme qui faisait partie des forces spéciales, elle pouvait le faire aussi.

— Arrête de trop réfléchir, dit doucement Lucky. Dors.

Et elle le fit.

Spencer faisait les cent pas dans la chambre de motel pour laquelle il avait réussi à rassembler assez d'argent. Il avait été expulsé de son appartement le mois précédent et depuis lors, il avait dormi dans sa voiture ou il avait vécu aux crochets des quelques amis qu'il lui restait. Il avait passé quelques nuits sur l'un de leurs canapés, puis il était allé chez quelqu'un d'autre. Il avait même vécu chez ses parents un moment, mais il ne supportait pas de voir la déception et l'inquiétude sur leurs visages chaque fois qu'ils le regardaient.

Il détestait cela. Spencer voulait qu'ils soient fiers de lui. Comme ils l'étaient du reste de ses frères et sœurs. Et ils le seraient. Il n'avait qu'à gagner le gros lot et ils seraient fous de joie pour lui. Il partagerait une partie de ses gains avec eux pour qu'ils rénovent le sous-sol comme ils disaient souvent qu'ils le souhaitaient.

Mais d'abord, il devait rembourser l'argent qu'il avait emprunté à Rocky.

Il ignorait son vrai nom, il connaissait uniquement la manière dont il se faisait appeler dans les rues. Plusieurs de ses connaissances de jeux l'avaient prévenu qu'il ne fallait pas déconner avec cet homme, mais Spencer avait eu désespérément besoin d'argent.

Et maintenant qu'il en avait le plus besoin, il n'en trouvait pas. Devyn était la seule à qui il pouvait en demander, et elle lui avait tourné le dos. Certes, il avait commis des erreurs dans le passé, il l'avait volée, mais c'était différent cette fois. Sa *vie* était en jeu !

Spencer entendit quelque chose à l'extérieur. Il se leva et regarda prudemment derrière le rideau de sa chambre. Un homme et une femme traversaient le parking sombre en riant. C'étaient probablement une prostituée et son prochain client. Le motel n'était pas vraiment un Four Seasons. Ils louaient des chambres à l'heure. Spencer était gêné de devoir recourir à un tel établissement.

Il ne voulait que cinq mille dollars. Devyn ne pouvait-elle pas les lui donner pour lui sauver la vie ? *Il* ne trouvait pas que c'était beaucoup. Il avait un tuyau sur un pari fiable qui lui ferait rapidement gagner quarante mille dollars. Il pourrait les donner à Rocky, puis trouver rapidement le reste de ce qu'il lui devait.

Mais il avait *besoin* de cinq mille dollars.

Peut-être que s'il les demandait à Devyn en personne, il pourrait la persuader de l'aider.

Si elle voyait à quel point il était désespéré, elle lui donnerait l'argent dont il avait besoin. Il le savait. Il devrait trouver une excuse pour expliquer sa présence en ville, mais cela ne lui posait pas de problème. Fred serait ravi de le voir et il accepterait même probablement qu'il dorme dans sa nouvelle ferme.

Sans parler du fait que sortir de la ville serait une bonne chose, car Rocky les cherchait, lui et son argent.

Une fois que sa décision fut prise, Spence eut l'impression qu'un poids avait été retiré de ses épaules.

Il réglerait le problème. Il obtiendrait son argent de la part de Devyn, il gagnerait suffisamment pour que Rocky le laisse tranquille et il irait de l'avant. Il n'était pas accro, comme Devyn le disait. Il pouvait arrêter de jouer quand il le voulait. Mais pourquoi arrêter alors qu'il *savait* qu'il était sur le point de gagner le gros lot ? Ce serait nul d'arrêter à ce moment-là, alors que l'énorme jackpot qu'il pourchassait depuis des années était à portée de main.

Il devait juste continuer un peu plus longtemps, puis il montrerait à tout le monde qu'il n'était pas le perdant qu'ils imaginaient.

Allongé sur le lit, Spencer soupira de soulagement. Maintenant qu'il avait un plan, il pouvait dormir. Il devait trouver un peu d'argent pour l'essence et la nourriture dont il aurait besoin sur le trajet jusqu'au Texas, et il s'en irait. Et... qui sait ? Peut-être que jouer dans le sud serait plus rentable. Il devrait trouver des casinos ou des maisons de jeu clandestines pour essayer.

Peut-être qu'il n'aurait pas besoin de sa petite sœur, après tout.

CHAPITRE DOUZE

— Je crois que je devrais obtenir une partie de ce pari que vous avez fait sur Lucky et moi, dit Devyn aux autres une semaine plus tard, alors qu'elles passaient du temps ensemble chez Grover.

Il les avait attirées en promettant des margaritas aux femmes qui n'étaient pas enceintes et des boissons sans alcool pour celles qui l'étaient, et pour Logan et Bria. Alors que les femmes étaient assises sur le porche pour discuter, les hommes et les enfants qui les suivaient partout faisaient de leur mieux pour construire une nouvelle grange. Elle serait bien plus petite que celle qu'ils avaient démolie, mais ils adoraient le défi.

— Je le savais ! s'exclama Aspen avec joie. Est-ce que c'était génial ?

Devyn soupira.

— Tellement génial, confirma-t-elle.

— Alors... J'ai un aveu à faire, dit Aspen.

— Quoi ?

— J'ai menti. Il n'y avait pas de pari. Ça aurait été super

grossier. Mais je voulais te donner une motivation pour t'y mettre.

— Tu es démoniaque, fit Devyn en riant.

— Mais si tu veux me remercier après que j'aurai accouché de cette boule de bowling que je transporte, je serai ravie que tu me paies un verre ou deux.

— Marché conclu, acquiesça Devyn.

— Je n'arrive pas à croire que tu as cru cette histoire de pari, dit Gillian en riant.

— La ferme, marmonna Devyn en jetant une serviette en boule à l'autre femme.

Tout le monde s'esclaffa.

— Mais sérieusement, nous sommes heureuses pour toi, dit Kinley en souriant. Vous vous faites de l'œil depuis des mois, c'est agréable de voir que vous êtes passés à l'action.

— Est-ce que vous sortez ensemble ou est-ce que vous vous voyez ? questionna Riley.

— Quelle est la différence ? demanda Devyn en plissant le nez d'un air confus.

— Si vous vous voyez, ça veut dire que ce n'est pas sérieux. Vous vous plaisez, mais vous êtes ouverts à l'idée de voir d'autres personnes. Si vous sortez ensemble, ça veut dire que vous êtes exclusifs. Ça veut dire que vous allez voir où ça mène et que tu serais d'accord pour l'épouser un jour, expliqua Riley d'un ton neutre.

— Je ne crois pas que ce soit vrai, dit Gillian. Est-ce que tu viens de l'inventer ?

— Peut-être. Mais je veux savoir quand même.

Devyn gloussa. Bon sang, elle adorait ces femmes.

— D'après tes définitions, nous sortons ensemble, c'est sûr. Il me plaît. Beaucoup. Ça me fait presque peur.

Les quatre autres femmes affichèrent un grand sourire.

— Quoi ? Pourquoi est-ce que vous donnez soudain l'impression de vous être échappées d'un asile de fous ? s'exclama Devyn.

— Nous sommes juste heureuses pour toi, dit Aspen.

— Le fait que je sois effrayée vous rend heureuses ? s'enquit Devyn d'un ton pince-sans-rire.

— Non, mais ça signifie que tu tiens vraiment à Lucky. Et nous sommes toutes passées par là, la rassura Gillian. Tu veux un conseil ?

— Est-ce que j'ai le choix ? demanda Devyn avec un grand sourire pour indiquer à l'autre femme qu'elle la taquinait.

— Non, garce, alors assieds-toi confortablement et écoute, lança malicieusement Gillian.

Puis, elle se pencha en avant et devint sérieuse :

— Ne te pose pas de questions. Nos hommes sont intenses et ils vont vite. Mais ils le font parce qu'ils ne supportent pas l'idée de ne pas nous avoir à leurs côtés. C'est presque comme s'ils prenaient le risque que quelqu'un d'autre passe et attire notre attention s'ils ne nous « réclament » pas. Mais ce qu'ils ne savent pas, c'est qu'il n'y a personne de mieux. Il est impossible que nous désirions quelqu'un d'autre. Mais c'est adorable de les laisser faire tout ce qu'ils peuvent pour essayer de nous prouver à quel point nous leur plaisons.

Devyn acquiesça.

— Mais, que se passera-t-il si c'est l'inverse ? Si une autre femme vient et qu'ils ne peuvent pas lui résister ? Je veux dire, Gillian et Kinley, vous avez rencontré vos hommes en mission. Et si Lucky sauve une belle femme des griffes d'un terroriste et tombe fou amoureux d'elle ? Ça me détruirait. Et je ne peux pas non plus lutter contre ça. Je ne suis pas courageuse. Quand les choses deviennent trop accablantes, je m'enfuis. C'est pour cette raison que je suis venue au Texas. Pour être près de mon frère. Je savais que Fred m'aiderait si j'avais vraiment besoin de lui, mais quand je suis arrivée ici, j'avais trop peur pour lui avouer la raison pour laquelle j'avais quitté le Missouri.

— Respire, Dev, lui conseilla Riley.

Devyn réalisa qu'elle venait d'en dire bien plus qu'elle ne le voulait. Mais chaque fois qu'elle révélait un petit bout de vérité à quelqu'un, un poids de plus semblait s'ôter de ses épaules.

— D'abord, tu es la seule femme que Lucky ait regardée depuis le moment où on vous a présentés, lui assura Riley. Ils ont été envoyés en mission plusieurs fois depuis que vous vous êtes rencontrés et il est aussi fou de toi qu'avant. De plus, je n'ai pas rencontré Porter en mission. C'était mon voisin. Je ne crois pas qu'il existe une histoire plus ennuyeuse. Et parfois, fuir est la bonne chose à faire.

— Oui, c'est ce que j'ai fait, dans le fond, dit Kinley.

— Entrer dans un programme de protection des témoins, ce n'est pas la même chose, fit Devyn en pouffant.

— Tu sais qu'on est là si tu veux en parler, proposa gentiment Gillian.

— Je sais. Et je vous remercie, dit Devyn.

C'était vrai. Ces femmes faisaient partie des personnes les plus ouvertes et amicales qu'elle ait rencontrées. Parfois, elle avait du mal à croire qu'elles l'avaient acceptée aussi facilement.

— Oh ! Cria soudainement Aspen.

Tout le monde se tourna vers elle.

— Quoi ?

Aspen écarquillait les yeux et son visage était pâle.

— Je... Quelque chose ne va pas.

Elle se tenait le ventre et se penchait légèrement en avant.

— Le bébé ? demanda Gillian avec insistance.

Aspen hocha la tête.

— C'est trop tôt, il me reste encore un mois… Mais soit je viens de perdre les eaux, soit je saigne.

Devyn tressaillit quand Gillian mit ses doigts dans sa bouche pour émettre un sifflement strident. Comme s'ils l'avaient répété, les hommes levèrent la tête, puis ils se précipitèrent vers la maison. Oz avait pris sa nièce dans ses bras et Logan courait à côté de lui, faisant de son mieux pour suivre le rythme.

— Qu'est-ce qui ne va pas ? demanda Trigger en s'approchant du porche.

— Le bébé d'Aspen arrive, dit Kinley.

— Aspen ? s'écria Brain en montant les escaliers deux à deux pour la rejoindre. C'est trop tôt !

— Je le sais, dit-elle.

De toute évidence, elle paniquait, mais elle faisait de son mieux pour garder son calme.

— C'est tôt, mais pas trop tôt pour qu'il survive.

Devyn ignorait s'il serait pire d'avoir les connaissances médicales qu'Aspen avait grâce à sa formation d'aide-soignante et secouriste militaire ou d'ignorer ce qu'il se passait.

— Je vais chercher mon Expedition, dit Oz.

Puis il se retourna et courut vers la file de véhicules garés dans l'allée.

— Je n'ai pas mes affaires ici, dit Aspen tandis que Brain l'aidait à se lever.

— Nous pouvons te les apporter, la rassura Gillian.

— Mon sac est déjà prêt, lui dit Aspen juste avant de se plier en deux à cause d'une contraction douloureuse.

Une tache rouge foncé devenait de plus en plus grande

sur son pantalon, s'étendant à vue d'œil en quelques secondes.

— Soulève-la, ordonna Doc.

Brain prit sa femme dans ses bras.

— Ça va aller, lui dit-il. Vous allez vous en sortir tous les deux.

Aspen acquiesça et posa la tête sur l'épaule de son mari.

— Je viens avec vous, annonça Doc.

— Moi aussi, proposa Gillian.

— Nous vous retrouverons à l'hôpital, dit Kinley.

— Ça ira, je suis sûre que ça va durer un m…

Les mots d'Aspen furent interrompus par un long gémissement.

— On y va, dit Brain en se dirigeant prudemment vers les escaliers.

Trigger prit son coude pour le guider et s'assurer qu'il ne tombe pas avec Aspen dans ses bras. Gillian et Riley marchaient près d'eux et tout le monde les regarda monter dans la voiture d'Oz. Il recula si vite qu'il heurta presque le véhicule qui tournait dans l'allée. Oz fit une embardée autour de la Buick LeSabre grise et s'éloigna en faisant crisser les pneus.

— Oh, merde, dit Fred.

Devyn ne parvenait pas à détourner son regard du nouveau véhicule. Elle savait exactement qui était à l'intérieur.

— Il a appelé avant que tout le monde arrive et il a dit qu'il était au Texas, dit Fred à Devyn d'un air désolé. Il n'a nulle part où aller, alors je lui ai dit qu'il pouvait dormir chez moi.

Devyn voulait dire à son frère que c'était une mauvaise idée. Qu'il devrait mettre sous clé tous ses objets de valeur pour que Spencer ne puisse pas les voler et les mettre en gage. Ce n'était pas le moment d'avoir cette conversation. Mais de toute évidence, elle allait devoir avoir une petite discussion avec son frère. Sous peu.

— Nous devons partir, dit Lefty avec insistance.

— Allez-y, lui répondit Fred. Je vais saluer mon frère et lui expliquer ce qu'il se passe. Ensuite, j'irai à l'hôpital.

— Dev ? s'enquit Lucky d'une voix calme en passant un bras autour de sa taille.

Elle secoua la tête, essayant de sortir de la transe dans laquelle elle était entrée à la seconde où elle avait vu la voiture de Spencer.

— Je vais bien, dit-elle à Lucky à voix basse.

— On dirait que vous avez l'intention de partir, fit Spencer avec un sourire arrogant sur le visage tandis qu'il avançait vers le porche. Est-ce que j'ai interrompu quelque chose ?

— Sois prudent, Grover, dit Lucky en écartant Devyn du chemin de Spencer et en la dirigeant vers son pick-up.

Devyn entendit Fred accueillir son frère et dire :

— C'est bon de te voir, frérot, mais le moment est mal choisi.

— Respire, Dev, lui conseilla Lucky en démarrant le moteur.

Elle laissa échapper le soupir qu'elle avait retenu.

— Je n'arrive pas à croire qu'il est ici.

— Nous nous en occuperons plus tard, dit Lucky en tournant dans la rue.

Devyn acquiesça. Elle avait le mauvais pressentiment qu'il était là pour les cinquante mille dollars dont il avait besoin pour rembourser l'usurier. Mais elle ne pouvait vraiment pas lui donner cet argent. Elle ignorait ce qu'il allait faire, mais la harceler ne fonctionnerait pas. À ce stade, elle ne savait vraiment pas si elle lui aurait donné l'argent même si elle l'avait eu. Et elle avait l'impression d'être la pire sœur du monde.

— Regarde-moi, lui ordonna Lucky.

Devyn tourna la tête. De la terre tachait le visage de Lucky et ses cheveux étaient ébouriffés. Il avait remis son T-shirt en retournant vers la maison, mais il était extrêmement sale.

Elle réalisa à ce moment-là que tous les hommes de l'équipe étaient venus en courant au moindre signe de danger. Elle était fière de Lucky et de tous les autres.

— Nous ferons face à Spencer ensemble. Tu n'as pas besoin de penser à lui maintenant.

— Je sais, c'est juste que... s'il vole Fred, je vais me sentir coupable de ne pas l'avoir prévenu !

Lucky secoua la tête et divisa son attention entre la route et elle.

— Personnellement, je pense que c'est une bonne chose. Grover n'est pas un imbécile. Si Spencer fait quelque chose, il le saura. Et tu n'auras plus à décider si tu veux lui parler des problèmes de jeu de Spencer ou pas. Mais rien de ce que ton frère fait n'est *ta* faute, d'accord ?

— C'est facile à dire, mais pas si facile à croire, dit Devyn.

— Je sais. Mais tu n'es plus seule, lui assura Lucky. Si tu veux que je sois là quand tu parleras à Grover, je serai là.

— Merci. Lucky ?

— Oui, mon amour ?

— Je m'engage dans cette relation à long terme.

Il sourcilla sous l'effet de la surprise.

— C'est une bonne chose, car moi aussi.

— Je voulais juste que tu le saches. Je sais que j'ai mis du temps à te donner une chance, mais je pense que je n'ai jamais rencontré un homme meilleur que toi.

Il sourit et elle en eut presque le souffle coupé.

— Je ne te laisserai pas partir, avoua-t-il avec déférence. Je veux dire, si tu décides que tu me détestes et que tu ne veux plus être avec moi, je ne serai pas un de ces types qui dit que si je ne peux pas t'avoir, personne ne peut t'avoir... Mais ça me tuera et je ne sais pas si je pourrai sortir avec quelqu'un d'autre avant longtemps. Mais tant que tu voudras être avec moi, je ne ferai pas tout foirer. Je suis à toi, Dev. Pour toujours.

Elle lui sourit.

— Quand avons-nous commencé à être aussi sentimentaux ? demanda-t-elle.

— Ça doit être à cause d'Angel et Whiskers. Je te jure que je n'étais pas aussi fleur bleue avant de les adopter, lui répondit Lucky en souriant.

— Oui, bien sûr, fais porter le chapeau au chien et au chat qui ne peuvent pas se défendre, le taquina-t-elle.

C'était difficile à croire, mais Devyn se sentait dix fois mieux que quelques minutes plus tôt. D'une certaine manière, Lucky savait lui faire voir ce qui était important. Elle était encore inquiète parce que Spencer était sorti de nulle part, en particulier après qu'il lui avait dit qu'il avait besoin de cinquante mille dollars sans quoi quelqu'un lui ferait du mal, mais avec Lucky à ses côtés, elle trouverait une solution.

Elle en avait assez de garder les secrets de Spencer. Le seul moyen pour qu'il guérisse, c'était que son problème soit dévoilé. Et la première étape était d'en parler à Fred. Puis à leurs parents. Puis à leurs sœurs. Si tout le monde le savait et faisait pression sur Spence, il chercherait de l'aide.

Il devait le faire. Il ne pouvait pas continuer ainsi.

Lucky entra dans le parking des urgences et en un instant, les pensées de Devyn se tournèrent à nouveau vers

Aspen. Elle espérait que le bébé allait bien. Brain et elle attendaient la naissance de leur fils depuis des mois. Elle pouvait à peine imaginer à quel point ils devaient être effrayés.

Lucky se gara et elle courut vers l'arrière du pick-up pour le rejoindre. Il lui prit la main et ils se dirigèrent vers la salle d'attente. Ils ne se demandèrent pas s'ils resteraient jusqu'à avoir des nouvelles ni pendant combien de temps. Ils seraient présents pour leur amie et pour le coéquipier de Lucky, quoi qu'il arrive.

Lucky faisait les cent pas dans la salle d'attente. Ils avaient tous été emmenés dans une autre pièce plus petite pour qu'ils puissent attendre des nouvelles d'Aspen et du bébé. Il n'était pas le seul à être angoissé. Gillian, Kinley, Riley et Devyn étaient blotties dans un coin, parlant à voix basse et faisant de leur mieux pour garder le moral. Oz et Doc faisaient également les cent pas tandis que Trigger, Lefty et Grover étaient assis sur le côté, en état d'alerte, les yeux rivés sur la porte.

Ils attendaient depuis deux heures et même si Lucky était inquiet pour ses amis, il était aussi agacé par le fait que Spencer soit au Texas. Il n'était pas venu à l'hôpital avec Grover, mais le simple fait de savoir qu'il était là et que Devyn était probablement stressée à cause de son apparition soudaine irritait Lucky. Il voulait prendre Grover à part et tout lui dire. Le prévenir. Lui dire de ne pas laisser Spencer s'approcher de Devyn. Mais il lui avait fait une promesse.

Il avait horreur de cacher des choses à Grover. Cela allait à l'encontre de tout ce qu'il savait, de tout ce en quoi leur équipe croyait. Mais pour Devyn, il enfreindrait toutes les règles qu'il connaissait. Elle était importante à ce point à ses yeux.

La semaine précédente avait été une des meilleures de sa vie. Il semblait tout avoir à présent. Son travail, qu'il adorait, et quand il rentrait à la maison le soir, il pouvait se détendre et rire avec une femme qui le faisait se sentir terriblement bien. Sans parler des nuits, quand il pouvait lui faire l'amour et dormir en la serrant dans ses bras.

Et ce jour-là avait commencé tout aussi bien. Lucky adorait passer du temps avec les hommes de son équipe dans une atmosphère détendue. Ils travaillaient bien ensemble, sur le champ de bataille et pendant leur temps libre. Et le fait de regarder le porche de la maison de Grover et de voir les femmes rire et passer du bon temps ensemble lui avait permis de se... calmer. Il n'y avait pas de mot pour décrire ce qu'il avait ressenti en voyant Devyn sourire et rire avec les meilleures femmes qu'il connaissait.

Mais instinctivement, à la seconde où ils avaient entendu Gillian siffler, ils avaient su qu'il y avait un problème. Ils s'étaient tous précipités vers la maison à la seconde où ils l'avaient entendue. Il n'était pas prêt à voir du sang recouvrir le pantalon d'Aspen. Mais l'ancienne aide-soignante militaire avait gardé son calme et l'équipe avait fait ce qu'elle faisait toujours : travailler ensemble pour faire ce qu'il fallait.

Puis Spencer était arrivé au milieu du chaos...

Sa présence n'avait été ni prévue ni bienvenue.

Comme s'il lisait dans ses pensées, Grover se leva et s'approcha de Lucky.

— Quand Spence a téléphoné ce matin, qu'il a dit qu'il était en chemin et qu'il arriverait quelques heures plus tard, il m'a pris par surprise, dit-il avec insistance. S'il avait répondu à mes appels précédents, je lui aurais dit que ce n'était pas une bonne idée de me rendre visite maintenant et j'aurais fait ce qu'il fallait pour qu'il me dise ce qu'il se passe entre Devyn et moi. À la seconde où j'ai accepté qu'il dorme chez moi pendant son séjour ici, il m'a remercié et il a raccroché.

— Tu aurais dû la prévenir, reprocha Lucky à son ami.

Grover soupira.

— Je m'en rends compte. J'ai juste oublié quand tout le monde est arrivé. Je n'arrive pas à oublier l'expression de son visage quand elle l'a vu.

Lucky hocha la tête. Il l'avait vue aussi. Le choc. La trahison. Et la peur. C'était la peur qu'il détestait le plus. Il avait entendu toutes les histoires de ses années folles quand elle avait tout juste vingt ans. Toutes les choses risquées qu'elle avait faites. Sa Dev n'avait peur de rien. Mais à la seconde où elle avait vu son frère sortir de sa voiture, elle avait été terrifiée.

— Je pense que tu dois avoir une conversation à cœur ouvert avec ton frère, dit Lucky aussi diplomatiquement que possible.

— Oui, c'est prévu, rétorqua Grover.

— Combien de temps va-t-il rester ? demanda Lucky.

— Je ne sais pas. Il ne me l'a pas dit.

— J'ai promis à Devyn de ne pas interférer, que ça resterait entre nous, mais si ton frère dit ou fait *quoi que ce soit* pour lui faire du mal... Ça va mal se passer, l'avertit Lucky.

Au lieu de s'énerver, Grover répondit calmement :

— Je l'ai déjà dit et je le répète : j'aime le fait que ma sœur et toi êtes ensemble. Je te connais mieux que personne et je sais que tu feras le nécessaire pour la protéger... même de sa propre famille, y compris de moi.

Puis il frappa l'épaule de Lucky et alla se rasseoir.

Lucky fut surpris, mais… pas vraiment. Grover était un homme bien. Et même s'il aimait sa famille, il ne laisserait pas cet amour l'empêcher de faire ce qu'il fallait. C'est pourquoi il voulait que Devyn lui parle. Grover comprendrait et s'assurerait que Spencer cesse de harceler leur sœur. Dev avait besoin qu'il la soutienne et Lucky devait la convaincre de partager son fardeau.

— C'est un garçon ! s'exclama Brain en faisant irruption dans la pièce.

Il portait une blouse stérile et affichait un sourire jusqu'aux oreilles. Tout le monde bondit et ils commencèrent tous à parler en même temps.

— Les gars, taisez-vous ! les interrompit Gillian. Laissez-le parler !

— Merci, Gillian, dit Brain, toujours souriant. Ils ont emmené Aspen pour lui faire une césarienne et Chance Kane Temple est né sans trop de problèmes. Il est en souspoids, car il a décidé qu'il était prêt à venir au monde un mois trop tôt, mais ses poumons vont bien. Il restera dans l'unité de soins intensifs pour nouveau-nés, mais les médecins ne pensent pas qu'il aura des soucis de santé à long terme.

Tout le monde soupira de soulagement et le félicita.

— Et Aspen ? demanda Devyn. Comment va-t-elle ?

— Elle va bien, dit Brain. Le médecin a dit que le saignement était dû au placenta qui couvrait le col de l'utérus. Je ne suis pas sûr des détails, mais en résumé, elle s'en sortira.

— Quand pourrons-nous la voir ? s'enquit Riley.

— Je ne sais pas encore. Mais je sais qu'elle aura hâte de présenter Chance, dit Brain.

— *Elle* aura hâte de le présenter ? fit Doc.

Tout le monde rit. L'atmosphère de la pièce s'était immédiatement allégée quand ils avaient entendu que la mère et l'enfant allaient bien. Lucky se dirigea vers Devyn et passa un bras autour de sa taille. Elle s'appuya immédiatement sur lui et il adora le fait qu'elle n'ait pas de problème à le toucher et à montrer à quel point ils se plaisaient devant leurs amis.

— Ça va ? demanda-t-il à voix basse en se baissant pour l'embrasser tendrement.

Elle hocha la tête, mais répondit doucement :

— Non.

— Tu veux rester ou rentrer chez moi ? la questionna-t-il.

Elle leva les yeux vers lui.

— Je suis sûr que tu veux être ici avec Brain.

— Ce n'est pas ce que je t'ai demandé, mon amour.

Elle le regarda un long moment avant de dire :

— J'adore le fait que tu partirais si c'était ce que je voulais, mais je ne veux pas te voler ce moment. Brain est le premier du groupe à avoir un bébé. Je sais que tu veux partager ça avec lui.

— Il y aura d'autres bébés. Et je suis sûr que nous en aurons tous assez d'entendre à quel point Chance est intelligent dans une semaine, dit Lucky en souriant pour lui indiquer qu'il plaisantait. Je suis plus inquiet pour toi maintenant. Je sais que l'arrivée de Spencer t'a déconcertée et je veux m'assurer que tu vas bien.

Devyn soupira.

— Je ne peux rien faire à propos de Spencer pour le moment. Et je pense que si nous rentrions chez toi, j'angoisserais probablement à propos de lui et je me demanderais ce qu'il prépare. Je ne pense pas que ce soit un simple petit voyage pour voir comment vont son frère et sa sœur. Il a besoin d'argent, de beaucoup d'argent, et il a probablement planifié quelque chose pour l'obtenir. Mais pour le moment, je veux célébrer la naissance du bébé de mon amie. Est-ce que ça te va ?

— Bien sûr que oui, lui dit Lucky. Mais si tu veux partir, tu n'as qu'à demander.

— Je le ferai. Lucky ?

— Oui ?

— Merci.

— Tu n'as pas à me remercier de veiller sur toi, Dev. Tout le plaisir est pour moi, lui affirma Lucky d'une voix grave.

Il l'embrassa sur le front et la poussa légèrement vers les autres femmes.

— Va faire ce que tu as à faire. Tu auras du temps plus tard pour t'inquiéter.

— Je t'aime, murmura-t-elle doucement après s'être écartée d'un pas et s'être retournée vers lui.

— Je t'aime aussi, répondit-il.

Et il aima aussi le petit sourire qui s'afficha sur son visage avant qu'elle ne rejoigne leurs amies.

CHAPITRE TREIZE

— Est-ce que tu veux des enfants ? lâcha Devyn ce soir-là.

Lucky et elle étaient allongés au lit, si fatigués qu'ils ne pouvaient que se serrer l'un dans les bras de l'autre en essayant de se détendre après la journée qu'ils avaient passée. Elle avait été bien remplie. Lucky avait beaucoup travaillé pour construire la grange qu'ils n'avaient pas finie, l'arrivée de Spencer avait été stressante, puis ils s'étaient inquiétés pour Aspen et le bébé. Ils étaient restés tard à l'hôpital pour voir Aspen l'un après l'autre et discuter avec Brain.

Il était tard quand ils étaient rentrés chez Lucky et ils avaient à peine eu l'énergie de manger quelque chose de rapide et facile pour le dîner, de s'occuper un peu des animaux et de s'écrouler au lit.

Mais, bien entendu, à la seconde où elle s'était allongée, le cerveau de Devyn avait commencé à tourner et l'avait empêchée de dormir.

— Et toi ? s'enquit Lucky.

Devyn gloussa.

— Je t'ai un peu pris par surprise avec ça, non ? demanda-t-elle. Honnêtement ?

— Toujours, dit-il.

Elle resserra ses bras autour de lui et le sentit la serrer en retour. Elle adorait cela. Le sexe avec Lucky était incroyable. Hors norme. Mieux que jamais. Mais cela ne signifiait pas qu'elle voulait coucher tous les soirs. Elle avait tout autant besoin de cette connexion avec lui, peut-être même plus.

— Je ne sais pas. Je veux dire, j'ai eu une grande famille en grandissant, et c'était parfois agaçant. Nous n'avions jamais assez d'argent et parfois, j'avais l'impression d'avoir manqué une relation proche avec mes parents parce qu'ils avaient toujours plusieurs emplois. Je sais qu'ils m'aiment et qu'ils feraient n'importe quoi pour moi, mais Maman et moi ne sommes pas vraiment amies... Si tu vois ce que je veux dire.

— Oui, la rassura Lucky.

— Cela dit, j'adorais le fait de toujours avoir quelqu'un avec qui jouer, une fois que je suis entrée en rémission, bien sûr. Je n'échangerais ma relation avec Fred pour rien au monde. Mais parfois, je pense que j'arrive à peine à m'occuper de moi-même ; comment pourrais-je avoir un enfant ? Je ne sais pas du tout comment être mère et j'ai peur de tout faire foirer avec mon enfant. J'ai peut-être regardé trop d'émissions sur les crimes réels, où la fille commence à sortir avec un garçon qui ne plaît pas à ses parents, alors elle conspire avec lui pour les tuer.

Elle sentit Lucky glousser sous sa joue. Devyn savait qu'elle était ridicule, mais l'idée d'être mère était effrayante.

— Cependant, quand j'ai regardé le petit Chance aujourd'hui, j'ai pensé que c'était incroyable de donner la vie à un être humain. Certes, ce serait difficile, mais les récompenses dépasseraient les inconvénients, je pense.

— Alors, est-ce que tu me poses la question pour que je prenne la décision pour nous ? demanda Lucky.

— Peut-être ? dit Devyn en plissant le nez et en reculant la tête pour regarder l'homme qu'elle soupçonnait d'aimer déjà plus qu'elle n'aurait pu l'imaginer.

Il sourit et se pencha pour l'embrasser sur le nez.

— Honnêtement, je n'y ai pas beaucoup pensé. Je suis un homme, nous ne nous demandons pas si notre horloge biologique tourne ou pas. Et j'ai été tellement concentré sur les missions et sur mon travail que je n'ai pas vraiment eu d'opinion à ce sujet, pour ou contre.

Le silence s'étira entre eux.

— Et maintenant ? voulut savoir Devyn après un moment.

— Honnêtement ? Je suis comme toi. Je ne suis pas sûr en ce qui concerne les enfants. À ce stade, j'adore le fait qu'il n'y a que toi et moi. Tu remplis une si grande partie de ma vie que je me sens égoïste et je veux t'avoir rien qu'à moi dans un avenir proche.

Devyn hocha la tête et resserra son bras autour de son ventre.

— J'aimais être un enfant unique. Je suis surpris de ne pas être complètement gâté. Mais je me sentais seul parfois. Si nous avons des enfants, je pense que ce serait mieux d'en avoir deux. Sans trop de différence d'âge. Comme ça, ils pourront jouer ensemble et ce ne sera pas trop accablant pour eux ou pour nous.

Devyn gloussa.

— Tu veux planifier leur sexe aussi ? le taquina-t-elle.

— Un garçon en premier. Puis, une fille, dit immédiatement Lucky. Non pas que les filles ne peuvent pas être protectrices, mais je veux enseigner à mon fils à veiller sur les plus jeunes et sur ceux qui ne sont pas aussi forts que lui.

— Et si notre fille finit par être plus grande et plus extravertie ? rétorqua-t-elle. Je ne veux pas leur apprendre à se conformer à des rôles sexistes dès le début.

Lucky rit et la tête de Devyn rebondit sur son épaule.

— Quoi ? fit-elle en tournant la tête à nouveau pour le regarder.

— Nous sommes ridicules, dit-il en souriant. Nous parlons d'enfants que nous pourrions vouloir ou ne pas vouloir.

Devyn lui rendit son sourire.

— Nous sommes vraiment fous, hein ?

Lucky leva une main et la passa sur les cheveux de Devyn.

— Je t'aime, Devyn. Même si nous ne sommes pas très jeunes, nous ne sommes pas vieux non plus. Nous avons le temps de décider ce que nous voulons faire du reste de notre vie. D'habitude, je ne tente pas le diable en le disant parce que, tu sais, le karma. Mais c'est vrai. J'aime t'avoir pour moi-même. J'aime pouvoir coucher avec toi sur le canapé du rez-de-chaussée si je veux, sans craindre que quelqu'un nous surprenne. J'adore rentrer à la maison pour retrouver ton énergie et ton sourire et ne pas avoir à jouer à l'arbitre avec des enfants qui se chamaillent. J'adore te regarder avec Angel et Whiskers et voir qu'elles sortent de leur coquille juste parce que tu es là. Quand nous serons mariés depuis quelques années, nous pourrons en reparler, d'accord ?

Devyn haussa les sourcils.

— Nous allons nous marier ? demanda-t-elle.

— Oui, dit Lucky sans se raidir le moins du monde. Pas demain. Nous ne sortons ensemble que depuis peu. Mais je sais déjà que je veux passer le reste de mes jours avec toi. Me réveiller avec toi tous les matins et aller me coucher le soir, parler de nos journées.

— Euh, wouah. D'accord.

— Merde. Je te fais paniquer, pas vrai ? s'enquit Lucky.

— Un peu. Mais d'une bonne manière. Je ne m'attendais pas à une demande en mariage après deux semaines.

— Eh bien, pour ma défense, je te désire depuis un an. Et je ne t'ai pas vraiment demandée en mariage. Je veux juste que tu saches que cette relation n'est pas sans lendemain. Pas pour moi. Je veux une relation à long terme. À très long terme. À moins que tu ne paniques parce que tu ne veux pas la même chose.

À présent, ses muscles se raidirent sous elle.

— Je t'aime, Lucky. Je n'ai pas pour habitude de dire aux hommes que je les aime si je ne veux pas que la relation fonctionne à long terme, lui dit-elle rapidement pour le rassurer.

— Ouf, répondit-il en passant une main sur son front comme pour essuyer de la sueur.

Elle sourit et fut soulagée quand les muscles de Lucky se détendirent à nouveau.

— Je suis heureuse pour Aspen et Brain. Et pour Riley et Oz aussi.

— Moi aussi, approuva Lucky.

Après un moment, il s'enquit :

— Tu veux parler de ton frère ?

Devyn savait qu'il ne parlait pas de Fred. Elle secoua la tête.

— Non. Je suis à l'aise et détendue maintenant. Penser à Spencer et à ses motivations va me stresser. Est-ce qu'on peut remettre cette conversation à plus tard ?

— Pas de problème. Mais une chose avant que nous le fassions.

Devyn soupira et hocha la tête contre lui.

— Tu dois parler à Grover. Je sais que tu ne veux pas endommager sa relation avec Spencer, mais il sait déjà qu'il se passe quelque chose. Et si Spencer est là pour essayer d'obtenir de l'argent, Grover mérite de le savoir, étant donné que Spencer dort chez lui.

— Je sais, dit Devyn.

C'était vrai. Fred allait être contrarié par le fait qu'elle ne lui ait pas parlé auparavant, même si elle essayait juste de ne pas faire de vagues dans sa famille.

Lucky déposa un baiser sur le sommet de sa tête.

— Quel est ton emploi du temps de la semaine ? questionna-t-il.

Ravie qu'il ait changé de sujet, Devyn répondit :

— Je travaille de dix heures à quinze heures demain, puis le matin après-demain, ensuite j'ai trois jours de congé.

— Mince. Nous allons avoir un entraînement de nuit sous peu. Je vais travailler jour et nuit pendant tes jours de congé.

— Est-ce que tu vas pouvoir rentrer à la maison au moins un peu ? demanda-t-elle. Et est-ce qu'ils peuvent faire ça ? Te faire travailler vingt-quatre heures par jour ?

Il rit.

— L'armée peut faire ce qu'elle veut. Nous avons eu beaucoup de congés récemment, en réalité. Et nous aurons un homme en moins à cause du congé de paternité de Brain. Nous devrons nous préparer pour l'entraînement la veille de notre départ, puis nous devrons effectuer les exercices avec une compagnie d'infanterie. Ensuite, nous devrons faire un compte-rendu le lendemain et organiser le prochain entraînement en fonction de ce qu'il s'est passé la veille. *Ensuite*, nous recommencerons l'entraînement. Cette fois, ce sera avec une autre équipe Delta et un bataillon de l'infanterie.

— Je ne me souviens même pas de la différence entre les escouades, les brigades, les pelotons, les bataillons et les compagnies, se plaignit Devyn.

— Certains groupes sont plus grands que d'autres, dit Lucky d'un air détaché.

— Tu ne vas pas m'interroger sur le sujet plus tard, n'est-ce pas ? lança-t-elle malicieusement.

— Aucune chance. Je me fiche que tu ne connaisses pas tous les détails sur l'armée. C'est assez rafraîchissant que tu ne saches pas comment tout ça est organisé, dit Lucky. Bref, effectivement, l'armée peut nous faire travailler autant qu'elle le veut. Nous faisons la même chose quand nous sommes en mission, alors ce n'est pas très différent.

— Ça craint, tu vas être là sans être là, dit Devyn en faisant la moue.

— Je sais. Mais ce que je veux dire, c'est que je ne sais pas quand tu vas trouver le temps d'avoir cette conversation avec ton frère.

— Merde. Je vais voir si je peux le faire au cours des deux prochains jours.

— Je veux vraiment être là quand tu lui parleras, dit Lucky.

— Pourquoi ?

— Pourquoi ? répéta-t-il. Est-ce que tu poses sérieusement la question ?

Devyn fronça les sourcils d'un air confus et hocha la tête.

— Oui.

— Parce que je veux être là pour toi. Si Grover perd la tête, je veux être là pour le contrôler. Je ne supporte pas l'idée que tu sois bouleversée et je sais que ça te bouleversera, alors je veux être présent pour te soutenir. Bon sang, Dev, je n'arrive pas à croire que tu m'aies posé la question.

— Je suis désolée, dit-elle en se redressant pour le regarder dans les yeux. C'est juste que... J'ai fait face à Spencer et à son addiction seule pendant si longtemps. Même si tu as dit que tu viendrais avec moi pour lui parler, j'avais encore l'impression que c'était quelque chose que je devais faire seule.

— Je veux être impliqué dans tous les aspects de ta vie. Les grandes décisions et les petites, ça m'est égal. Attends... Tu ne veux *pas* que je sois là ? Parce que c'est une histoire de famille ?

— Non, ce n'est pas ça, lui dit Devyn, détestant l'idée qu'il pense cela ne serait-ce qu'un instant. Je veux que tu sois là. Mais je ne veux pas faire quelque chose aussi tôt dans notre relation qui pourrait te faire douter ou te donner l'impression que je suis faible.

— Tu n'es pas faible, rétorqua Lucky. Bon sang, je ne sais pas pourquoi tu pourrais penser une chose pareille de toi-même. Viens ici, dit-il en l'attirant à nouveau dans ses bras. Bon, nous ferons notre possible pour trouver le temps d'avoir cette conversation avec Grover avant de partir sur le terrain. Si Spencer essaie de te parler avant cela, évite-le. Nous savons tous les deux qu'il va te demander de l'argent et je pense qu'une fois que Grover saura ce qu'il se passe, il sera très utile pour faire en sorte que Spencer cesse de profiter de toi.

— Je l'espère. J'aime mon frère, mais ça me tue qu'il détruise sa vie en jouant. Je sais que c'est une addiction et qu'il ne peut pas s'en empêcher, mais le fait qu'*il* ne le voit pas et qu'il ne fasse rien pour arranger la situation est douloureux.

— Nous trouverons de l'aide pour lui, mon amour. Promis.

Devyn ouvrit la bouche pour ajouter quelque chose, mais un énorme bâillement l'interrompit.

— Désolée, marmonna-t-elle.

— Tu es fatiguée, constata Lucky, bien que ce soit évident. Dors. On verra ce qu'on peut faire demain matin.

— D'accord. Je t'aime, Lucky.

— Je t'aime aussi.

— Lucky ?

Il rit.

— Je croyais que tu allais dormir.

— C'est le cas, mais je veux ajouter quelque chose... Est-ce que ça t'ennuie que je t'appelle Lucky et pas par ton vrai prénom, Troy ?

— Non, pas du tout.

— C'est juste que j'ai entendu Fred parler de ses coéquipiers si souvent que tu étais déjà Lucky dans ma tête avant que je te rencontre. Je trouverais ça bizarre de t'appeler autrement.

— Je trouverais ça bizarre aussi. Je ne trouve pas que le prénom « Troy » m'aille bien. Seuls mes parents m'appellent comme ça et ça me donne encore l'impression que j'ai fait une bêtise, dit-il.

— D'accord. Bien. Je voulais juste être sûre.

— Est-ce que tu veux parler d'autre chose, là maintenant ? demanda-t-il.

— Non. Je crois que c'est bon.

— C'est plus que bon, dit-il. Maintenant, dors.

Devyn prit une profonde inspiration et expira, prenant plaisir à sentir Lucky à ses côtés. Elle portait un débardeur et une culotte et il n'avait qu'un caleçon. Elle aimait sa chaleur et la sensation de sa peau contre la sienne. Sa joue était posée sur son tatouage en forme de crâne et la dichotomie entre cette image et la douceur de ses doigts étalés sur ses cheveux la fit sourire.

Lucky était un soldat de la Delta Force dur à cuire, mais il était aussi doux et aimant. Elle adorait toutes les facettes de cet homme et elle avait l'impression qu'elle aimerait presque tout ce qu'elle apprendrait d'autre sur lui avec le temps. Elle savait qu'il n'était pas parfait et qu'ils découvriraient tous les deux des choses agaçantes chez l'autre, mais elle pensait que ces choses ne compteraient pas, au final.

Ce qui comptait, c'était ce qu'il lui faisait ressentir... Et elle se sentait estimée et chérie. Parfois, son travail l'emmènerait loin d'elle et devrait avoir la priorité sur leur relation, mais Devyn savait que Lucky se rattraperait pour cela d'une autre manière.

Elle était d'accord pour être une femme de militaire. Elle avait presque trente ans et elle avait été indépendante la plus grande partie de sa vie. Elle savait tondre la pelouse et changer une ampoule. Elle avait même appris à remplacer une cuvette de toilettes quand celle qu'elle avait eue dans son ancien appartement avait cessé de fonctionner et que son propriétaire lui avait dit qu'il faudrait patienter une semaine avant qu'il envoie l'agent d'entretien pour le remplacer. Elle n'avait pas voulu attendre aussi longtemps et elle l'avait fait elle-même.

Non, l'engagement de Lucky envers l'armée ne la dérangeait pas. En particulier parce qu'elle savait qu'elle pouvait passer du temps avec Gillian, Kinley, Aspen ou Riley. Elles se serreraient les coudes, et plus encore s'il y avait des enfants parmi elles. Riley aurait besoin d'aide avec Logan et Bria et son bébé quand il naîtrait, et il en irait de même pour Aspen et le petit Chance. Leur monde s'agrandissait et Devyn n'aurait pas pu être plus heureuse.

— Je t'aime, marmonna-t-elle, à moitié endormie.

Elle sentit les lèvres de Lucky sur sa tempe, puis la main de celui-ci se glissa sous son débardeur, sur le bas de son dos, chaude et réconfortante, la serrant contre lui.

— Je t'aime aussi, lui dit-il.

CHAPITRE QUATORZE

Finalement, Devyn n'eut pas l'occasion de parler à son frère avant que l'équipe de la Delta Force ne se présente à la base pour leur exercice d'entraînement nocturne. Quand elle dut dire au revoir à Lucky pour quelques jours, elle était grincheuse et irritée par le fait que la conversation doive être remise à plus tard. Elle avait hâte d'en finir.

Elle était restée tard au travail le jour suivant la naissance du bébé d'Aspen et quand elle avait téléphoné à Fred par la suite, Spencer et lui avaient bu et elle n'avait pas voulu lui parler s'il n'était pas complètement sobre.

Puis un des techniciens de soins vétérinaires était tombé malade et elle s'était portée volontaire pour travailler une journée entière pour le remplacer. Plus tard ce soir-là, quand elle avait téléphoné à nouveau, Grover avait dit que Spencer était sorti et qu'il ignorait quand il reviendrait. Elle aurait pu aller chez lui et parler à Grover à ce moment-là, mais Devyn voulait que Spencer soit présent. Elle voulait qu'il admette ses problèmes.

À présent, Grover, Lucky et le reste de l'équipe seraient injoignables pendant au moins quarante-huit heures. Elle n'aimait pas le fait de devoir remettre la conversation à plus tard, mais elle ne pouvait rien y faire.

— Tu es sûre que ça ne te dérange pas de rester chez moi ? demanda Lucky le matin de son départ pour la base.

— J'en suis sûre. C'est plus facile pour Angel et Whiskers si je reste là. C'est moins traumatisant que de les laisser seules toute la journée. Est-ce que *tu* es sûr que ça ne te dérange pas que je reste ici en ton absence ? s'enquit-elle.

Lucky sourit.

— En ce qui me concerne, tu peux rester aussi longtemps que tu le désires.

Elle lui adressa un regard en coin.

— Est-ce que c'était ta manière virile de me demander d'emménager avec toi ? demanda-t-elle.

— Non. *Ça*, ça l'est. Devyn, tu peux déménager toutes tes affaires ici quand tu le voudras. Je sais qu'une grande partie est encore dans des boîtes dans ton appartement. Je t'aime et je veux que tu sois ici tout le temps. Mais si tu n'es pas à l'aise à l'idée de le faire maintenant, ce n'est pas un problème. Whiskers, Angel et moi serons là quand tu seras prête.

Devyn secoua la tête.

— Tu es fou. Tu le sais, pas vrai ?

— Fou de toi ? Oui.

— Bon sang, c'était tellement mièvre, protesta-t-elle.

Lucky tendit la main et la serra contre lui. Tout l'air sortit de ses poumons lorsqu'elle se heurta à son torse, puis il la souleva et la fit tourner en rond.

Devyn rit.

— Arrête, je vais vomir !

Il arrêta immédiatement et fit un pas en arrière, inquiet.

— Sérieusement ?

— Non, lui répondit Devyn avec un grand sourire. Mais ça t'a fait arrêter.

— C'est vrai. Mais sérieusement, j'adore le fait que tu sois là. J'ai de bons verrous et je sais que tu seras en sécurité ici. Je ne veux pas te presser, mais tu as déjà une clé. En ce qui me concerne, si je reviens dans quelques jours et que tes affaires sont ici, je serai super enthousiaste.

— Je... J'aime être ici, mais je ne sais pas si je suis prête à emménager officiellement pour le moment, lui dit Devyn d'un ton incertain.

— Ça marche. Je sais que j'insiste, mais je ne peux pas m'en empêcher. Je suis juste prêt à passer le reste de ma vie avec toi.

— C'était adorable.

Devyn se mit sur la pointe des pieds et l'embrassa. Fermement.

Ils avaient fait l'amour de manière presque désespérée ce matin-là. Ils ne seraient pas séparés longtemps, mais Devyn réalisa qu'il lui manquerait. Elle s'était habituée à se réveiller avec lui le matin et à être blottie contre lui toute la nuit.

Elle savait qu'elle se mentait en disant qu'elle n'était pas prête à emménager officiellement avec lui, mais elle avait l'impression que c'était un très grand pas. Elle dormait chez lui tous les soirs et elle avait son shampooing et son après-shampooing dans sa douche ainsi que quelques affaires dans son armoire et leurs sous-vêtements étaient mélangés dans la machine à laver. Cela ne lui *semblait* pas trop rapide... Mais mettre un terme à son contrat de location et déménager toutes ses affaires chez lui, si. Cela n'avait pas de sens, mais elle était ravie qu'il n'insiste pas.

Lucky passa sa main sous l'ourlet de son T-shirt et appuya sur son dos. Il le faisait tout le temps et elle aimait le fait qu'il ne semble pas pouvoir s'empêcher de la toucher. Sa langue dansa avec la sienne et ils étaient haletants quand il recula.

— Merde, maintenant je dois aller travailler avec une érection, se plaignit-il.

— Je pourrais t'aider avec ça, proposa Devyn en déplaçant ses mains le long de son torse, vers l'attache de son pantalon d'uniforme.

Il les saisit, l'empêchant de descendre davantage.

— Si je te laisse faire ça, je vais vouloir te rendre la pareille, puis coucher avec toi. Et nous serons en retard, dit-il avec regret. Je serai de retour dans deux jours.

— Je sais, dit Devyn en faisant la moue.

Il rit.

— C'est bon de savoir que je vais te manquer.

— Tu vas me manquer, répondit-elle sans hésiter.

— Fais attention à toi. Ne gâte pas trop les enfants, dit-il en parlant d'Angel et Whiskers.

— Qui, moi ? demanda Devyn.

— Oui, toi. Je crois qu'elles t'aiment plus que moi, fit-il sans colère.

— Bien sûr que oui..

Il rit.

— Tu vas aller voir Chance à l'hôpital après le travail ?

— Pas aujourd'hui. Gillian y va aujourd'hui et Kinley y va demain. Je vais faire un peu de ménage chez Brain et Aspen demain et Riley va venir me tenir compagnie.

— J'adore le fait que vous vous aidiez toutes, constata Lucky.

— C'est à ça que servent les amis, dit Devyn en haussant les épaules.

— Oui. Bon, je dois vraiment y aller. Profite de tes jours de congé.

— Je le ferai. Aujourd'hui, j'ai l'intention d'emmener les filles faire une longue promenade, si elles veulent bien, puis je vais faire une sieste, lire et peut-être prendre un bain.

— Ça me paraît bien. Je t'aime, dit Lucky.

— Je t'aime aussi, répondit-elle, secrètement ravie qu'ils aient déjà une tradition en ce qui concernait leurs déclarations d'amour.

Lucky l'embrassa une fois de plus, puis il lui adressa un mouvement du menton et se dirigea vers la porte. Il s'arrêta pour dire à Angel et Whiskers d'être sages avec « Maman », puis il s'en alla.

La maison semblait trop calme et vide sans lui, mais Devyn repoussa cette idée au fond de son esprit. Être seule ne la dérangeait pas. Du moins, cela ne l'avait pas dérangée avant qu'elle ne rencontre Lucky. Cependant, elle était ravie d'avoir quelques jours pour se détendre. Elle aimait son emploi à la clinique vétérinaire, mais le travail était dur. Et elle n'avait pas travaillé à plein temps depuis un moment.

Elle devait décider quoi faire à ce sujet aussi. Voulait-elle continuer de travailler à mi-temps ou passer à plein-temps ? Au début, elle avait été enthousiaste à l'idée d'occuper un poste à plein temps. À présent, elle avait des doutes. L'argent supplémentaire serait le bienvenu, mais elle pourrait passer moins de temps avec Lucky et les autres.

En réalité, c'était ridicule. La plupart des gens avaient des emplois à plein temps, mais elle s'en était bien sortie avec le mi-temps. Et si elle emménageait avec Lucky, une grande partie des factures qu'elle avait à présent disparaîtraient.

Elle secoua la tête. Non, elle n'emménagerait pas avec Lucky uniquement pour économiser de l'argent. Ce n'était pas une bonne raison pour emménager avec quelqu'un.

Repoussant aussi ce sujet au fond de son esprit, Devyn

se tourna vers la boîte de beignets que Lucky avait achetée la veille. Il les avait achetés pour elle, pour l'aider à passer le cap pendant son absence. Il était dans le même État, dans la même ville, mais d'une certaine manière, on aurait dit qu'il était à des millions de kilomètres. Devyn savait qu'en cas d'urgence, si elle avait vraiment besoin de lui, elle pourrait demander à Gillian ou aux autres de contacter son commandant. Il pourrait quitter le terrain et rentrer rapidement à la maison. Cependant, elle ne s'attendait pas à avoir une urgence. Elle pouvait gérer ce que la vie lui réservait au cours des prochains jours.

* * *

Cet après-midi-là, après une promenade et pendant qu'elle était en train de lire un chapitre extrêmement sexy de son livre, la sonnette de Lucky résonna.

Devyn ignorait qui cela pouvait bien être. Elle avait déjà parlé à Gillian et Kinley, et elle avait écrit à Aspen et Riley ce jour-là. Tout s'était bien passé avec elles, même si elles étaient un peu grincheuses, car elles avaient dû dire au revoir à leurs hommes. Même si elles étaient soulagées de ne pas avoir à s'inquiéter pour leur vie, comme lors des vraies missions, elles n'aimaient pas qu'ils soient absents.

Devyn mit son livre de côté et se dirigea vers la porte. Elle regarda par le judas et inhala brusquement.

C'était Spencer.

Elle ne s'était pas attendue à ce qu'il vienne chez Lucky. Elle ignorait comment il avait découvert où elle était. Fred ne lui aurait jamais donné l'adresse de Lucky, alors... Il avait dû la suivre à un moment ou à un autre.

Elle soupira. Elle ne voulait pas vraiment parler à Spencer, mais elle ne voulait pas non plus le laisser attendre sur le palier. Devyn ouvrit la porte.

— Salut, sœurette, dit Spencer en la voyant.

— Salut, répondit-elle.

— Est-ce qu'on peut parler ?

Devyn voulait refuser, mais elle s'écarta de la porte et l'ouvrit. Spencer entra et se dirigea vers le salon, de l'autre côté de la cuisine.

Il se retourna et avant qu'elle ne puisse lui dire qu'il était hors de question qu'elle lui donne de l'argent, il prit la parole :

— Je suis désolé.

Devyn sourcilla.

— Quoi ?

Spencer passa une main dans ses courts cheveux bruns et répéta :

— Je suis désolé.

— Pourquoi, exactement ? demanda Devyn.

Elle était heureuse de l'entendre s'excuser, mais s'il essayait de l'amadouer avant de lui quémander plus d'argent, elle ne tomberait pas dans le panneau.

Il s'assit sur le bord du canapé et Devyn en fit de même.

— Je suis venu au Texas avec l'intention de te demander plus d'argent, dit-il.

Devyn se raidit. Elle l'avait su, mais l'entendre l'admettre était quand même surprenant.

— Je savais que tu ne me laisserais pas dormir chez toi, pas après que je t'ai fait du mal la dernière fois que je t'ai vue, alors j'ai appelé Fred. Je m'attendais presque à ce qu'il me dise d'aller me faire voir. Tu ne lui en as pas parlé, n'est-ce pas ? demanda Spencer.

— De ton addiction aux jeux ? Non, dit Devyn.

— Pourquoi ? Je veux dire, je suis reconnaissant, mais je ne comprends pas. Vous êtes tellement proches.

Devyn soupira.

— La dernière chose que je veux, c'est provoquer un bouleversement dans la famille... de nouveau.

— De nouveau ?

— Oui, quand j'étais malade, les choses n'allaient pas très bien dans la famille. Mila et Angela en voulaient à Maman et Papa parce qu'ils passaient beaucoup de temps avec moi à l'hôpital, tu n'étais pas vraiment ravi d'être ignoré et Maman et Papa ont presque divorcé.

— Je ne suis pas un expert, dit Spencer, et j'ai dit des trucs plutôt horribles sur toi dans le passé, mais je pense que rien de tout cela n'était ta faute. Tu n'as pas demandé à avoir une leucémie et je pense que le fait d'avoir un enfant malade peut mettre à l'épreuve la meilleure des relations.

— Je suppose. Mais dans tous les cas... Ce que je voulais, c'était que tu demandes de l'aide, Spencer. Puis, si l'occasion se présente, tu pourrais dire aux autres : « J'avais un problème, mais je vais mieux maintenant. » Est-ce que tu vas mieux maintenant ? ne put-elle s'empêcher de demander.

Spencer baissa les yeux vers ses genoux. Pour la première fois, elle remarqua à quel point son frère semblait fatigué. Il avait des cernes sous les yeux et elle n'était pas sûre que ses vêtements aient été lavés récemment.

— Spence ? Est-ce que ça va ?

— Non, dit-t-il doucement. Je ne voulais pas le faire... Mais c'était trop tentant.

Voyant qu'il ne donnait pas davantage d'explications, Devyn s'enquit :

— Quoi donc ?

— Fred était au travail et je savais que je n'avais pas beaucoup de temps. Il a un de ces bocaux d'argent... Tu sais, ceux où tu mets ta monnaie ? Tu en avais un aussi dans le Missouri. Eh bien, il y avait aussi des billets dedans. J'ai fouillé dedans, j'ai pris les pièces de vingt-cinq cents et les billets... Et certains de ses DVD. Je savais que je n'obtiendrais pas beaucoup d'argent en échange, mais je les ai mis en gage quand même.

Il leva les yeux et Devyn vit le désespoir dans les yeux de son frère.

— Je suis allé dans une salle de jeux clandestine. Je savais que si j'en avais l'occasion, je pourrais récupérer l'argent et en gagner plus. Et je savais que je pourrais au moins gagner suffisamment pour donner un acompte de ce que je dois à Rocky.

L'estomac de Devyn se serra. Elle avait eu un peu d'espoir que son frère avait enfin réalisé que les jeux de hasard étaient destructeurs, mais apparemment, ce n'était pas le cas.

— Est-ce que Rocky est l'usurier du Missouri ?

Spencer hocha la tête.

— Oui. Mais je n'ai pas gagné. *Encore une fois.* Je ne sais pas pourquoi je continue de penser que ma chance va tourner. J'ai de gros ennuis, Devyn. Je sais que je te l'ai déjà dit au téléphone, mais je dois beaucoup d'argent à Rocky et il devient impatient. Je ne sais pas quoi faire.

— Eh bien, je vais te dire ce que tu ne dois *pas* faire, dit Devyn d'une voix un peu plus dure qu'elle ne l'aurait voulu. Ne vole plus d'argent à Fred. C'est le fait de jouer qui t'a mis dans ce pétrin. Tu ne vas pas récupérer ce que tu dois en jetant plus d'argent par les fenêtres.

— Tu ne comprends pas, marmonna Spencer. Je *sais* que je peux le faire. Mais étant donné que jouer dans les casinos est illégal au Texas, j'ai dû me contenter d'un circuit clandestin médiocre. Je suis sûr que ce sont des arnaqueurs. Ils ont configuré leurs jeux pour que les joueurs perdent.

— Spencer, ils sont *tous* configurés au profit de l'établissement. C'est partout comme ça ! Tu ne vas *pas* gagner. Et si tu gagnes, ce ne seront que quelques dollars par-ci par-là, juste assez pour te faire penser que tu as de la chance et pour te faire continuer à miser.

Son frère secoua la tête.

— Tu ne comprends pas..., commença-t-il.

— Non, l'interrompit Devyn.

Elle était en colère à présent.

— *Tu* ne comprends pas. Je pensais que le fait de devoir de l'argent à un usurier et de voir que ta vie était en danger t'aiderait enfin à te sortir la tête du sable ! Tu as besoin d'*aide*. Le jeu est une addiction, comme la drogue. Tu ne peux pas t'en sortir seul et même si je t'obligeais à aller dans un centre de désintoxication, ça ne fonctionnerait pas à moins que *tu* sois prêt à changer ta vie.

Spencer tourna la tête et la regarda un long moment. Ses épaules étaient voûtées et il donnait l'impression d'avoir touché le fond. Puis, il ajouta :

— Je dois rembourser Fred. Est-ce que tu peux m'aider ? *N'importe quoi* m'aiderait à ce stade.

Devyn avait envie de pleurer.

— Pourquoi est-ce que tu t'es excusé quand tu t'es assis ? demanda-t-elle.

Elle avait besoin de savoir. Il ne lui avait pas vraiment répondu plus tôt, quand elle lui avait posé la question.

— Parce que je t'ai fait du mal la dernière fois. Je n'avais pas eu l'intention de te pousser si fort.

— Et ?

— C'est tout.

La gorge de Devyn se serra et elle se leva, se dirigeant

vers la cuisine pour que son frère ne la voie pas pleurer. Elle pensait qu'il s'excuserait de lui avoir demandé autant d'argent. Même si elle appréciait le fait qu'il soit désolé de l'avoir poussée, ce n'était pas ce qu'elle voulait. Elle voulait récupérer son grand frère. Le grand frère protecteur qui tenait à *elle*, pas celui qui se demandait combien d'argent il pouvait obtenir de sa part.

Depuis qu'il était entré, il ne lui avait pas demandé une seule fois comment elle allait ou si elle aimait le Texas. Il n'avait pas posé de questions sur Lucky. De toute évidence, il savait qu'elle sortait avec lui, étant donné qu'il était venu la voir chez lui. Mais on aurait dit qu'il n'y accordait pas d'importance.

Il était plus égoïste que jamais.

Depuis que Spencer était entré dans la maison, Angel s'était tenue à distance de son frère. Mais elle entra dans la cuisine tandis que Devyn faisait de son mieux pour se reprendre.

— Qu'est-ce que je vais faire, Dev ? demanda Spencer en la suivant, s'appuyant contre l'autre côté de l'îlot central.

— À propos de quoi ? répliqua-t-elle, faisant de son mieux pour contrôler ses émotions.

— À propos de Rocky. Il veut son argent.

— Je ne sais pas, lui dit Devyn en se penchant pour caresser la tête d'Angel.

La chienne s'appuya contre ses jambes et Devyn avait besoin de son réconfort autant que la chienne avait besoin du sien. Il était impressionnant qu'elle n'ait pas disparu à l'étage quand Spencer était entré. Angel était devenue de plus en plus protectrice envers Devyn au cours des deux dernières semaines et même si elle était encore nerveuse et réservée, il était adorable que la chienne veuille rester à ses côtés, même quand elle avait peur.

— Ce n'est pas un type bien, poursuivit Spencer.

— Je ne pensais pas que c'était le cas, répondit Devyn en se redressant et en regardant son frère dans les yeux. Tu vas devoir lui parler. Lui expliquer que tu vas trouver son argent, mais que ça pourrait prendre du temps. Il te faut un emploi, Spence. Mais tu vas devoir gagner cet argent à l'ancienne.

— Mais ce sont *cinquante mille dollars*, se défendit Spencer, les yeux écarquillés. Je ne vais pas pouvoir trouver un travail qui paie autant.

— Qu'est-ce que tu veux que je te dise ? s'emporta Devyn, qui en avait assez des idioties de son frère. Je ne peux pas sortir cinquante mille dollars de ma poche et te les donner pour te sortir du pétrin. Personne ne peut le faire. Ni Fred. Ni Maman et Papa. Ni Mila ou Angela. Mais tu ne le *leur* demanderais pas, n'est-ce pas ? Non, car tu devrais leur expliquer pourquoi tu en as besoin et ce serait gênant. Mais tu n'as pas de problème à venir me voir, moi, car de toute évidence, je ne compte pas pour toi. Tu as fait ton lit, Spencer. Tu vas devoir dormir dedans.

— Il va me faire du mal, dit son frère, apparemment pas du tout ému par son discours.

— Je. N'ai. Pas. L'argent, articula Devyn.

Bon sang, elle aurait voulu que Lucky soit là. Non pas qu'elle ait besoin qu'il mène ses combats pour elle, mais il aurait été agréable qu'il la soutienne.

— Je ne veux pas que tu sois blessé, mais honnêtement, je n'ai pas de solution pour toi. Emprunter plus d'argent pour essayer d'obtenir ce qu'il te faut n'est pas la réponse non plus. De toute évidence, ça n'a pas fonctionné dans le passé et ça ne va pas fonctionner maintenant.

Les épaules de Spencer s'affaissèrent.

— Dans ce cas, quand mon cadavre sera découvert, tu ne

seras pas surprise d'être appelée pour m'identifier, marmonna-t-il.

— Ne fais pas ça, dit férocement Devyn. Ne t'avise pas de me faire culpabiliser. Je ne sais vraiment pas ce que tu veux de moi.

— Cinq mille, répéta désespérément Spencer. Je peux les transformer en quelques milliers et je pourrai les donner à Rocky. Ça me fera gagner du temps !

Bon sang. Il revenait toujours à la même chose. Elle avait beau lui dire qu'elle n'avait pas cet argent, il n'arrêtait pas.

— Non.

— Cette fois, c'est différent..., commença Spencer.

Mais Devyn leva la main, l'empêchant de continuer.

— *Non*, répéta-t-elle.

Le frère et la sœur se regardèrent un long moment plein de tension.

— Alors, c'est définitif ? demanda-t-il.

— C'est définitif, confirma Devyn. *Peut-être* que si tu voulais bien admettre que tu as un problème et que tu veux demander de l'aide, je changerais d'avis. Je pourrais aller parler à Fred avec toi et te donner mon soutien. Peut-être que nous pourrions voir ce que nous pouvons faire pour rassembler l'argent que tu dois à ce Rocky. Mais pourquoi est-ce que je te sauverais la mise, pourquoi est-ce que l'un de nous le ferait, si tu vas juste te retourner et refaire la même chose ? Tant que tu n'admets pas que tu as un problème, tu devras toujours de l'argent à quelqu'un. Bon sang, tu *me* dois de l'argent, Spence. Je suppose que tu as oublié les deux mille dollars que je t'ai donnés avant de comprendre et de quitter le Missouri. J'ai déménagé à cause de *toi*. Car je ne supportais plus tes supplications. Parce que tu as utilisé la violence la dernière fois que je t'ai vu ! Je comprends que tu ne voulais pas me pousser si fort, mais tu m'as fait du *mal*. Est-ce que ça a de l'importance à tes yeux ?

Pour la première fois, elle vit des remords dans les yeux de son frère.

— Oui. Je me suis excusé pour ça. C'est pour cette raison que je suis venu ici.

— Non, tu es venu parce que tu voulais de l'argent, dit tristement Devyn.

Puis, pour la première fois depuis qu'il était entré, Spencer s'énerva :

— C'est n'importe quoi ! Je pensais que les membres d'une famille s'entraidaient ! cria-t-il.

Devyn éleva la voix en retour :

— Oui, c'est le cas. Mais je t'ai aidé. Je ne t'ai même pas demandé pourquoi tu avais besoin d'argent quand tu as commencé à m'en emprunter. Je te l'ai donné sans poser de questions. Mais ce n'était jamais suffisant. Ça ne sera *jamais* suffisant. Tu ne comprends pas ?

— Un jour, je vais gagner le gros lot et je ne te donnerai *rien*, bouillonna Spencer en frappant furieusement le plan de travail.

Angel glapit et se blottit contre Devyn. Et cela énerva encore plus celle-ci.

— Tu l'as déjà dit, Spencer. Mais j'ai une info pour toi : tu ne vas pas gagner le gros lot. Tu vas finir comme un sans-abri à mendier dans les rues pour pouvoir jouer de nouveau. Tu pourrais tout autant jeter l'argent à la poubelle et tu ne le vois même pas !

— Je préfère le jeter que d'être avare, rétorqua Spencer. En plus, tu vis avec Lucky maintenant. Tu essaies de profiter du bon filon qu'est l'armée, admets-le.

Devyn était sur le point d'exploser. Les larmes qu'elle avait versées plus tôt avaient séché depuis longtemps.

— Grandis un peu, Spencer, siffla-t-elle. Tu ne sais rien sur ma relation avec Lucky. Tu arrives en ville avec l'intention de demander plus d'argent et tu viens ici pour m'insulter ? Tu es ridicule. *Pathétique.*

Spencer se redressa et fit un pas de côté, comme pour contourner le plan de travail et avancer vers elle. À ce moment-là, quelqu'un frappa à la porte.

Devyn était frustrée... et un peu effrayée par son frère. Elle fut ravie d'avoir un moment de répit. Elle ignorait qui était à la porte, mais l'ouvrir permettrait à son frère et elle de faire une pause dans leur conversation intense.

Elle se tourna sur le côté, fit le tour de l'îlot et se dirigea vers la porte d'entrée. Sans se donner la peine de regarder par le judas, Devyn l'ouvrit.

Elle ignorait qui étaient les deux hommes debout devant elle. Elle ne les avait jamais vus auparavant.

— Je peux vous aider ? demanda-t-elle.

— Est-ce que Spencer est là ? questionna un des hommes.

Devyn fronça les sourcils d'un air confus. Comment avaient-ils su que son frère était là ? L'avaient-ils suivi ?

— Puis-je savoir qui vous êtes ?

— Non, répondit l'autre homme.

Puis, il recula son poing et ce fut la dernière chose que Devyn vit avant que tout ne devienne sombre tandis que la douleur se répandait dans son visage et qu'elle perdait connaissance.

* * *

— Putain, elle est lourde, dit Bruce pour la énième fois tandis que Darrell et lui marchaient dans la forêt, cherchant l'endroit idéal pour cacher la femme qu'ils avaient kidnappée.

— La ferme, lui dit Darrell. J'en ai marre de t'entendre râler.

— Alors peut-être que *tu* devrais la porter, rétorqua Bruce.

— J'ai la chaîne, la pelle et le sac avec les autres trucs, dit Darrell.

Bruce marmonna entre ses dents. Il en avait assez. Il voulait rentrer chez lui et boire une bière. Ou quinze. La journée avait déjà été longue. Son frère Darrell et lui avaient été engagés par une connaissance qui connaissait un mec qui en connaissait un autre qui voulait que le travail soit fait. Et ils étaient toujours partants pour gagner de l'argent facile. Et dans ce cas, ils gagneraient deux mille cinq cents dollars pour une journée de travail. Une mission facile. C'était tout vu.

Ils avaient quitté leur domicile dans l'est du Texas ce matin-là et ils avaient conduit jusqu'à Killeen. Ils avaient attendu devant la maison de jeu clandestine où leur cible avait été vue. Puis, ils l'avaient simplement suivie jusqu'à une maison mitoyenne, où ils étaient passés à l'action.

Assommer sa petite amie, ou qui qu'elle soit, n'était pas prévu, mais peu importe. Bruce avait adoré tabasser leur cible. Il avait pleuré et pleurniché et il les avait suppliés d'arrêter. Pauvre mauviette. Alors qu'il était à moitié conscient par terre, ils avaient appelé leur contact à propos de la femme inattendue et celui-ci avait appelé la personne qui avait lancé la mission. Les frères n'avaient pas signé pour enlever quelqu'un, mais étant donné que leur paiement allait être doublé de deux mille cinq cents à cinq mille dollars s'ils faisaient ce qu'il fallait, ils n'avaient pas pu refuser.

Ils avaient passé le message à leur cible, ils avaient emmené la femme et ils étaient partis.

Ils avaient dû la droguer quand elle s'était presque réveillée sur le trajet de retour vers l'est de l'État, mais heureusement, elle n'avait jamais vraiment repris connaissance. La dernière chose qu'ils voulaient, c'était qu'elle se réveille et qu'elle puisse les identifier ou identifier leur voiture et les autres détails de leur petit voyage.

Mais cette marche dans la forêt nationale de Davy Crockett était *ridicule*. Ils devaient choisir une zone isolée pour que personne ne la trouve accidentellement. Ce qui signifiait qu'ils marchaient péniblement dans les roncières et le sous-bois au lieu d'emprunter un bon chemin de randonnée. Sans parler du fait que Bruce n'était pas vraiment en forme et qu'il n'aimait pas l'exercice physique. Pas du tout.

— Allez, mec, on a marché au moins cinq kilomètres depuis le chemin de terre où on a laissé la voiture. C'est suffisant.

Darrell secoua la tête et arrêta de marcher.

Soupirant de soulagement, Bruce haussa immédiatement les épaules et laissa tomber la femme de son épaule. Il ne la fit pas directement tomber par terre, mais il ne fut pas délicat non plus. Pour quoi faire ? Elle était un moyen d'arriver à une fin. Cette fin était la somme de cinq mille dollars.

— D'accord. Commence à chercher un arbre. Il doit être assez grand pour que ses mains ne se touchent pas quand ses bras seront enroulés autour.

— Elle est grande, commenta Bruce.

— Je le vois bien, imbécile, dit Darrell en frappant la tête de son frère.

Bruce le poussa.

— Ne fais pas ça.

— *Ne fais pas ça*, se moqua Darrell en riant. C'est tellement facile de t'énerver.

— Va te faire foutre !

Darrell se contenta de rire.

— Viens, aide-moi à trouver un putain d'arbre pour qu'on en finisse. Tu es sûr qu'elle est encore K.O. ?

— Oui. C'est un poids mort sur mon épaule depuis cinq kilomètres. Je crois que je le saurais si elle s'était réveillée. Fais-moi confiance. Ce n'est pas le cas.

— Bien. Bon sang, j'adore cette drogue du viol. Ça rend tout beaucoup plus facile, dit Darrell d'un air pensif.

Bruce observa la femme par terre. Il ignorait son nom. Il s'en fichait.

— Elle est plutôt jolie. On a du temps...

Il laissa sa phrase en suspens.

Darrell ricana.

— Elle n'a pas de nichons. J'aime les femmes qui ressemblent à des femmes. Mais quoi qu'il en soit, on n'a pas le temps de jouer, dit-il avec regret. Ma bourgeoise s'attend à ce que je revienne sous peu.

— Merde, fit Bruce.

Il aurait au moins voulu pouvoir jouir après avoir porté cette salope sur des kilomètres dans cette fichue forêt.

— Viens, allons voir par là. Les arbres ont l'air plus gros, ordonna Darrell.

Bruce hocha la tête et suivit son frère. Plus tôt ils en finiraient, plus tôt ils pourraient rentrer chez eux. Il irait au troquet local et trouverait une salope à ramener chez lui pour se la taper.

Puis une idée lui vint à l'esprit.

— Merde... Tu as le GPS, hein ? demanda-t-il à Darrell.

Son frère s'immobilisa et le regarda, les yeux écarquillés.

— Je pensais que *tu* l'avais.

— *Merde.* Non, tu as dit que *tu* le prendrais ! J'ai pris la fille et tu étais censé prendre tout le reste ! cria Bruce, sous l'emprise de la panique.

Son frère le regarda un long moment avant d'éclater de rire. Il se plia en deux et se frappa la jambe comme s'il n'avait jamais rien vu de plus drôle que la panique de Bruce.

— Putain, tu aurais dû voir ta tête. Si seulement j'avais eu un appareil photo, dit Darrell lorsqu'il fut capable de parler.

— Va te faire foutre ! jura Bruce. Tu es vraiment un connard.

— Bien sûr que j'ai ce foutu GPS, dit Darrell en continuant de glousser. Nous ne pourrions pas envoyer les coordonnées à notre homme pour qu'il les fasse passer sinon. Et il est hors de question que je marche cinq kilomètres pour aller chercher le GPS dans la voiture et que je revienne ici avant de retourner de nouveau à la voiture. Dix kilomètres, c'est assez pour une journée, tu ne crois pas ?

— Oui, marmonna Bruce.

Il aurait été plus agacé par son frère s'il n'avait pas été aussi soulagé. Il savait que Darrell l'aurait obligé à retourner chercher le GPS si cela avait été nécessaire. Et il le connaissait suffisamment pour savoir qu'il ne lui aurait pas donné les clés de la voiture. Darrell savait que Bruce aurait été tenté de l'abandonner sur place.

— Super. Cherche... Hé... Qu'est-ce que tu dis de celui-là ? demanda Darrell.

Bruce aurait accepté toutes les suggestions de son frère à ce stade, juste pour partir, mais quand il vit l'arbre que Darrell désignait, il sut qu'il serait parfait.

Les frères enroulèrent rapidement la chaîne qu'ils avaient apportée autour du tronc. Fatigué de porter la femme, Bruce se contenta de saisir ses bras et de la traîner dans le sous-bois jusqu'à l'endroit qu'ils avaient préparé. Il ne leur fallut pas longtemps pour la soulever et la mettre dos au tronc épais, puis pour enrouler l'épaisse chaîne autour d'elle et pour verrouiller celle-ci avec un cadenas derrière l'arbre. Puis, ils tirèrent ses bras derrière elle, refermèrent une paire de menottes autour de chaque poignet et les attachèrent à la chaîne.

Bruce afficha un sourire narquois en faisant un pas en arrière et en baissant les yeux vers la femme impuissante. Entre la chaîne et les menottes, il était impossible qu'elle s'échappe. Sa tête pendait d'un côté et elle serait tombée si ses bras n'avaient pas été étirés derrière elle et autour du tronc.

Darrell bricola avec le GPS un moment, puis hocha la tête en signe de satisfaction.

— Je l'ai, dit-il. Je vais envoyer les coordonnées à notre homme quand nous serons en route.

Puis il baissa les yeux vers la femme inconsciente par terre.

— Elle a l'air plutôt pathétique, remarqua-t-il de manière impassible.

— Est-ce qu'on devrait lui laisser l'eau que nous avons apportée ? demanda Bruce.

Darrell ricana.

— Non. Je ne veux pas la gâcher. En plus, avec ses bras derrière elle comme ça, elle ne pourrait pas boire de toute façon. Et si son mec ne trouve pas l'argent qu'il doit, elle ne durera pas longtemps. Je lui donne quatre jours. Maximum. Et si aucune créature affamée ne la trouve en premier. Allez. On a une longue route pour retourner à la voiture et après la journée qu'on a eue, j'ai besoin de bière, de nourriture et de sexe. Dans cet ordre.

Bruce acquiesça. Il tourna le dos à la femme qu'ils

avaient kidnappée, transportée de l'autre côté de l'État, emmenée dans un endroit isolé de la forêt nationale et enchaînée à un arbre. Elle n'était plus son problème. Elle ne l'avait jamais été, en réalité. Il était payé pour un travail et ce travail était fait. Il était aussi prêt que son frère à se taper une fille. Mais contrairement à Darrell, il avait un bar rempli de femmes où en choisir une. Le pauvre Darrell était coincé avec la même fille tous les soirs.

Enfin, ce n'était pas tout à fait exact. Bruce savait que son frère payait des professionnelles du sexe tout le temps, mais ce n'était pas la même chose qu'une fille gratuite.

Pensant au nombre de fois où il coucherait ce soir-là, Bruce suivit son frère dans la forêt dense pour retourner à leur voiture. Il ne regrettait pas ses actes. Dans ce monde, c'était chacun pour soi et ils avaient le droit de gagner de l'argent, comme tout le monde.

Devyn reprit lentement connaissance. Cependant, elle garda les yeux fermés, essayant d'analyser la situation avant d'indiquer qu'elle était réveillée à la personne, quelle qu'elle soit, qui se trouvait près d'elle. C'était quelque chose que Fred lui avait enseigné. Elle s'était moquée de lui à l'époque, lui disant qu'elle ne se retrouverait jamais dans ce genre de situation, mais il s'était contenté de secouer la tête et de dire qu'on ne pouvait pas prédire ce que la vie nous réservait et qu'il valait mieux être prêt pour tout.

Devyn n'entendit que le vent et quelques oiseaux qui gazouillaient au loin. Ses bras lui faisaient mal. Et son ventre. *Et* son visage. Elle se souvenait vaguement d'avoir ouvert la porte de la maison de Lucky, mais rien de plus.

Elle plissa le nez et se retint à peine de crier sous l'effet de la douleur. Son visage était *vraiment* douloureux.

Lorsqu'elle sentit quelque chose ramper sur son bras, elle oublia de faire semblant d'être inconsciente. Elle ouvrit grand les paupières et baissa les yeux. Elle laissa échapper un petit cri quand elle vit une araignée sur son biceps. Elle essaya de bouger son bras pour faire disparaître l'animal, mais elle fut retenue par quelque chose qui fit un grand bruit métallique dans le silence qui l'entourait.

Confuse, oubliant l'araignée, Devyn essaya de bouger à nouveau et comprit qu'elle ne pouvait pas. Ses bras étaient attachés derrière elle, enroulés maladroitement autour d'un grand arbre.

— Qu'est-ce que ça signifie ? dit-elle à haute voix, plus pour entendre sa propre voix que pour autre chose.

Elle regarda autour d'elle et vit qu'elle était assise par terre, au milieu d'une sorte de forêt. Elle ignorait comment elle en était arrivée là, ou même où elle était.

— Il y a quelqu'un ? cria-t-elle en commençant à paniquer.

Elle ignorait s'il valait mieux rester silencieuse et ne pas indiquer aux personnes qui l'avaient amenée là qu'elle était consciente, mais elle n'aimait pas être seule. Elle n'avait jamais aimé cela. Cela lui rappelait trop l'époque où elle se réveillait à l'hôpital, effrayée, le corps endolori... sans personne pour la réconforter. Ses parents étaient restés avec elle autant que possible, mais avec quatre autres enfants à la maison, ils n'avaient pas pu dormir à l'hôpital.

— Est-ce que vous m'entendez ? cria-t-elle.

Seul le silence lui répondit.

Devyn agita les mains et elle entendit à nouveau le bruit métallique : des chaînes. Elle baissa les yeux et vit les liens épais enroulés autour de sa taille. Elle les suivit des yeux aussi loin que possible autour de l'arbre. Puis, à l'aide de ses doigts, elle sentit ce qu'elle pensait être une paire de menottes autour de ses poignets. Elle paniqua davantage, tirant aussi fort que possible sur les fers, essayant de se libérer.

Mais après plusieurs minutes, elle n'avait réussi qu'à se faire plus de mal. Ses poignets palpitaient et elle était encore coincée dans la même position inconfortable. Il était très désagréable d'être appuyée contre l'arbre et ses fesses étaient sur une racine saillante. Ses épaules se contractaient de douleur, car ses bras étaient attachés en arrière.

Quand elle fut fatiguée, Devyn posa sa tête contre l'écorce et leva les yeux. Elle ignorait quelle heure il était, mais elle supposait qu'elle était en début de soirée, à en croire le soleil couchant. Il ferait nuit sous peu. Est-ce que quelqu'un viendrait la chercher avant ? L'idée de dormir aux quatre vents, attachée et impuissante, était terrifiante. Elle ne voulait pas que la personne qui l'avait enlevée revienne, mais ce serait peut-être mieux que d'être complètement seule.

Les larmes commencèrent à couler. Devyn voulait être forte, mais elle était *terrifiée*. Était-ce ce que Gillian avait ressenti quand elle avait été dans l'avion détourné ? Ce que Kinley avait ressenti quand elle avait été attaquée et laissée pour morte ? Elle n'avait jamais vraiment compris ce qu'elles avaient subi... jusqu'à ce moment-là. En dépit de ses larmes, elle savait que ce qu'elle vivait ne semblait pas aussi grave que ce que ses amies avaient vécu. Elle avait été frappée au visage, de toute évidence, mais elle n'avait pas été passée à tabac comme Kinley. Et personne ne braquait une arme sur son visage, la menaçant de lui tirer dessus et de la jeter hors de l'avion comme une ordure.

Cependant, être seule dans les bois, attachée et impuissante, était suffisant pour que la gorge de Devyn se serre et pour qu'elle ait du mal à respirer. La personne qui l'avait enchaînée à cet arbre devrait revenir à un moment ou à un autre... n'est-ce pas ?

— À l'aide ! cria-t-elle.

Puis, d'une voix plus forte :

— Il y a quelqu'un ? S'il vous plaît ? Aidez-moi ! J'ai besoin d'aide !

Elle ne reçut pour toute réponse que les bruissements d'ailes de quelques oiseaux qui s'envolèrent des branches d'arbre sur lesquelles ils s'étaient posés.

Devyn appela à l'aide jusqu'à ce que sa voix soit rauque et que son estomac lui fasse mal à cause de l'effort.

Quand elle comprit enfin qu'il n'y avait personne aux alentours, que personne ne viendrait l'aider, elle pleura à nouveau. De puissants sanglots secouèrent tout son corps.

Elle n'arrivait pas à croire ce qu'il se passait.

— S'il vous plaît, que quelqu'un vienne m'aider, murmura-t-elle.

Ses mots se perdirent dans la légère brise qui soufflait entre les arbres.

Tandis que l'obscurité tombait, elle commença à trembler, réalisant pour la première fois de sa vie qu'elle était complètement seule. Pas d'infirmiers, pas de médecins, pas de frères et sœurs, pas d'amis. Pas de parents.

Pas de Lucky.

Elle était terrifiée... mais quelque chose changea au fond d'elle.

Elle n'était pas prête à mourir. Pas à ce moment-là. Pas quand elle avait enfin trouvé l'homme avec lequel elle voulait passer le reste de sa vie. Elle voulait revoir Lucky. Et Fred. Même Spencer. Elle était dans cette situation à cause de lui... mais l'idée de ce que les hommes avaient pu faire à son frère après avoir assommé Devyn la hantait. Elle était en colère contre Spencer, mais elle ne voulait pas qu'il meure. Elle voulait juste qu'il trouve de l'aide pour qu'il redevienne le frère qu'elle connaissait et qu'elle aimait.

L'envie de vivre augmenta, comme si quelqu'un faisait gonfler un ballon en elle. Elle ignorait comment elle se sortirait de ce pétrin, mais elle ferait tout ce qu'il fallait. Elle n'était pas prête à s'arracher le bras avec les dents, mais s'il le fallait... elle pourrait peut-être le faire. Devyn ne voulait pas mourir dans cette forêt.

Même si l'envie de vivre s'était installée profondément en elle, Devyn était morte de peur. Les larmes continuèrent de couler le long de ses joues tandis qu'elle regardait le ciel. La lumière faiblissait rapidement. Sous peu, il ferait noir.

— Heureusement, tu es au Texas, pas dans le Maine, dit-elle.

Mais bien entendu, une autre pensée lui vint à l'esprit. Elle ignorait si elle était encore au Texas ou pas. Elle pourrait être n'importe où. Elle ne savait pas combien de temps elle avait été inconsciente.

— Non, je suis encore au Texas. Probablement dans le comté de Hill. Peut-être quelque part près d'Austin, se dit-elle d'un air pensif.

Essayant de s'essuyer le visage avec son épaule, Devyn soupira de frustration, car elle ne pouvait rien faire d'autre. Elle prit une profonde inspiration pour essayer de se contrôler.

— Lucky te cherche, prononça-t-elle à voix haute. Et Fred. Et leur équipe. Ils vont te trouver. D'une manière ou d'une autre. Aie confiance.

CHAPITRE QUINZE

Lucky était exténué. L'entraînement nocturne avait été rude, mais très bon. Ils avaient organisé plusieurs scénarios et même si les pelotons avec lesquels ils s'étaient entraînés avaient su qu'ils étaient dans l'obscurité et qu'ils essayaient d'infiltrer la fausse ville, son équipe avait quand même pu entrer dans le bâtiment où le faux otage avait été détenu sans se faire remarquer.

Les entraînements comme celui-ci étaient cruciaux pour maintenir le niveau de l'équipe de la Delta Force, mais ils aidaient aussi les soldats avec lesquels ils s'entraînaient. Lucky n'avait pu dormir que quelques heures ici et là et il était prêt à s'écrouler sur son lit.

Mais il avait hâte de voir Devyn. Il voulait savoir comment les deux derniers jours s'étaient passés et si tout allait bien au travail. Il voulait voir Angel et Whiskers. Il était ravi d'être à la maison. Il n'avait jamais vraiment considéré sa maison comme un foyer auparavant. Même si elle lui plaisait, la maison avait juste été un endroit où dormir. Mais avec Devyn, Angel et Whiskers, elle était bien plus que cela. Les espaces vides étaient désormais pleins de vie et d'énergie et cela changeait tout. Lucky n'avait jamais pensé qu'il se sentait seul auparavant, mais à présent, il réalisait qu'il s'agissait du sentiment de solitude qu'il avait éprouvé tout le temps, tout au fond de lui.

Il ouvrit la porte et fronça les sourcils en voyant que le verrou n'était pas fermé. Il avait demandé à Devyn de s'assurer de toujours verrouiller la porte, car il ne voulait pas que quelqu'un puisse la défoncer alors qu'elle était à l'intérieur.

Il ouvrit la porte et cria :

— Dev ? Je suis là !

Seul le silence l'accueillit.

— Devyn ? cria-t-il à nouveau.

Sa Mini Cooper était devant la maison, là où elle la garait toujours. Il ne se souvenait pas si elle travaillait ou pas ce jour-là, mais il supposait qu'une des autres femmes aurait pu venir la chercher si elles allaient passer du temps ensemble.

Il posa ses clés sur le plan de travail de la cuisine et se dirigea vers le réfrigérateur. Il ouvrit la porte et prit une bouteille d'eau. Il s'était énormément hydraté au cours des derniers jours, mais il avait toujours plus soif que d'habitude après une mission ou un entraînement intense.

Lucky se retourna, approcha la bouteille de sa bouche et but une longue gorgée en appuyant ses fesses contre le plan de travail. Il écarta la bouteille, baissa les yeux et s'immobilisa.

Il y avait un tas d'excréments de chien par terre, dans la cuisine. Et une flaque à côté.

Il ne les avait pas vus avant, car il avait hâte de saluer Devyn et de boire quelque chose.

— Angel ? appela-t-il en posant la bouteille d'eau et en sortant de la cuisine.

Il ne voyait ni la chienne ni la chatte. Elles n'étaient pas dans leur panier préféré dans le coin de la pièce et elles n'étaient pas blotties sous la couverture préférée de Devyn sur le canapé.

Mais Lucky vit un autre tas d'excréments près de la porte du fond qui menait au jardin.

— Whiskers ? Angel ? appela-t-il à nouveau, d'une voix un peu plus désespérée à présent.

Montant les marches deux à deux, Lucky se dirigea vers la chambre principale. Il entra et sentit immédiatement que quelque chose n'allait pas. L'odeur d'urine et d'excréments était presque accablante.

Il entra dans la salle de bains et le cœur de Lucky manqua se briser.

Angel et Whiskers étaient blotties derrière les canalisations des toilettes, tremblantes. Sa chienne gémissait. Merde. Elles n'avaient pas fait cela depuis le jour où il les avait ramenées à la maison. Il ignorait ce qu'il s'était passé, mais quoi que ce soit, ses animaux avaient paniqué. Il voyait des petites empreintes dans toute la pièce, là où les animaux avaient marché dans leurs propres excréments. Le tapis bon marché qu'il avait mis par terre était chiffonné dans un coin et à en croire l'odeur qui en émanait, les deux animaux l'avaient utilisé pour uriner.

— Oh, mes pauvres bébés. Que s'est-il passé ?

Elles ne répondirent pas et Lucky passa quelques minutes à essayer de faire sortir l'une d'elles de leur cachette. Angel bougea en premier, s'approchant peu à peu de lui sur le ventre.

— C'est ça, viens là. Je ne vais pas te faire de mal. Je ne te ferais jamais de mal, dit-il d'une voix douce et calme.

Le terrier croisé tremblait de manière incontrôlable et le cœur de Lucky se brisa presque à nouveau. Quand elle posa enfin sa tête sur son genou, Lucky vit ce qui ressemblait à du sang sur ses pattes avant.

— Que s'est-il passé ? fit-il doucement.

De toute évidence, ses animaux avaient été traumatisés et soudain, Lucky eut une idée terrible.

— Où est Devyn ? demanda-t-il.

Angel leva les yeux vers lui et gémit.

— Merde, dit Lucky.

Il devait s'occuper des animaux et nettoyer la maison, mais d'abord, il devait trouver Devyn. Il caressa une dernière fois Angel et Whiskers, puis il se leva et se dirigea vers l'escalier. Il prit son téléphone et composa immédiatement le numéro de Devyn.

Il sonna… et le sang de Lucky gela dans ses veines. Le téléphone de Devyn sonnait dans son oreille à travers son écouteur, mais il entendait aussi la sonnerie dans le salon. Il entra dans la pièce et vit le téléphone de Devyn sur la petite table à côté du canapé.

— *Putain*, jura-t-il avant de raccrocher et d'appuyer immédiatement sur le bouton pour appeler Grover.

Tandis que le téléphone sonnait, Lucky regarda attentivement autour de lui. Une tache sombre sur le sol attira son attention.

— Salut ? Je te manque tellement que tu as dû m'appeler vingt minutes après m'avoir vu ? dit Grover en guise de salutation.

— Est-ce que Devyn est chez toi ?

— Non, pourquoi ? Elle n'est pas là ? s'enquit Grover, toute trace de taquinerie disparaissant de sa voix.

— Non. Mes animaux sont en panique et on dirait qu'ils ne sont pas sortis depuis au moins une journée. Peut-être plus. Je l'ai appelée, mais son téléphone est encore là.

— Ne panique pas. Elle est peut-être rentrée chez elle, répondit Grover.

— Elle n'abandonnerait pas Angel et Whiskers, dit Lucky à son ami. Et sa voiture est là.

— D'accord, nous devons appeler l'équipe. Il est peut-être arrivé quelque chose à une des femmes et elle a été occupée à l'aider. Appelle Oz et je vais appeler Trigger.

— Grover, je te le dis, il s'est passé quelque chose ici. Il y a une tache sur mon tapis et…

Lucky retourna vers la porte, se souvenant que le verrou n'était pas fermé quand il était rentré.

— Oh, merde.

— Quoi ? Lucky, qu'est-ce qu'il y a ? demanda impatiemment Grover.

— Il y a des éclaboussures de sang juste devant la porte, murmura Lucky.

— Ne panique pas, répéta Grover d'une voix qui donnait l'impression que c'était exactement ce qu'il était en train de faire. Sors de là pour ne pas contaminer la scène.

— Je ne vais pas abandonner Angel et Whiskers, dit fermement Lucky.

Il était sur le point de perdre le contrôle de lui-même. De toute évidence, il s'était passé quelque chose dans sa maison pendant son absence, mais il n'avait pas l'intention d'abandonner la chienne et la chatte que Devyn et lui aimaient tant. Elles avaient vécu un cauchemar émotionnel.

— D'accord, va les chercher et amène-les chez moi. Je vais appeler les autres, mais s'ils n'ont pas eu de nouvelles d'elle, je vais appeler la police. Viens ici dès que possible.

— D'accord, acquiesça Lucky.

Il avait l'impression d'être dans le brouillard. Où était Devyn ? Que s'était-il passé ?

Il ne comprenait pas. Elle n'avait pas d'ennemis. Quelqu'un avait-il pris sa maison pour cible pour un cambriolage ? Avait-elle été au mauvais endroit au mauvais moment ? Si c'était le cas, où était-elle à présent ?

Il ne se faisait pas d'illusions : quelque chose d'horrible était arrivé à Devyn. Elle n'aurait pas abandonné Angel et Whiskers, elle ne serait pas partie sans son téléphone et elle aurait appelé le commandant Robinson si quelque chose de grave était arrivé.

À moins qu'elle n'ait pas eu d'autre choix et qu'elle ait été forcée de quitter la maison.

Lucky s'obligea à se calmer. Il prit une grande inspiration et se retourna pour prendre la caisse qu'il avait installée dans le coin de la pièce pour que les animaux y entrent et se sentent en sécurité. Il détestait l'utiliser pour les transporter, mais il n'avait pas l'intention de les laisser là.

Il lui fallut plus longtemps qu'il ne l'aurait voulu pour les faire entrer dans la caisse. Lucky savait qu'il devrait les nourrir, car ils n'avaient probablement pas mangé depuis que Devyn était partie, où que ce soit, mais il n'était pas sûr qu'elles mangeraient. Pas tant qu'elles seraient tendues à ce point.

Grover le rappela pour lui dire qu'aucune des autres femmes n'avait eu de nouvelles de Devyn. Elles n'avaient parlé que brièvement et Lucky n'était pas surpris que personne ne puisse la contacter. Cependant, ce n'était pas du tout le genre de Devyn de disparaître ainsi.

Riley avait dit qu'elle avait essayé de joindre Devyn hier et qu'elle n'avait pas répondu, lui avait dit Grover. Elle avait supposé qu'elle était occupée ou qu'elle avait été appelée au travail pendant son jour de congé. Elle n'y avait pas accordé beaucoup d'importance.

Le fait que Devyn ait disparu depuis au moins vingt-quatre heures donnait à Lucky l'impression d'avoir un couteau enfoncé dans le cœur. Il avait conscience que plus le temps passait quand une personne était portée disparue, moins il y avait de chances de la retrouver.

— Je vous en prie, faites qu'elle aille bien, murmura Lucky en se dirigeant vers son pick-up, la cage dans les mains.

Cependant, prononcer les mots à voix haute n'en ferait pas une réalité. Il détestait être pessimiste, mais tout cela n'annonçait rien de bon.

Il devrait appeler la police lui-même, les faire venir chez lui pour commencer à chercher des indices, mais il avait besoin d'être avec son équipe. Il avait besoin de leur soutien. Et il savait sans l'ombre d'un doute qu'ils feraient tout ce qui était en leur pouvoir pour l'aider à retrouver Devyn.

Il ne pouvait pas vivre sans elle. Il venait de la trouver. Ce n'était pas juste.

Lucky conduisit bien trop vite jusqu'à la maison de Grover. Il s'excusa auprès d'Angel et de Whiskers lorsqu'il prit un tournant un peu trop serré et qu'il accéléra trop aux feux tricolores. Chaque seconde était une seconde pendant laquelle Devyn était peut-être en train de souffrir, attendant qu'il la trouve.

Il traversa à toute vitesse l'allée de Grover et vit que la plupart des membres de son équipe étaient déjà là. Il fut rempli de gratitude. Dieu merci. Il remarqua même que le véhicule de Brain était là. Le fait qu'il laisse sa femme et son bébé prématuré pour venir l'aider comptait beaucoup pour Lucky.

Lorsqu'il monta les marches du porche et qu'il ouvrit la porte, Lucky vit que son équipe n'était pas venue seule. Toutes les femmes étaient là aussi, sauf Aspen, qui était encore en train de se remettre de son accouchement.

Gillian tendit immédiatement les mains vers la caisse.

— Donne-les-moi.

Lucky lui confia les animaux.

— Oh, mes pauvres chéries, roucoula Gillian à travers les ouvertures.

Puis, elle leva les yeux vers Lucky et demanda :

— Est-ce qu'elles sont blessées ?

— Je ne pense pas. Juste mortes de peur. Elles ont probablement faim aussi. Angel a un peu de sang sur les pattes, mais je ne pense pas que ce soit le sien.

Le simple fait de prononcer ces mots augmenta son angoisse une fois de plus.

— Je m'en charge. Ne t'inquiète pas, faites ce que vous avez à faire. Angel et Whiskers s'en sortiront, fit Gillian d'une voix qui ne tremblait que légèrement.

— Merci, dit Lucky.

Gillian hocha la tête et se dirigea vers l'arrière de la maison avec Kinley et Riley. Il se demanda brièvement où étaient Logan et Bria, mais il supposa que Riley et Oz avaient trouvé quelqu'un pour s'occuper des enfants un moment.

Grover ouvrit la bouche pour demander à ses coéquipiers comment ils devraient commencer à essayer de découvrir où Devyn était, mais à ce moment-là, la porte se trouvant derrière Lucky s'ouvrit.

Les sept membres de la Delta Force se retournèrent pour voir qui était arrivé.

Spencer.

Il avait très mauvaise mine.

Quelqu'un l'avait passé à tabac. Ses deux yeux étaient presque fermés tant ils étaient enflés et sa lèvre était fendue. Son nez était de travers et il avait du sang dans les cheveux et sur son T-shirt. De plus, il boitait.

— Qu'est-ce qu'il s'est passé ? demanda Grover en se dirigeant vers son frère.

Mais Spencer leva une main.

— Ils ont emmené Dev, et c'est ma faute, dit-il rapidement d'une voix tremblante. J'en ai assez de cacher le salaud que je suis. Je pensais qu'il viendrait pour moi... Mais au lieu de ça, il l'a enlevée, *elle*. Je suis désolé. Je suis vraiment désolé !

Lucky se fichait que Spencer soit désolé. Tout avait du sens à présent.

Il fit un pas vers lui, prêt à obliger ce salaud à tout leur dire en s'en prenant en lui physiquement, mais Grover l'atteignit en premier.

— De quoi est-ce que tu parles, Spence ? Qu'est-ce qui est ta faute ? De qui s'agit-il et pourquoi Devyn a-t-elle été enlevée ?

Doc agrippa le bras de Lucky pour le retenir.

— Lâche-moi, grogna Lucky en essayant de se libérer de la prise de son coéquipier.

— Tu vas le tuer et il nous faut des réponses, dit calmement Doc.

Il avait probablement raison. Lucky voulait s'en prendre à Spencer. Il voulait continuer de le frapper, mais cela ne les aiderait pas à trouver Devyn.

— Je suis presque sûr qu'elle est en vie... Du moins, pour le moment, dit Spencer, refusant de regarder Grover.

Celui-ci les surprit tous en levant rapidement le poing et en l'écrasant sur le visage de son frère. Spencer s'écroula comme un sac de pommes de terre, s'effondrant par terre sans essayer de se relever ou de se défendre.

Grover tendit la main et le redressa. Il posa ses mains sur les épaules de son frère et le regarda dans les yeux.

— Quoi qu'il se soit passé, nous allons arranger les choses. Mais tu dois *tout* nous dire.

Spencer hocha la tête.

— Je vais le faire. Il est temps. J'en ai assez. Dev avait raison depuis le début. J'ai besoin d'aide et si elle meurt à cause de ce que j'ai fait, je ne me le pardonnerai jamais.

— On s'occupera de ton pardon plus tard, répliqua Grover. Pour le moment, il nous faut des informations.

Spencer hocha la tête.

— J'ai appelé la police et ils arriveront d'une minute à l'autre. Allons te chercher un sac de glace et une serviette humide en attendant.

Lucky voulait protester. Il voulait secouer Spencer jusqu'à ce qu'il leur dise ce qu'il savait et qui avait enlevé Devyn. Lucky savait pourquoi, mais il n'avait pas les autres informations.

Il avait beau être soulagé que Spencer semble enfin prêt à se faire aider en ce qui concernait son addiction, c'est trop peu, trop tard. Devyn avait des ennuis. Il le sentait au plus profond de lui.

Il devait la trouver. Elle était quelque part. Elle souffrait. Elle était peut-être en train de mourir. Cela dévorait Lucky de l'intérieur et il se sentait complètement impuissant. Il lui fallait des informations. Immédiatement.

∗ ∗ ∗

Trente minutes plus tard, Spencer tenait un sac de glace sur son visage et était assis sur le canapé de Grover, entouré par sept agents de la Delta Force très brillants et deux détectives du service de police de Killeen. Gillian, Kinley et Riley avaient lavé les animaux et elles étaient à présent sur le côté pour écouter aussi. Trigger avait appelé leur commandant, le colonel Robinson, et même s'il n'était pas là, il leur avait dit que s'ils avaient besoin de quelque chose, il ferait de son mieux pour le leur fournir.

Lucky se fichait que toute la ville de Killeen écoute, il voulait juste que Spencer avoue tout.

— Que s'est-il passé aujourd'hui ? demanda le détective.

— Ce n'était pas aujourd'hui. C'était il y a deux jours, dit doucement Spencer.

Lucky avait soupçonné que Devyn avait disparu depuis un moment, mais entendre la confirmation fit bouillonner son sang. Il serra les poings.

— Je suis allé la voir. Je savais qu'elle sortait avec Lucky et je l'avais déjà suivie jusque chez lui depuis son travail la veille, alors je savais où il vivait. J'y suis allé l'après-midi où vous êtes partis sur le terrain. Je voulais m'excuser pour ce qu'il s'était passé dans le Missouri et…

— Attends, que s'est-il passé dans le Missouri ? demanda Grover.

Spencer soupira.

— Je lui ai fait du mal. Je n'en avais pas l'intention. Tu sais comment on est : quand on se dispute, on en vient aux mains. Je l'ai poussée et elle est tombée en arrière sur la table. Je crois qu'elle a eu un gros bleu ou quelque chose comme ça. Mais je n'avais pas l'intention de la pousser aussi fort ! J'étais juste tellement *agacé*. Et elle m'a poussé en premier, ajouta Spencer, comme si cela l'excusait.

— Tu as levé la main sur notre sœur ? grogna Grover.

Lucky réalisa que même s'il était en colère contre Spencer, c'était probablement à propos de Grover qu'ils devaient s'inquiéter à ce moment-là. Il jeta un coup d'œil à Doc et Oz et ils hochèrent la tête, s'approchant de Grover pour pouvoir l'empêcher de faire quelque chose devant deux agents de police qui pourraient l'envoyer en prison.

— Je n'en avais pas l'intention ! protesta à nouveau Spencer.

— Je croyais que c'était son patron qui lui avait fait ce bleu, dit Lefty en fronçant les sourcils.

— Elle a menti, expliqua Lucky sans attendre que Spencer réponde. Elle ne voulait pas que Grover ait une mauvaise opinion de son frère, alors elle a inventé cette histoire.

— Alors, pourquoi a-t-elle dû quitter le Missouri, si son patron ne la draguait pas ? demanda Brain.

— Spencer ? interrogea Lucky en haussant un sourcil tout en regardant l'autre homme.

Qu'il soit maudit s'il révélait les secrets de Devyn. C'était à Spencer de faire preuve de courage et d'admettre ce qu'il avait fait.

— Elle est partie à cause de moi, confirma celui-ci.

Il baissa les yeux en parlant, ne croisant le regard de personne.

— J'étais sur son dos pour lui emprunter de l'argent et elle a fini par croire que je ne la laisserais pas tranquille, alors elle a fui.

— Pourquoi avais-tu besoin d'argent ? s'enquit Grover d'une voix grave et lugubre.

— Je te jure que je pensais que je pourrais la rembourser presque immédiatement, mais ça ne s'est pas passé comme ça ! Je... J'ai eu du mal à rembourser mes dettes, se défendit Spencer.

— Arrête de déconner et dis les choses telles qu'elles sont, ordonna sauvagement Lucky. Plus nous serons ici à papoter à propos de tes histoires pathétiques, plus Dev aura des ennuis, à cause de *toi*.

Spencer prit une profonde inspiration et hocha la tête. Puis il regarda son frère dans les yeux.

— Je suis accro au jeu. Je pensais pouvoir gagner ce que j'avais perdu. Mais sans que je m'en aperçoive, j'ai sombré de plus en plus dans les dettes. Devyn m'a donné de l'argent au début... Mais ensuite, elle a commencé à avoir des soupçons quand les sommes devenaient de plus en plus importantes et elle a commencé à poser des questions. J'ai fini par admettre pourquoi j'en avais besoin. Elle a coupé les ponts. Je me suis énervé, elle s'est énervée... et elle est partie.

— Tu te fous de moi ? riposta Grover.

— Non, fit Spencer d'un air abattu. Je ne voulais pas demander d'argent à Maman et Papa et je savais qu'Angela et Mila n'avaient pas les moyens de m'en prêter.

— Et tu ne me l'as pas demandé parce que tu savais que je t'aurais dit d'aller te faire voir, dit Grover d'un ton mordant.

Spencer opina du chef.

— Quand Devyn est partie, j'ai commencé à emprunter de l'argent à un type que je connaissais.

— Quel est son nom ? interrogea l'un des détectives.

— Rocky.

— Quel est son vrai nom ?

— Je ne sais pas. Il se fait appeler Rocky. C'est tout ce que je sais. Je le jure. Bref, je n'arrêtais pas de perdre et j'en suis arrivé au stade où il ne voulait plus me donner d'argent et où il voulait que je rembourse ce que j'avais emprunté. Je n'avais pas l'argent et il a commencé à me menacer. J'ai supposé que ce serait une bonne chose de sortir de la ville un moment... Pour avoir le temps de rassembler l'argent.

— Alors tu es venu ici. Pour demander de l'argent à Devyn ? demanda amèrement Grover.

— Je ne voulais pas le faire, mais j'étais dans une mauvaise situation, dit Spencer. Tu ne comprends pas !

Rocky a la réputation de toujours obtenir ce qui lui est dû. Et il me fallait juste un peu plus de temps.

Grover secoua la tête d'un air dégoûté.

Lucky était au courant du problème de jeu de Spencer. Devyn lui avait parlé des cinquante mille dollars et il soupçonnait que la dette ne mènerait à rien de bon pour son frère. Mais il n'aurait jamais imaginé que cela affecterait Devyn. Pas quand l'usurier était dans le Missouri. Avec le recul, c'était une supposition stupide et à cause de celle-ci, la personne qu'il aimait le plus au monde pourrait être blessée. S'il avait su à quel point la situation deviendrait dangereuse, il en aurait parlé à Grover. Cela aurait pu tout changer.

Comme si son coéquipier pouvait lire dans ses pensées, Grover tourna un regard noir vers Lucky.

— Je n'étais pas au courant pour Rocky, lui dit Lucky. Je connaissais le problème de Spencer, mais c'était *son* problème. Nous ne pensions vraiment pas qu'un usurier s'en prendrait à Dev. Elle ne voulait pas t'en parler, elle avait peur de gâcher la dynamique de votre famille. Elle se sent coupable depuis longtemps d'avoir été malade quand elle était petite et je pense qu'elle a vu cela comme une autre manière de détruire la famille, expliqua Lucky.

— C'est n'importe quoi. C'est le problème de Spencer, pas de Devyn, fit Grover en secouant la tête.

— Nous le savons. Mais elle ne le savait pas, dit Lucky. Elle a essayé de trouver un moment pour te parler de Spencer avant notre entraînement nocturne, en particulier parce qu'il dormait chez toi.

— Elle va s'en sortir, affirma fermement Riley. Elle n'est peut-être pas là maintenant, mais Oz et moi savons d'expérience que parfois, les choses finissent par s'arranger.

Elle n'éleva pas la voix, mais Lucky savait qu'elle avait

raison. Quand Logan et Bria avaient été enlevés, ils avaient tous imaginé le pire, mais par miracle, ils avaient été retrouvés relativement indemnes. Lucky devait croire que ce serait aussi le destin de Devyn.

— Est-ce qu'on peut en revenir à ce qu'il s'est passé l'autre jour ? s'enquit le détective. Vous avez emprunté de l'argent à un usurier qui voulait le récupérer. Vous ne l'aviez pas, alors vous êtes venu au Texas. Que s'est-il passé ensuite ?

— J'ai traîné avec Grover et quand il est parti faire son truc à la base, je...

Spencer baissa à nouveau la tête.

— J'ai pris de l'argent et j'ai essayé d'en gagner suffisamment pour calmer Rocky un moment.

— Tu m'as pris de l'argent ? s'indigna Grover. Merde, c'est de pire en pire. Tu m'as *volé*, Spence ?

— Ce n'était pas beaucoup. Juste quelques billets de ton bocal à monnaie. Et j'ai pris quelques vieux DVD qui étaient dans le fond de tes étagères et je les ai mis en gage. Je suis sûr que tu ne les regardes même plus.

Un muscle palpita dans la mâchoire de Grover lorsqu'il fixa son frère d'un air incrédule.

— Je devais faire en sorte que Rocky me laisse tranquille ! J'ai posé quelques questions et j'ai trouvé un endroit où j'aurais peut-être pu gagner de l'argent rapidement, se hâta de préciser Spencer, essayant de défendre ses actes.

— Où ? demanda le détective.

— Euh...

— Ne cache rien maintenant, prévint Doc d'un ton mordant.

Il avait gardé le silence jusque-là.

— C'est de ta sœur qu'on parle. Tu dois dire à la police où cette maison de jeu clandestine se trouve, les noms des gens que tu y as rencontrés et les jeux auxquels tu as joué. C'est sérieux, Spencer. Très sérieux.

— Tu crois que je ne le sais pas ? cria Spencer. Je le sais ! Regarde-moi ! Ce n'est rien comparé à ce qu'ils pourraient me faire s'ils ne récupèrent pas leur argent !

— Te regarder, *toi* ? ricana Trigger. Regarde Devyn. Oh, c'est vrai, c'est impossible. Car nous ne savons pas où elle est et tu ne nous l'as toujours pas dit ! Arrête tes conneries et dis-nous ce qu'il s'est passé chez Lucky. On comprend. Tu es accro au jeu, tu es enfoncé jusqu'au cou. On passe à la suite. Maintenant, *parle*, bordel, avant que Grover et Lucky perdent la tête !

Le regard de Spencer croisa celui de Lucky une fraction de seconde avant qu'il ne baisse à nouveau les yeux. Quand il reprit la parole, il parla d'une voix monotone.

— Tu as raison. Je me suis planté. Je suis un raté et j'ai embarqué Devyn là-dedans. J'ai essayé de gagner de l'argent et j'ai perdu. Alors je suis allé voir Devyn. Je me suis excusé pour ce qu'il s'était passé dans le Missouri et j'ai essayé de lui faire comprendre que la situation était sérieuse, que Rocky me tuerait si je ne lui donnais pas l'argent que je lui devais. Nous nous sommes disputés, sans en venir aux mains, ajouta rapidement Spencer en sentant l'animosité dans la pièce. Quelqu'un a frappé à la porte et elle a ouvert. Un des types l'a frappée et l'a assommée avant qu'elle ne puisse dire ou faire quoi que ce soit. Ensuite, ils s'en sont pris à moi. Ils m'ont fait ça, dit-il en désignant son visage, puis ils sont partis et ont emmené Devyn.

— Est-ce qu'ils ont dit quelque chose ? demanda Lucky d'un ton désespéré. Est-ce qu'ils ont dit où ils allaient ou pourquoi ils emmenaient Dev ?

Spencer hocha la tête.

— Ils ont dit que Rocky les avait envoyés et qu'il me

dirait où je pourrais trouver Devyn quand il aurait son argent. Je crois qu'ils pensaient que c'était ma petite amie ou quelque chose comme ça.

— Putain de merde ! cria Grover en se retournant et en passant une main dans ses cheveux.

— À quoi ressemblaient-ils ? demanda l'un des détectives.

— Ils étaient imposants. Ils faisaient au moins cent trente-cinq kilos et ils étaient grands. Un des types a soulevé Devyn et l'a passée par-dessus son épaule comme si elle ne pesait rien du tout. Il avait des cheveux bruns et l'autre avait des cheveux noirs.

— Et vous ne les aviez jamais vus auparavant ? demanda le même détective. Ils n'étaient pas à la maison de jeu clandestine où vous êtes allé ?

— Non, fit Spencer d'un air abattu.

Lucky était immobile, vibrant de rage. Son pire cauchemar était devenu réalité et il ne pouvait rien faire. L'idée que Devyn avait été kidnappée suffisait à lui faire perdre la tête.

Il n'arrivait pas à réfléchir. Il n'arrivait pas à décider ce qu'il était censé faire à présent.

Heureusement, ses coéquipiers et les détectives n'avaient pas ce problème.

— Est-ce que vous connaissez les noms des hommes qui vous ont battu et qui ont enlevé votre sœur ? questionna un détective.

— Darrell et Bruce, je crois. Du moins, c'est comme ça qu'ils se sont appelés. Je ne les avais jamais vus auparavant, répéta Spencer presque désespérément.

— Quel genre de voiture est-ce qu'ils conduisaient ?

— Je ne sais pas. Je n'ai pas vu de voiture. J'ai mis un

moment à pouvoir me relever après qu'ils m'ont battu, expliqua Spencer.

— Alors, où étais-tu hier ? s'enquit Lefty. Pourquoi n'as-tu pas immédiatement appelé Grover pour lui dire ce qu'il s'était passé ? Ou la police ? Devyn a disparu depuis deux jours et tu n'as rien fait pour l'aider ?

Lucky voulait aussi connaître la réponse à cette question. Il jeta un regard noir à Spencer, même si l'autre homme ne le vit pas. Il maintint les yeux rivés sur ses mains, posées sur ses genoux.

— J'ai paniqué. J'avais mal. Je devais réfléchir. Essayer de trouver quoi faire. J'ai passé la nuit dans ma voiture.

Puis, il regarda son frère à nouveau.

— Je sais que j'ai merdé. C'est pour cette raison que je suis venu ici. J'ai besoin d'aide, Fred. Pas juste pour récupérer Devyn, mais pour faire taire cette voix incessante dans ma tête qui n'arrête pas de me dire que je suis à un pari de gagner le gros lot. Je n'ai jamais voulu être comme ça ! Le raté de la famille... Mais c'est ce que je suis. Je dois arranger les choses. Je ferai n'importe quoi, *n'importe quoi* pour récupérer Devyn.

— Alors, dis-nous exactement ce que les types qui t'ont battu ont dit. Combien est-ce que tu leur dois et comment pouvons-nous donner l'argent à ce Rocky ? demanda Grover.

Lucky n'était pas sûr de croire Spencer. C'était une chose de vouloir changer quand on faisait face à la condamnation de sa famille, mais c'en était une tout autre quand les choses se calmaient. L'envie de jouer serait toujours présente en lui. Il devrait travailler dur pour la surmonter... et Lucky ignorait si cet homme en avait la force.

— Je croyais que je devais cinquante mille à Rocky, mais Darrell m'a dit qu'avec les intérêts et étant donné qu'ils avaient dû retrouver ma trace, je devais maintenant soixante mille dollars, dit calmement Spencer.

— *Soixante mille dollars* ? s'emporta Grover en haussant brusquement les sourcils. Putain, Spencer. Je n'ai pas autant d'argent.

— Où êtes-vous censé déposer l'argent ? demanda l'un des détectives.

— Je suis censé appeler Rocky pour tout préparer, expliqua Spencer.

— Nous pouvons tracer l'appel, dit le détective à son partenaire. Et le suivre quand il déposera la rançon.

— Si tu paies, ce Rocky te dira où il a caché Devyn ? demanda Lucky, se fichant de la logistique.

Il n'accordait d'importance qu'à Devyn.

— Oui, je suppose, dit Spencer.

— Est-ce qu'il respectera sa part du marché ? interrogea Lefty.

Spencer haussa les épaules.

— Peut-être qu'il pourrait appeler Rocky et dire qu'il a l'argent et que nous pourrions tracer l'appel, le faire avouer où ils ont emmené Devyn, suggéra Oz.

— Ou nous pourrions le tabasser et *l'obliger* à nous le dire, marmonna Doc.

— Euh, et si vous laissiez la police se charger du traçage et de la contrainte, intervint un détective.

Les Deltas l'ignorèrent.

— Nous pourrions vérifier si quelqu'un autour de ta maison a des caméras de sécurité, pour voir quel genre de voiture ils conduisaient, proposa Brain.

— Ensuite, nous pourrons trouver Darrell et Bruce et *les* obliger à nous dire ce qu'ils ont fait à Dev, suggéra Trigger.

Lucky avait fait des recherches sur son téléphone pendant que son équipe lançait des idées. Il était reconnaissant qu'ils fassent de leur mieux en essayant de trouver un moyen de gérer l'opération, mais il n'avait qu'un objectif en tête. Pas trouver l'usurier. Pas même trouver les hommes qui avaient enlevé Devyn, même s'il adorerait disposer de cinq minutes seul avec eux. Son objectif était Devyn elle-même. Elle était tout ce qui comptait.

Quand il en eut fini avec son téléphone, il leva les yeux et croisa le regard de Grover.

— J'ai sept mille dollars d'économies.

Il vit immédiatement que son ami avait compris. Grover répondit immédiatement :

— Je crois que j'en ai quatre. J'en avais plus, mais j'ai utilisé l'argent pour la maison et pour acheter le matériel de la grange.

Puis les autres hommes se joignirent à eux.

— J'ai sept mille cinq cents, dit Trigger.

— Je crois que j'ai trois mille. Désolé de ne pas avoir plus. On vient d'acheter toutes les affaires pour la chambre de bébé, ajouta Brain.

Un par un, les coéquipiers de Lucky et Grover offrirent leur argent durement gagné pour essayer de rassembler les soixante mille dollars dont ils avaient besoin pour sauver la vie de Devyn.

Lucky eut les larmes aux yeux face à la grande générosité de ses amis. Ils savaient tous qu'ils ne reverraient sans doute jamais leur argent. Cependant, ils le proposèrent sans rien demander en retour.

— J'en ai aussi, ajouta Gillian.

— Moi aussi, dirent Kinley et Riley en même temps.

— Je ne sais pas si payer ce Rocky est la meilleure option, dit l'un des détectives.

— C'est vrai, payer un ravisseur signifie que vous cédez.

Il n'y a pas de garantie qu'il sache où votre sœur se trouve ni même qu'elle est encore en vie, déclara l'autre officier.

Lucky se tourna vers les deux hommes. Il était plus que furieux, mais il fit de son mieux pour se contrôler... pour Devyn.

— Ce salaud ne demande pas un milliard de dollars. Ni même un million. Il veut ce qui lui est dû. Et c'est tout. Il aurait pu dire à Spencer qu'il voulait deux cent mille ou même plus. Je ne lui fais pas confiance un instant, mais nous n'avons pas d'autre choix. Ce type est dans un autre État. On ne peut pas savoir où ses hommes de main ont caché ma petite amie. Ils pourraient être en train de lui faire du mal à l'instant et je ne veux pas attendre les bras croisés pendant que des gens sont interrogés et que les recherches commencent. En particulier parce que nous ignorons où commencer à chercher et que Devyn a disparu depuis deux jours. Je donnerais *n'importe quelle somme* d'argent à Rocky s'il y avait un pour cent de chances qu'il dise la vérité. Pour le moment, c'est tout ce que nous avons.

— Mais..., commença le détective plus âgé.

Grover l'interrompit :

— Lucky a raison. Ça ne me plaît pas plus qu'à vous, mais pour le moment, ce Rocky a toutes les cartes en main. Et je veux récupérer ma sœur. Si payer la dette de mon frère est la seule manière d'y arriver, qu'il en soit ainsi.

Puis il se tourna vers Spencer sans prêter attention aux détectives :

— Quand nous aurons rassemblé l'argent, tu appelleras Rocky, tu lui diras que nous l'avons et tu exigeras de savoir où est Dev.

L'autre homme opina immédiatement du chef.

— Pas de problème. Je ferai tout ce qu'il faudra.

— Et tu vas aller dans un centre de désintoxication,

ordonna sévèrement Grover.

L'espoir dans les yeux de Spencer faiblit, mais il hocha légèrement la tête.

— Je suis sérieux, Spence.

— Je sais. Moi aussi. Je sais que j'ai merdé. Mais je ne pensais vraiment pas qu'ils s'en prendraient à quelqu'un d'autre. J'ai emprunté l'argent, alors je pensais que Rocky s'en prendrait à *moi*. Je ne serais pas venu ici si j'avais pensé qu'il ferait quelque chose à Dev ou à toi, dit doucement Spencer. Je n'arrive pas à effacer de mon esprit l'image de Devyn allongée par terre, inconsciente.

Le truc, c'était que Lucky le croyait. Il avait envie de détester l'autre homme, mais il semblait complètement dévasté à propos de ce qu'il s'était passé.

Il n'aurait pas voulu que Grover apprenne que son frère avait un problème de cette façon, mais il était ravi que ce ne soit plus un secret. À présent, il devait juste récupérer Devyn. Sa famille devrait faire face à l'addiction de Spencer, mais au moins, ce n'était plus le sale petit secret de Devyn.

— Je suppose que Rocky n'acceptera pas un chèque-vacances, dit Trigger d'une voix traînante.

— Il ne veut que du liquide, confirma Spencer.

— Bon, dit Grover en poussant un soupir. Si nous allons faire ça, nous devons aller à la banque avant la fermeture. Nous pouvons nous retrouver ici dès que possible ensuite.

— Attendez, nous devons parler un peu plus de tout ça, protesta l'un des détectives.

— Voici les clés de chez moi, dit Lucky en jetant son porte-clés à l'officier le plus proche. Il y a du sang par terre dans le salon, là où je suppose que Spencer a été frappé. Il y a aussi une éclaboussure dans l'entrée. Je suppose qu'il s'agit du sang de ma petite amie. Mes animaux étaient enfermés dans la maison, alors il y a des excréments et de l'urine partout. Essayez de ne pas les étaler, d'accord ? Je n'ai pas pris le temps de nettoyer avant de venir ici.

Il en avait assez de jouer les gentils. Il se réjouissait que les détectives soient présents et veuillent aider, mais il savait qu'ils prendraient trop de temps. Ils devaient trouver Devyn avant qu'il ne soit trop tard.

— Je remplirai tous les formulaires nécessaires pour vous donner accès à ma maison, poursuivit-il. Mais nous ne pouvons pas attendre. Je le sens. Peut-être qu'ils ont déjà tué Devyn, peut-être pas, mais je ne veux pas prendre ce risque.

— Bon, si nous pouvons arrêter de rester debout à discuter de l'endroit où ma sœur pourrait être et aller à la banque avant la fermeture, peut-être que nous pourrons la trouver avant que quelque chose lui arrive vraiment, dit Grover avec impatience.

Lucky cessa d'écouter le reste de la conversation entre les détectives et jeta un regard noir à Spencer. L'homme dut sentir son regard, car il leva les yeux.

— S'ils ont touché à un seul de ses cheveux, tu vas le regretter, grogna Lucky.

— Je le regrette déjà, dit Spencer. Pour ce que ça vaut, et je sais que ce n'est pas beaucoup, j'aime ma sœur. C'est une enquiquineuse, comme toutes les petites sœurs, mais je ferais n'importe quoi pour elle. Je ne voulais pas que tout cela arrive.

— Mais c'est arrivé, répondit Lucky.

— Je sais, conclut Spencer en s'affaissant.

Lucky en avait fini avec lui. Réprimander Spencer ne ramènerait pas Devyn. La seule chose qui pourrait peut-être la ramener, c'était l'argent. Beaucoup d'argent. Plus tôt ils rassembleraient les soixante mille dollars, plus tôt Spencer pourrait appeler Rocky pour obtenir l'emplacement de Devyn. Avec un peu de chance, il ne serait pas trop tard.

CHAPITRE SEIZE

— Combien on a ? demanda Grover à Kinley tandis qu'elle finissait de compter les liasses de billets devant elle.

Des heures s'étaient écoulées et le soleil se couchait à nouveau. Tout ce que Lucky voulait, c'était trouver Devyn. Elle devait être terrifiée. Bon sang, *il* était mort de peur pour elle.

— Soixante-deux mille quatre cents dollars, dit Kinley.

Lucky soupira de soulagement. C'était suffisant. Dieu merci.

— Où est Spencer ? s'enquit Lefty.

Lucky leva les yeux d'un air surpris. Il n'avait pas réalisé que le frère de Grover n'était pas là. Beaucoup de monde entrait et sortait de la maison, il n'était donc pas étonnant qu'il n'ait pas surveillé l'autre homme. Lucky s'était absenté un moment aussi pour aller à la banque et passer chez Devyn. Il ignorait où ils la trouveraient et dans quel état, mais d'après son expérience, il savait qu'elle aurait besoin de se changer.

Il avait été prisonnier de guerre auparavant. Et après avoir été secouru, la première chose qu'il avait voulu faire avait été de se laver, retirer les vêtements qu'il avait portés bien trop longtemps et en enfiler des propres. C'était mental et physique. L'hygiène personnelle n'était pas très haut dans la liste des choses auxquelles les terroristes accordaient de l'importance et il s'était uriné dessus plus d'une fois lorsqu'il avait été interrogé. Lucky ignorait où Devyn se trouvait et ce qu'elle endurait, mais il pouvait s'assurer qu'elle ait un peu de dignité quand ils la trouveraient. Des vêtements de rechange n'allaient pas effacer les souvenirs de ce qu'elle avait subi, mais il savait d'expérience qu'ils étaient très utiles pour améliorer les choses quand une personne était secourue.

Il avait cessé de craindre qu'ils la trouvent trop tard et il avait repoussé ces pensées négatives au profit de pensées plus positives. Ce Rocky voulait son argent et ils voulaient Devyn ; il pensait vraiment que l'homme leur indiquerait l'emplacement où ses hommes l'avaient cachée quand il aurait l'argent que Spencer lui devait.

— Merde, qui l'a vu en dernier ? demanda Doc.

— Il n'était pas là quand je suis revenu, dit Brain. Et je suis le dernier à être rentré, car je me suis arrêté à l'hôpital pour vérifier que mon fils allait bien et pour raconter ce qu'il se passe à Aspen.

— Est-ce qu'elle va rentrer à la maison sous peu ? questionna Oz. Quand j'ai ramené Riley à la maison pour qu'elle s'allonge et se repose parce que le bébé l'a beaucoup fatiguée dernièrement, elle m'a demandé comment allait Aspen.

— Oui, elle devrait y être maintenant. Gillian et son amie Wendy sont allées la chercher avec Logan et Bria et elles l'ont ramenée à la maison. Elles vont rester avec elle.

Lucky était soulagé de l'entendre. Même s'il était inquiet

pour Devyn, il était ravi d'apprendre que les autres prenaient soin des leurs.

— Je n'ai pas vu Spencer en rentrant, dit Lefty.

— Moi non plus, ajouta Trigger.

— Putain. Bon, je l'ai vu assis à la table de la cuisine plus tôt, précisa Grover, mais je ne l'ai pas vu non plus quand je suis revenu de la banque.

— Sa voiture n'est pas dans l'allée, aboya Lucky.

L'appréhension le submergea lorsqu'il regarda par les fenêtres à l'avant de la maison.

— Merde ! jura Grover en donnant un grand coup de pied dans la chaise.

Elle traversa la pièce et se brisa en s'écrasant sur le mur en face de lui.

— Je vais le trouver, s'emporta Grover, la mâchoire serrée. Il va le regretter. Je le jure, je me fiche que ce soit mon frère. Il est le seul à avoir le numéro de Rocky. Putain, on aurait dû le lui demander. Je suis un abruti !

— Calme-toi, Grover, dit Brain.

— Je ne peux pas, fit brusquement Grover. C'est sa faute si ma sœur est dans cette situation, probablement morte de peur et en train de souffrir. Je n'arrive pas à croire qu'il soit parti !

— Je suis là.

Tout le monde se retourna vers la porte d'entrée. Spencer venait d'entrer et il était face à eux.

— Je suis désolé, je ne pensais pas que j'allais mettre autant de temps.

Il avait encore très mauvaise mine. Il s'était changé et il ne portait plus le T-shirt couvert de sang qu'il avait plus tôt, mais son visage était encore enflé et couvert d'hématomes. Il boita en se dirigeant vers Kinley, qui était encore assise à la table et tenait l'argent qu'ils avaient sorti de leurs comptes en banque. Lefty se déplaça pour être légèrement devant sa femme, comme pour la protéger si Spencer essayait de prendre l'argent.

Mais au lieu de regarder les billets d'un air avide, Spencer tendit la main et posa une liasse à côté des autres.

— Je sais que ce n'est pas suffisant. Ce n'est pas du tout suffisant... Mais c'est tout ce que j'ai pu obtenir. J'ai vendu ma voiture. Ils ne m'ont donné que cinq cents dollars en échange, mais je devais faire *quelque chose.*

Lucky ne put s'empêcher d'être surpris. Spencer Groves ne serait jamais sa personne favorite. Il ne serait pas invité au repas de Thanksgiving de sitôt, pas après que ses actes aient mené à l'enlèvement de Devyn, mais il lui était reconnaissant pour ce geste.

— Comment es-tu revenu à la maison ? demanda Grover.

Spencer s'écarta de la table et haussa les épaules.

— J'ai fait du stop.

Personne ne dit au frère de Grover qu'ils n'avaient pas besoin de son argent et qu'ils avaient déjà rassemblé les soixante mille dollars que Rocky voulait. De toute évidence, Spencer voulait aider, même si c'était trop peu, trop tard.

— Nous avons l'argent, annonça Grover à son frère. Il est temps d'appeler Rocky.

— Est-ce qu'on devrait appeler les détectives pour le leur dire ? s'enquit Doc.

— Non, dirent Lucky et Grover en même temps.

Lucky hocha la tête à l'intention de son coéquipier. Ils étaient sur la même longueur d'onde. Ils auraient peut-être des problèmes avec la police pour ne pas les avoir informés, mais si quelque chose d'illégal devait être fait pour récupérer Devyn, ils étaient tous les deux prêts à prendre ce risque. Sans parler du fait que remettre l'argent serait compliqué. Si la police était là et les observait, il était possible que la personne que Rocky enverrait pour récupérer l'argent prenne peur. Et plus ils attendraient pour remettre l'argent, plus ils devraient attendre pour récupérer Devyn là où elle était cachée.

Spencer s'assit lentement sur une chaise en face de Kinley. Il posa son téléphone portable sur la table devant lui et appuya sur quelques boutons. Quelques secondes plus tard, la sonnerie retentit dans la pièce à travers le haut-parleur.

Lucky vit Spencer s'essuyer les mains sur son jean plusieurs fois. De toute évidence, il était nerveux. Et il avait raison de l'être. Beaucoup de choses dépendaient de cet appel. La vie de Devyn.

— Rocky, fit une voix grave à l'autre bout du fil.

— C'est Spencer.

— Ah, Spence. C'est bon d'avoir de tes nouvelles… En particulier parce qu'on dirait que tu as quitté la ville. Tu n'essayais pas de m'éviter, n'est-ce pas ? demanda Rocky.

— Non, bien sûr que non, dit nerveusement Spencer.

Lucky ne put s'en empêcher : il se pencha et interrompit la conversation.

— Nous avons votre argent. Nous voulons récupérer Devyn.

— Et à qui ai-je l'honneur de parler ? voulut savoir Rocky.

— Je m'appelle Lucky et Devyn est ma petite amie, cracha-t-il.

— Je suis vraiment désolé que les choses en soient arrivées là, dit-il avec sympathie. Je déteste que mes clients ne me prennent pas au sérieux et refusent de payer ce qu'ils me doivent.

— Où est Devyn ? demanda Lucky en serrant les dents.

— Le truc, c'est que je ne vous connais pas et que je ne vous fais pas confiance. Ne le prenez pas mal. Spencer me casse les pieds depuis un moment. Je lui ai prêté de l'argent en toute bonne foi. Il connaissait les conséquences qu'il devrait affronter s'il ne me remboursait pas et voilà où nous en sommes. Je n'aime pas avoir recours à la violence, mais je ne peux pas non plus laisser mes clients m'arnaquer. Si la rumeur que je me suis attendri se répand, *personne* ne se donnera la peine de me rembourser, et ce n'est pas bon pour les affaires. Vous comprenez qu'il s'agissait d'une transaction, n'est-ce pas ?

— Ce que je comprends, c'est que vos hommes de main ont frappé ma petite amie jusqu'à ce qu'elle perde connaissance et qu'ils l'ont enlevée. Nous avons votre argent et je veux savoir où elle est. Maintenant.

— Tss, tss, tss, ce n'est pas comme ça que nous allons procéder et vous le savez, déclara Rocky d'une voix plus ferme à présent. Je veux mon argent d'abord. Ensuite, je vous dirai où vous pouvez aller chercher la femme. Spencer, est-ce que tu es toujours là ?

— Oui, je suis là.

— Bien. Tu vas déposer l'argent. Toi et toi *seul*. S'il y a quelqu'un d'autre avec toi, le marché part en fumée. Si on me dit que la police te surveille, le marché part en fumée. Si tu fais *quoi que ce soit* qui rende mes gars nerveux quand ils iront chercher l'argent, le marché part en fumée. Ça fait deux jours. Combien de temps crois-tu que ta sœur puisse survivre sans nourriture et sans eau ? Le temps est compté.

Sans nourriture et sans eau...

Lucky avait envie de passer sa main à travers le téléphone et de tuer ce salaud de Rocky.

— Je comprends, dit Spencer d'une voix calme.

— Demain matin à dix heures pile, tu devras être à

Austin. Dans la région de North Lamar. Il y a un immeuble d'appartements appelé Longspur Apartments. Il y aura un homme qui ressemblera à un sans-abri et qui fera la manche. Il portera un pull-over des Dallas Cowboys et une casquette noire. Tu t'approcheras de lui et tu mettras l'argent dans son seau, puis tu t'en iras. Quand tu seras de retour à Killeen, tu m'appelleras et à ce moment-là, je saurai que l'argent a été remboursé et je te donnerai les coordonnées GPS de l'endroit où se trouve la fille.

— Ce soir. Nous déposerons l'argent ce soir, intervint Lucky, qui ne voulait pas attendre une seconde de plus avant de récupérer Devyn.

— Vous ne menez pas la danse, si ? rétorqua Rocky. Je prends un risque. Je ne suis pas sûr de pouvoir vous faire confiance. Vous pourriez être de la police, qu'est-ce que j'en sais ? Si vous voulez revoir votre petite amie, vous savez quoi faire.

— Comment serons-nous sûrs que c'est bien votre homme ? questionna Grover. Les pull-overs des Dallas Cowboys ne sont pas rares par ici.

— Je ne suis pas surpris qu'il y ait une pièce remplie d'hommes de votre côté, dit Rocky avec un petit rire. Et vous avez raison. Quand tu t'approcheras de l'homme, il dira : « C'est une matinée intéressante, pas vrai ? » Comme ça, tu sauras.

— L'un d'entre nous devra le conduire à Austin, précisa Lucky à Rocky. Il a vendu sa voiture.

Rocky éclata de rire.

— Je suis surpris qu'il ait mis aussi longtemps avant de vendre cette merde. Je pensais qu'il s'en débarrasserait il y a longtemps pour avoir de l'argent à jouer. D'accord, l'un d'entre vous peut le conduire. *Une* personne. Si quelqu'un essaie d'attraper mon homme pour lui soutirer des informations, vous ne trouverez jamais votre disparue. De plus, il n'a pas l'information. Les seules personnes qui le savent sont les deux hommes qui l'ont cachée et moi. Et vous ne *les* trou-verez jamais.

Le truc, c'était que Lucky le croyait.

— D'accord. On accepte. Mais vous devez nous jurer qu'après ça, vous oublierez Spencer et les gens qu'il connaît et qu'il aime.

Rocky rit à nouveau, comme si tout cela n'était qu'un jeu pour lui.

— Je suis doué pour oublier les choses, dit-il. Mais je suppose que le petit Spencer frappera à ma porte tôt ou tard pour reparler affaires. Un accro le restera toujours et je dépends de gens comme lui pour vivre. Il reviendra. Croyez-moi.

— C'est fini, prononça fermement Spencer.

Rocky se contenta de rire à nouveau.

— À plus tard, Spence. Et avec un peu de chance, on se reparlera tous demain matin.

L'homme raccrocha sans un mot de plus.

Kinley émit un petit son étranglé et Lucky vit qu'elle pleurait. Ils auraient probablement dû la renvoyer chez elle, mais quand elle était revenue à la maison avec Lefty, personne n'avait pensé à lui demander de partir.

Tandis que Lefty réconfortait sa femme, les pensées de Lucky se tournèrent vers Devyn.

Elle allait passer une autre nuit dans l'enfer qu'elle subissait. Il avait horreur de *cela*. Il voulait aller à Austin à l'instant et en finir. Mais ils n'avaient pas le choix : ils devaient attendre le lendemain.

— Je vais conduire, déclara Grover.

— Hors de question. Je vais y aller, lui dit Lucky.

— Non. Hors de question que l'un d'entre vous aille à Austin demain, fit Doc. Je vais le faire.

Il leva une main quand tout le monde commença à protester.

— Brain, tu dois être avec Aspen. Chance va rentrer à la maison sous peu et elle vient de rentrer. Elle aura besoin de se reposer. Oz, tu dois être auprès de Riley. La dernière chose que tu veux, c'est que son bébé soit prématuré à cause de tout ce stress. Et tu dois t'occuper de ton neveu et ta nièce. Et en ce qui vous concerne, ajouta-t-il en regardant Grover et Lucky, je crains vraiment que vous soyez seuls avec Spencer, là maintenant.

Lucky hocha la tête à contrecœur. Doc avait de bons arguments. En particulier le dernier. Il était impossible de savoir ce qu'il dirait ou ferait à Spencer s'il était obligé de passer du temps seul avec lui dans une voiture. Même s'il était le frère de Devyn et même si elle l'aimait, il faudrait beaucoup de temps à Lucky pour lui pardonner d'avoir mis Devyn dans cette situation.

Les poings de Grover étaient serrés, mais il hocha la tête.

— Je vous maintiendrai informés en continu, reprit Doc. Je brancherai le haut-parleur de mon téléphone pour que vous sachiez ce qu'il se passe.

Lucky jeta un coup d'œil à Spencer et vit que son regard était rivé sur le tas d'argent de l'autre côté de la table.

— N'y pense même pas, le menaça-t-il d'une voix grave et lugubre.

Spencer leva brusquement les yeux vers lui.

— Je suis sérieux, l'avertit Lucky.

Spencer hocha la tête, déglutissant difficilement.

— Je... Je ne pensais pas que j'avais un problème. J'ai écarté les inquiétudes de Devyn. Je n'étais pas accro au jeu. Je voulais juste gagner un peu d'argent. Mais maintenant que je suis là, que je vois tout cet argent... Mes mains tremblent et j'ai envie de le prendre et de trouver un casino.

Il semblait perdu. Abattu.

— Parfois, il faut toucher le fond pour pouvoir remonter à la surface, lui dit Lefty.

Grover se dirigea vers l'argent et commença à le rassembler. Il regarda Doc.

— Ne le laisse pas s'en approcher avant le moment où il sortira de la voiture. La dernière chose que je veux, c'est qu'il s'enfuie avec.

— Je ne ferais pas ça, dit Spencer.

Mais il n'était pas difficile d'entendre qu'il n'était pas si sûr de ce qu'il disait.

— Je vais emporter l'argent chez moi cette nuit, proposa Doc.

— On dirait qu'il y a environ cent kilomètres d'ici au quartier de North Lamar, dit Trigger en levant les yeux de son téléphone. Je pense que si vous partez aux environs de huit heures, vous aurez du temps, au cas où il y aurait de la circulation et que vous ne trouviez pas un endroit d'où surveiller l'immeuble. Étant donné que Rocky n'a pas dit exactement où ce type se trouverait, vous devrez peut-être le chercher.

— Je serai là à huit heures moins le quart demain, affirma Doc en hochant la tête.

— Je vais informer le commandant ce soir. Je vais lui dire ce qu'il se passe. Il n'est pas ravi que nous ne l'ayons pas appelé immédiatement, mais je ne doute pas un instant qu'il fera son possible pour nous aider quand nous aurons l'emplacement de Devyn.

Lucky acquiesça en silence. Le colonel Robinson les aiderait, cela ne faisait aucun doute. Il se souvint qu'il avait été hors de lui quand il avait dû retrouver sa propre femme, Macie, quand elle avait eu des ennuis.

— Et demain, quand Doc et Spencer partiront, je contacterai les détectives, proposa Lefty.

Lucky avait l'impression qu'il devrait se porter volontaire pour faire quelque chose. Mais la maison de Grover était le seul endroit où il voulait se trouver. Il souhaitait attendre le retour de Spencer pour qu'ils puissent appeler Rocky et enfin aller chercher Devyn.

Tout le monde commença à se dire au revoir, mais Lucky resta debout, raide contre le mur. Finalement, il ne resta plus que Spencer, Grover et lui.

Spencer, qui n'était pas complètement idiot, marmonna :

— Je suis vraiment désolé pour tout.

Puis il s'éloigna dans le couloir jusqu'à la chambre où il dormait.

Grover soupira et alla dans la cuisine. Il sortit une bouteille d'eau du réfrigérateur.

— Tu en veux une ? demanda-t-il à Lucky.

— Non. J'ai envie de beaucoup de choses maintenant, mais pas de boire.

— Je comprends pourquoi elle ne voulait pas me parler de Spencer, dit doucement Grover en posant ses fesses sur le plan de travail. Ça ne me plaît pas, mais je comprends. Elle a toujours été médiatrice. Elle n'aimait pas quand les gens se disputaient. Ça ne veut pas dire qu'elle n'arrivait pas à se défendre quand elle se disputait, mais elle préférait toujours que nous nous entendions bien.

— Je ne pensais vraiment pas que cette histoire de prêt retomberait sur Devyn, déclara Lucky à Grover. Je ne te l'aurais jamais cachée si j'avais pensé un seul instant qu'elle avait des ennuis.

— Je sais. Je ne t'en veux pas, mec.

Lucky laissa échapper le soupir qu'il avait retenu sans le savoir.

— Elle est forte, expliqua Grover. Elle ne croit pas l'être, mais ma sœur a vécu un enfer avec ces traitements contre le cancer quand elle était petite. Même quand elle vomissait et qu'elle n'avait plus de cheveux, elle rassurait tout le monde en disant qu'elle allait bien. Elle disait que quand elle grandirait, elle trouverait un moyen de guérir le cancer pour qu'aucun autre enfant ne subisse la même chose.

Lucky émit un petit rire.

— Ça ressemble bien à ce qu'elle dirait. Sauf toute la partie sur le fait d'être médecin.

— Elle est bien plus heureuse en travaillant avec des animaux, affirma Grover.

Le fait de parler d'animaux le poussa soudain à se demander où étaient les siens.

— Elles sont dans la chambre d'amis, de l'autre côté de la maison, dit Grover, lisant dans les pensées de son ami. Après que Gillian et les autres femmes les ont lavées, elles ont mis leur caisse là-bas et leur ont préparé un nid confortable. Elles ont sorti Angel pour qu'elle fasse ses besoins et Kinley a installé une litière pour Whiskers quand Lefty et elle sont revenus de la banque. Je les ai vues aussi emmener une gamelle de thon plus tôt et des restes de poulet rôti qui étaient dans mon frigo.

Lucky était reconnaissant de leur gentillesse et il se sentait coupable de ne pas avoir pensé à Angel et Whiskers depuis plusieurs heures.

— Je peux rester ? demanda-t-il.

— Ça m'agacerait que tu ne restes pas, répondit Grover. Mais... je vais te demander de ne pas tuer mon frère au milieu de la nuit.

Lucky ignorait si son ami plaisantait ou pas.

— Je ne le ferai pas. Je suis sacrément énervé contre lui et je n'arrive pas à croire qu'il nous a tous mis dans cette situation, mais je ne le tuerai pas.

— Merci. Je vais m'assurer qu'il aille dans un centre de désintoxication, renchérit Grover. Et il va rembourser chaque centime de cet argent à tout le monde, même s'il doit y passer le reste de sa vie.

— Je me fiche de l'argent, dit Lucky. Je veux juste récupérer Devyn.

— Moi aussi, frérot. Moi aussi.

Ils restèrent silencieux un moment avant que Grover dise :

— On va la trouver.

Lucky acquiesça, car l'autre possibilité était impensable.

Il souhaita une bonne nuit à son ami d'un mouvement du menton, puis il traversa le couloir pour aller dans la chambre d'amis. Il se glissa à l'intérieur et trouva un peu de réconfort dans le fait qu'Angel leva la tête et qu'elle se mit debout pour s'approcher de lui.

Lucky s'agenouilla et caressa le menton de la chienne.

— Ça a été une journée pourrie, hein, ma fille ?

Elle secoua la queue avec hésitation.

— Vous voulez dormir dans le lit avec moi cette nuit ?

Devyn et lui n'acceptaient pas que les animaux dorment dans leur lit à la maison, mais il avait besoin de leur réconfort... et il pensait qu'elles avaient besoin du sien. Il ignorait où elles avaient été pendant que les hommes avaient frappé Spencer et ce qu'elles avaient fait quand elles avaient été enfermées à l'intérieur de la maison, mais de toute évidence, elles avaient été traumatisées.

Il souleva Angel et la posa sur le matelas, puis il tendit les bras vers Whiskers. Il prit deux des couvertures dans lesquelles elles s'étaient nichées et il s'allongea à côté d'elles. Il se mit sur le flanc et Angel rampa plus près de lui, se blottissant contre son ventre. Whiskers se joignit à son amie et ils restèrent allongés là en silence, essayant de se détendre après tout ce qu'il s'était passé.

Lucky savait qu'il n'arriverait pas à dormir. Il était épuisé, mais il n'arrêtait pas de penser à Devyn. Était-elle en train de dormir ? Avait-elle faim ? Avait-elle peur ? Avait-elle froid ? Lui faisaient-ils du mal ? La torturaient-ils ? L'agressaient-ils sexuellement... ?

Il n'en avait pas la moindre idée. Rocky ne semblait pas très inquiet, mais cela ne voulait rien dire. C'était un homme glacial et dépourvu de compassion.

— Je t'aime, Dev, murmura Lucky.

Il eut mal au cœur en ne l'entendant pas répondre « Je t'aime aussi », comme d'habitude.

* * *

Devyn avait la bouche sèche et elle avait du mal à déglutir. Une légère pluie était tombée plus tôt ce jour-là et elle s'était assise contre l'arbre, la bouche ouverte, essayant d'avaler autant d'eau que possible. Tous les muscles de son corps étaient douloureux et elle se sentait aussi faible qu'un chaton.

Mais elle refusait d'abandonner.

Il faisait sombre à nouveau. Troisième nuit. De temps en temps, elle criait comme une folle, espérant contre toute espérance que quelqu'un fasse de la randonnée dans la forêt où elle se trouvait, l'entende et vienne la chercher. Mais personne ne vint.

Elle s'était parlé pendant des heures, juste pour ne pas se sentir si seule. Elle avait compté d'un à cinq mille, puis de cinq mille à un. N'importe quoi pour passer le temps et s'occuper l'esprit. Elle refusait d'abandonner. Elle ne pouvait pas abandonner.

La première nuit, elle s'était endormie et elle avait fait un cauchemar où elle abandonnait et où elle mourait. Mais même si elle était morte, elle voyait Lucky apparaître de nulle part et la trouver. Même dans son rêve, elle avait senti l'horreur et la désolation de Lucky. Elle ne voulait pas qu'il ait ce genre de souvenirs d'elle.

En se réveillant, elle était déterminée à faire le nécessaire pour survivre. Grover et Lucky la trouveraient. Il le fallait.

Elle gémit quand elle bougea et ses épaules lui causèrent une violente douleur. Devyn soupira. Elle n'avait pas pensé que tout cela serait facile quand elle s'était réveillée, mais elle avait sous-estimé la difficulté de l'expérience.

Elle souffrait, elle avait faim et soif.

Et elle était gênée et révoltée au-delà de l'imaginable.

Quand elle avait réalisé qu'elle devait aller aux toilettes, elle avait fait de son mieux pour se retenir, mais cela avait été inutile. Il était impossible qu'elle retienne les fonctions naturelles de son corps pour toujours. Elle avait pleuré après l'avoir fait. Sachant qu'elle devrait rester assise dans sa propre saleté. Elle n'avait pas pu baisser son pantalon ou faire quoi que ce soit d'autre que rester assise, ligotée à l'arbre comme une ordure.

À certains moments, elle avait détesté son frère. Elle avait juré de ne jamais lui pardonner pour l'avoir mise dans cette situation. Puis elle avait pleuré et elle avait promis à voix haute qu'elle était désolée, qu'elle ne le pensait pas. Ses émotions allaient dans tous les sens et Devyn savait que si personne ne la trouvait sous peu, elle ne tiendrait sans doute pas longtemps...

— Tiens bon, Dev, murmura-t-elle. Les secours ne

viennent jamais au milieu de la nuit. Ils font probablement ce pour quoi ils sont doués : planifier et se préparer à venir te chercher. Tiens bon une nuit de plus. Tu vas y arriver.

Elle n'était pas sûre que ce soit le cas, mais elle faisait de son mieux pour faire semblant.

Puis, elle ferma les yeux et, essayant de se convaincre qu'elle n'était pas assise au beau milieu d'une forêt, Devyn pensa à Lucky. Elle aimait tellement être allongée au lit avec lui. Ils écoutaient Angel et Whiskers tourner en rond et chiffonner leurs couvertures avant de s'installer. Les deux animaux ronflaient et plusieurs fois, elle s'était endormie en sentant le torse nu de Lucky contre sa joue et les ronflements amusants des animaux.

Juste avant de tomber dans un sommeil inconfortable, elle entendit Lucky lui dire dans sa tête d'une voix profonde, rauque et endormie : « Je t'aime ».

— Je t'aime aussi, dit-elle doucement.

CHAPITRE DIX-SEPT

— Nous l'avons trouvé, dit Doc le lendemain matin à dix heures et quart.

Toute l'équipe était réunie autour de la table de Grover et écoutait Doc leur commenter la livraison de l'argent.

Les deux hommes étaient arrivés à l'immeuble Longspur aux environs de neuf heures trente. Ils avaient étudié l'endroit et ils s'étaient garés pour attendre. Doc leur avait dit qu'il comprenait pourquoi Rocky avait choisi cet endroit pour la livraison. Il y avait des hommes et des femmes sans-abri partout. Il y avait une sorte de campement de tentes dans un champ à proximité et il ne serait pas étrange de voir un sans-abri mendier le long de la route.

Lucky avait commencé à transpirer à dix heures dix, quand Doc avait dit qu'ils n'avaient vu personne portant un pull-over des Cowboys et une casquette noire.

Mais ensuite, il était arrivé.

Spencer sortit de la voiture en serrant l'argent contre lui et Lucky pria pour qu'il n'essaie pas de faire quelque chose de stupide, comme s'enfuir avec.

— Spencer est en train de parler au mec... et il vient de

mettre l'enveloppe dans son seau. Ils ont tous les deux hoché la tête… Maintenant, il revient vers la voiture.

— Que fait l'autre homme ? demanda Grover.

Ils en avaient parlé ce matin-là, craignant que l'homme auquel ils donnaient l'argent double Rocky et qu'il prenne l'argent pour lui-même. Mais ils ne pouvaient pas contrôler cela et ils durent prier pour que la réputation de Rocky soit suffisamment effrayante pour que personne n'ose s'en prendre à lui.

— Il reste debout là.

— Sérieusement ? grogna Grover.

Bon sang, soit ce type était un idiot, debout dans le coin de ce quartier-là avec soixante mille dollars, soit c'était un génie. Lucky devait admettre qu'il faisait probablement du bon travail pour ne pas se faire repérer.

— Oui. Il demande de l'argent à d'autres passants, précisa Doc.

Ils entendirent tous une portière de voiture se refermer à travers le haut-parleur du téléphone portable.

— C'est fait, dit Spencer.

— On rentre. On se retrouve dans une heure, annonça Doc. Terminé.

Puis, il raccrocha.

Lucky ignorait s'il pourrait attendre une heure. Il voulait aller chercher Devyn immédiatement. Il pria pour qu'elle aille bien et pour que les hommes de main de Rocky ne lui aient pas fait de mal au cours des jours où ils l'avaient détenue. Il avait terriblement mal dormi la veille, se réveillant fréquemment et se demandant où elle était et à quoi elle pensait. Il avait prié pour qu'elle sache qu'ils faisaient tout ce qu'ils pouvaient pour la trouver.

— Elle va s'en sortir, dit doucement Trigger, à côté de lui.

— Elle est forte, ajouta Lefty.

— Et têtue, enchérit Brain.

— Elle t'aime et elle fera tout ce qui est en son pouvoir pour tenir bon jusqu'à notre arrivée, compléta Oz.

Lucky attendit que Grover ajoute quelque chose de positif sur sa sœur aussi, mais quand il se tourna vers lui, son ami avait la tête baissée et il appuyait ses deux mains sur la table, comme si c'était la seule chose qui lui permettait de rester debout.

— Grover ? fit Lucky d'un air inquiet.

Il se sentait mal et il savait que son ami ressentait la même chose.

— Je n'ai pas dit ce qu'il se passait au reste de la famille, dit Grover après un moment.

Il leva les yeux.

— Peut-être que je devrais le faire ? Je serais sacrément énervé si quelque chose arrivait à Mila, à Angela ou à qui que ce soit d'autre et qu'on ne me le dise pas.

— Je pense que ce serait mieux d'attendre d'avoir quelque chose à leur dire, répondit Trigger. Si tu dis à tes parents que Devyn a été kidnappée et que tu ne sais pas où elle est et comment elle va, ça va juste les stresser. Si j'étais toi, j'attendrais d'avoir quelque chose de concret à leur dire.

Grover hocha la tête. Puis il annonça :

— Spencer va aller dans un centre de désintoxication même si je dois l'y traîner de force.

— Je ne crois pas que ce sera nécessaire, dit Brain. Il avait l'air plutôt dévasté par tout ça.

— Est-ce que tu as vu la manière dont il regardait l'argent ? demanda Grover à personne en particulier.

— L'addiction, c'est terrible, murmura Lefty.

Lucky était d'accord avec tout ce que ses coéquipiers disaient, mais il ne pouvait pas participer à la conversation.

Il ne pouvait penser qu'à Devyn. À l'endroit où elle pourrait se trouver, à ce qui pourrait être en train de lui arriver.

— Tiens bon, mec, dit doucement Oz en posant une main sur l'épaule de Lucky. Essayer de deviner ce qu'il pourrait se passer, c'est le pire.

Son ami le savait. Quand son neveu et sa nièce avaient été enlevés, il avait dû penser à ce que Lucky pensait à présent.

— On nous a appris à penser à tous les résultats possibles, murmura Lucky. Les bons, les mauvais et les moches. Et j'ai beau vouloir rester optimiste, je n'arrive pas à m'empêcher d'imaginer tous les scénarios possibles dans ma tête.

— Je sais, répondit Oz. J'ai ressenti la même chose quand Logan et Bria ont disparu.

— Et puis, je me sens coupable de détester que les choses aillent aussi lentement, car même si je sais au moins que nous faisons quelque chose, *Devyn* ne le sait pas.

— Faux, dit Lefty. Elle sait que Grover et toi et le reste d'entre nous faisons notre possible pour la trouver.

Lucky prit une profonde inspiration et hocha la tête. Il baissa les yeux vers sa montre. Merde. Seules trois minutes s'étaient écoulées depuis la dernière fois où il l'avait regardée. Il voulait que le temps accélère. Il voulait que Spencer et Doc reviennent pour appeler Rocky et obtenir les coordonnées de l'endroit où Devyn était cachée.

Il détestait rester assis les bras croisés. Il avait besoin de bouger. De *faire* quelque chose. Ils ne pouvaient même pas établir un plan, car ils ignoraient où ils devraient aller la chercher. Au bout de la rue ? Dans le Missouri ? Au Mexique ? Elle pourrait être n'importe où.

— Cinquante-quatre minutes avant leur retour, marmotta Grover entre ses dents.

En réalité, le fait de savoir qu'il n'était pas le seul à être impatient le réconfortait. Les autres hommes de l'équipe étaient aussi inquiets pour Devyn, mais c'était différent pour Grover et lui.

Incapable de rester immobile, Lucky commença à faire les cent pas.

Un autre jour s'était levé et elle était encore enchaînée à cet arbre maudit. Devyn était certaine d'être passée par toutes les étapes du chagrin. Le déni d'avoir vraiment été enlevée, même si cette étape n'avait pas duré longtemps, car elle était assise au milieu de nulle part, les bras attachés derrière son dos. Elle avait pleuré, elle avait négocié avec Dieu, elle avait été déprimée en pensant qu'elle allait mourir et à présent, elle était juste furieuse.

Comment quelqu'un avait-il *osé* penser qu'ils pouvaient la frapper au visage ?

Comment avaient-ils osé penser qu'ils pouvaient l'enlever et l'enchaîner à un arbre ?

Comment cet arbre osait-il être si grand qu'elle ne pouvait pas passer ses bras tout autour ?

Pourquoi personne n'avait fait de randonnée dans cette partie de la forêt pour la trouver ?

Comment ses poignets pouvaient-ils ne pas être assez petits pour sortir des menottes ?

Elle dirigea sa colère vers tout et rien.

Elle voulait sortir de cette situation. Elle ne voulait pas être coincée dans la forêt un jour de plus et elle ne voulait *vraiment* pas y être une nuit de plus.

Les nuits étaient ce qu'il y avait de plus dur. Quand les insectes sortaient et montaient sur ses jambes et ses bras.

Quand elle ne pouvait rien voir. Quand elle craignait qu'un ours décide qu'elle ferait un bon en-cas. Devyn ignorait s'il y avait des ours dans cette forêt, étant donné qu'elle ne savait pas où elle était, mais elle n'arrêtait pas d'y penser. Elle avait dormi terriblement mal. Elle avait fait de son mieux pour changer de position pour s'assurer de ne pas empêcher son sang de circuler dans ses bras, mais ils étaient endoloris après avoir passé autant de temps en arrière.

Et les oiseaux... les maudits oiseaux ! Ils n'arrêtaient jamais de chanter et de gazouiller. Ignoraient-ils à quel point elle était bouleversée ? Ils devaient la fermer, mais ils ne le faisaient pas. Ils volaient autour d'elle, gazouillant comme si tout allait bien. Mais tout n'allait pas bien. *Pas bien du tout.*

Et juste comme ça, sa colère s'envola et elle fut déprimée à nouveau. Elle ignorait si Spencer allait bien. Elle ne doutait pas un instant que ce qu'il lui était arrivé était lié à l'argent qu'il devait rembourser. Il avait dit que sa vie était en danger et elle n'avait jamais envisagé que le fait d'être près de lui pourrait la mettre en danger aussi. Si cela avait été le cas, elle l'aurait dit à Lucky ou à Fred. Ils auraient fait tout ce qui était en leur pouvoir pour la protéger.

Mais à présent, Spencer était peut-être mort. Peut-être que les hommes qui l'avaient enlevée avaient tué son frère. Devrait-il encore rembourser l'argent s'il ne respirait plus ? Elle ignorait comment les usuriers travaillaient. Peut-être que la dette passait à la famille de l'emprunteur quand il mourait. Elle n'avait vraiment pas l'argent que Spencer devait, mais elle le trouverait.

Pendant toute sa captivité, Devyn s'était rarement permis de penser à Lucky. Elle savait qu'il essaierait de la trouver, mais penser à la désolation qu'il devait ressentir la déchirait. Il s'en voudrait, ce dont elle avait horreur.

Devyn n'avait même pas eu le temps de se défendre après avoir ouvert la porte. Elle avait été trop énervée contre Spencer, et effectivement... effrayée. Elle n'avait pas fait preuve de prudence, ce qui avait été stupide. Elle savait qu'elle aurait dû agir autrement. Après tout ce qui était arrivé aux autres femmes et après tout ce que Fred lui avait enseigné, elle avait juste ouvert cette fichue porte et invité la personne qui frappait à l'enlever.

Quel jour était-ce ? Le troisième ? Le quatrième ? Le temps semblait s'écouler particulièrement lentement dans la forêt et Devyn avait du mal à se concentrer. Elle avait besoin d'eau... plus que ce qu'elle avait pu avaler au cours des deux légères pluies qui étaient tombées. Elle était prise de vertiges et sa bouche était complètement sèche. Ses lèvres étaient sèches et craquelées et elle sentait son cœur battre un peu trop vite. Si personne ne la trouvait sous peu, elle s'endormirait probablement et ne se réveillerait plus jamais.

Cette pensée la fit sursauter.

— Non ! dit Devyn à voix haute.

Le cauchemar qu'elle avait fait dans lequel Lucky trouvait son cadavre enchaîné à cet arbre était encore frais dans sa tête. Elle ne voulait pas qu'il subisse une chose pareille. Et elle ne voulait pas que Fred le subisse non plus.

— Hé ! cria-t-elle. Je suis là ! Il y a quelqu'un ? Aidez-moi ! Au feu ! Au feu ! Au feu !

Les gens n'avaient-ils pas tendance à répondre davantage à un appel au feu qu'à un appel à l'aide ? Un incendie pouvait les toucher, mais être impliqué dans une agression était plus dangereux. Du moins, c'était ce que Fred lui avait enseigné.

Mais personne ne répondit à ses appels à l'aide. Les

oiseaux semblaient se moquer d'elle, gazouillant joyeusement comme s'il n'y avait pas de problème.

Devyn ferma les yeux et posa sa tête contre le tronc, derrière elle.

— Je suis là, dit-elle doucement. Juste là.

Mais de nouveau, personne ne répondit.

* * *

— C'est un plaisir de faire affaire avec toi, dit Rocky à Spencer au téléphone.

Ils avaient appelé l'usurier à la seconde où Doc et lui étaient arrivés chez Grover. Heureusement, l'homme avait décroché immédiatement. Il avait vérifié la somme d'argent que Spencer avait remise à son contact.

— Où est Devyn ? grogna Lucky.

— Vous avez un stylo ? plaisanta Rocky. J'ai les coordonnées.

Ensuite, sans attendre que les hommes soient prêts, il les débita. Brain et Lefty écrivirent rapidement les nombres tandis que Rocky les lisait.

— Si j'étais toi, Spencer, dit Rocky d'une voix sympathique, je trouverais une autre carrière... Car franchement, tu n'es pas un très bon parieur.

Puis, il raccrocha sans un mot de plus. Spencer se tenait contre le mur, les lèvres pincées, l'air plus vieux que ses trente et un ans. À ce moment-là, Lucky se fichait de ce que Spencer ressentait. Il était complètement concentré sur ses coéquipiers.

— Vous avez les coordonnées ? demanda-t-il avec impatience.

— Oui, attends une seconde, dit Brain en sortant son

ordinateur portable et en saisissant les coordonnées que Rocky leur avait données.

Il s'appuya contre le dossier de la chaise et fronça les sourcils en regardant l'écran.

— C'est impossible. Qu'est-ce que tu as trouvé, Lefty ?

— La même chose, dit Lefty en regardant son téléphone.

— Quoi ? aboya Grover.

Brain tourna son ordinateur et ils le fixèrent tous du regard.

— C'est où, ça, bordel ? dit Lucky d'un ton mordant.

Tout ce qu'il voyait sur l'écran, c'était une grande tache verte.

Brain modifia la configuration et la carte changea. Elle passa d'un gros plan à une vue plus large. Lucky se plaça derrière lui. Lentement, il comprit ce qu'il était en train de voir.

— Putain, elle est dans l'est du Texas ?

— Si les coordonnées sont correctes, oui, dit Brain. La forêt nationale de Davy Crockett. La section sud, qui n'est pas très populaire auprès des touristes, car tout a poussé démesurément et il n'y a pas beaucoup de chemins de randonnée. Les terrains de camping sont tous au nord de cet emplacement. Et il y a plus de collines.

— Putain, dit Grover en passant une main dans ses cheveux.

— Colonel Robinson ? C'est Trigger.

Lucky se retourna et vit son coéquipier parler au téléphone.

— Il nous faut un hélicoptère... Je sais que nous le demandons au dernier moment... Nous avons trouvé la sœur de Grover... Elle est dans l'est du Texas... Oui, je comprends... Super, nous vous en remercions... Pas plus tôt ? D'accord... Combien ? D'accord... Nous serons prêts. Merci, monsieur.

— Quoi ? demanda impatiemment Grover quand Trigger raccrocha.

— C'était le commandant, dit inutilement Trigger. Il va retrouver l'unité d'aviation et il va organiser un exercice d'entraînement. Nous aurons un hélicoptère dans deux heures... maximum.

Le cœur de Lucky s'envola et sombra en même temps. Il était ravi d'avoir un hélicoptère à disposition pour qu'ils puissent retrouver Devyn plus tôt, mais il avait horreur de devoir attendre ne serait-ce que cinq minutes. Attendre deux heures serait une torture.

— Il doit déposer la paperasse, dit Trigger comme s'il pouvait lire dans les pensées de Lucky. Il doit obtenir l'accord du général de la base. Il sait que le temps presse et il va faire tout ce qui est en son pouvoir pour nous faire décoller au plus vite. L'hélicoptère ne pourra transporter que quatre d'entre nous, précisa-t-il. Grover, Lucky et toi en ferez partie, évidemment. Je pense que Doc devrait y aller pour pouvoir lui administrer les premiers soins si nécessaire.

— Et toi, dit immédiatement Lucky.

Il avait confiance en tous ses coéquipiers, mais Trigger était leur dirigeant. Il pourrait faire le nécessaire si Devyn était en plus mauvais état qu'ils ne l'espéraient.

Tout le monde hocha la tête.

— Je vais rester ici avec Spencer, proposa Oz. Et pour veiller sur Whiskers et Angel.

— Moi aussi, dit Lefty. Brain peut rentrer auprès d'Aspen et si nous avons besoin de lui, il aura son ordinateur portable.

Lucky hocha la tête, satisfait de leur organisation. Il semblait que Spencer avait été sérieux quand il avait dit qu'il voulait aider. Cependant, il ne voulait toujours pas que l'homme parte en courant à la seconde où il découvrirait que sa sœur allait bien – *bon sang, faites que Devyn aille bien –* et le fait qu'Oz et Lefty restent à la maison lui assurerait que cela n'arrive pas.

Et Brain devait être chez lui avec sa femme. Lucky avait horreur que toute cette histoire ait lieu au beau milieu de ce qui devrait être un moment de joie pour ses amis après la naissance de leur premier enfant. Mais il savait aussi que Brain ne resterait jamais à la maison et n'ignorerait jamais ce qu'il se passait. Il ferait n'importe quoi pour aider.

— Dans ce cas, nous allons à la base, déclara Trigger. Nous devons être prêts à partir à la seconde où les papiers seront approuvés.

Lucky n'avait jamais été aussi reconnaissant envers le dirigeant de leur équipe. Trigger savait exactement quoi faire et comment le faire.

Pendant ce temps, Lucky était une épave. Il ne pouvait penser qu'au point bleu sur l'écran de l'ordinateur. Au milieu de nulle part. L'image satellite ne montrait rien d'autre que des arbres et encore des arbres. Il espérait que l'image était ancienne et qu'il y avait une cabane... ou *quelque chose*. Car l'autre possibilité était impensable.

Des cadavres étaient jetés dans les forêts. Au milieu de *nulle part*, pour que personne ne les trouve.

Lucky pria pour qu'ils ne se dirigent pas vers la tombe de Devyn.

Il serra les dents si fort qu'il sut qu'il aurait mal à la tête plus tard, mais il refusa d'exprimer ses inquiétudes à voix haute. Non pas que cela soit nécessaire. Toutes les personnes présentes, sauf peut-être Spencer, savaient qu'ils avaient peu de chances de trouver Devyn en vie.

Maudit Rocky et ses hommes de main... Lucky passerait

le restant de ses jours à poursuivre les hommes impliqués et à s'assurer qu'ils paient pour leurs crimes. De manière définitive.

En regardant Grover, Lucky vit que son ami pensait exactement la même chose. Leurs regards se croisèrent et Grover hocha la tête. Oui, ils étaient bien sur la même longueur d'onde.

Songer à ce que Devyn avait dû endurer – à ce qu'elle était *encore* en train d'endurer – terrifia et révolta Lucky. Par conséquent, il repoussa ces pensées au fond de son esprit. Les autres et lui se dirigèrent vers la porte et il prit son sac à dos au passage. Celui-ci contenait des affaires pour Devyn. Il devait rester optimiste et croire qu'elle en aurait besoin. Toute autre pensée le rendait malade.

* * *

Devyn était fatiguée. Elle passait par des états de conscience et d'inconscience. Elle voulait rester en alerte, juste au cas où, mais pendant tout le temps qu'elle avait passé enchaînée à ce fichu arbre, elle n'avait pas entendu ou vu quoi que ce soit qui puisse l'aider à s'échapper.

Elle recommença à compter à rebours à partir de cinq mille, espérant rester éveillée.

Elle arriva à trois mille deux cent dix-huit quand elle eut l'impression d'entendre quelque chose. Elle leva les yeux pour regarder à travers les feuilles de l'arbre. Elle ne voyait rien, mais le son d'un moteur devint de plus en plus fort. Puis elle entendit une succession de bruits sourds.

Le son facilement reconnaissable d'un hélicoptère.

Il n'était pas tout près, mais son cœur bondit d'enthousiasme.

— Je suis là ! cria-t-elle.

Elle ne pouvait pas se lever et agiter les bras. Elle ne pouvait pas allumer un feu pour indiquer sa position. Et Devyn savait qu'il était impossible que les personnes qui se trouvaient dans l'hélicoptère ou dans l'avion volant à basse altitude la voient entre les arbres, mais elle cria quand même et elle continua comme s'ils pouvaient l'entendre.

Elle tournait la tête dans tous les sens, essayant de voir l'hélicoptère, mais en vain. Quelques instants plus tard, le son devint plus faible, puis elle ne l'entendit plus.

— *Non* ! gémit-elle. Je suis là ! hurla-t-elle. Juste là. Je vous en prie, ne me laissez pas !

Mais c'était inutile. La forêt était silencieuse de nouveau, les fichus oiseaux gazouillèrent de plus belle et volèrent autour de sa tête, se moquant d'elle avec leur liberté de mouvement.

Devyn n'avait plus de liquide en elle pour pleurer, elle ferma donc les yeux et oublia d'essayer de rester éveillée. À quoi bon ? Elle allait mourir là. Seule et apeurée.

Elle avait tant de regrets. Le plus grand était de ne jamais construire sa vie avec Lucky. Elle savait au plus profond d'elle-même qu'il aurait été le meilleur des partenaires. Il l'aurait soutenue et il aurait été généreux. Ce n'était pas juste qu'elle le trouve avant même de le perdre sans avoir eu la chance de vraiment commencer la vie qu'ils voulaient avoir ensemble.

— On ne peut pas atterrir près de la zone de largage, dit le pilote dans le casque.

Les yeux de Lucky étaient rivés sur le terrain. Il ne voyait pas le sol à travers les feuillages. Il tenait un GPS et il savait qu'ils étaient à environ un kilomètre et demi de la zone de largage, l'endroit où se trouvait Devyn d'après les coordonnées qu'on leur avait données.

Le pilote dessina un grand cercle autour de leur destination et il aligna l'hélicoptère aussi près du sol que possible pour pouvoir atteindre Devyn.

— Ça va être compliqué, ajouta le copilote.

« Compliqué » était un euphémisme. Il y avait des arbres et des collines partout. Le pilote était en train de les déposer sur un affleurement de roches. Il y avait de grands arbres tout autour d'eux ; ils pourraient s'accrocher aux hélices et pousser l'hélicoptère à s'écraser. Ils avaient envisagé la possibilité de descendre en rappel et d'utiliser une nacelle de sauvetage pour faire monter Devyn dans l'hélicoptère quand ils l'auraient trouvée, mais la forêt était trop dense. Le pilote jura que même si l'atterrissage était compliqué, il pourrait le faire.

Mais Lucky ne pensait pas à cela. Les pilotes de Night Stalkers étaient parmi les meilleurs de l'armée. Si quelqu'un pouvait les faire atterrir en toute sécurité, c'étaient eux.

Lucky attacha son sac à dos et se prépara à descendre de l'hélicoptère pour aller chercher Devyn. Chaque seconde qui s'écoulait était une seconde de douleur et de souffrance en plus pour elle.

En regardant ses coéquipiers, il vit que Doc avait son sac médical aussi et que Trigger et Grover étaient prêts à descendre. L'hélicoptère se balança un peu et les hélices firent décoller la poussière et des rafales de vent tandis qu'il s'approchait du sol. À la seconde où les trains d'atterrissage heurtèrent les rochers, Lucky ouvrit la porte et se mit en mouvement.

Ses coéquipiers étaient juste derrière lui et ils traversèrent la forêt en courant. Personne ne disait rien ; ils étaient tous concentrés sur leur mission. Le sous-bois était épais et il était difficile à traverser à certains endroits, mais les quatre hommes ne ralentirent pas. Lucky entendit les pilotes parler dans son oreille à l'aide de la radio, mais il les ignora, Trigger leur donnerait des informations sur leur avancée dès qu'ils retrouveraient Devyn.

Il fallut plus de temps que prévu pour que Lucky parcoure le kilomètre et demi qui les séparait de l'endroit où ils espéraient la trouver, car le terrain les ralentissait. Mais l'équipe avança comme la machine bien huilée qu'elle était. Complètement silencieuse, espérant contre toute espérance qu'ils trouveraient Devyn saine et sauve.

Quand ils furent à soixante mètres de l'emplacement indiqué par les coordonnées, Lucky leva le poing pour que les autres s'arrêtent derrière lui. Son cœur battait la chamade dans sa poitrine et il tendit l'oreille.

Il n'entendit que les joyeux gazouillements des oiseaux au-dessus de sa tête. Il ne sentait pas de feu, il n'avait aucune indication que quelqu'un se trouvait à proximité.

La bile monta dans sa gorge, mais très lentement, Lucky continua d'avancer.

Il devait savoir. Il devait atteindre la femme qu'il aimait... même s'il était trop tard pour l'aider.

Il baissa les yeux vers le GPS et vit qu'il ne lui restait à parcourir que douze mètres. Il mit l'appareil dans sa poche et avança.

Trois mètres plus loin, il contourna un grand arbre et sourcilla en voyant ce qui se trouvait devant lui.

Devyn était assise dans une position étrange contre l'arbre, la tête penchée d'un côté et les bras tendus derrière elle. Elle avait les yeux fermés et il ne voyait pas si elle respirait de là où il se trouvait. Il eut le souffle coupé. Le visage de Devyn était gonflé, mais il ne voyait pas de sang et elle semblait relativement indemne.

Mais plusieurs jours s'étaient écoulés. Et si elle avait été là, au milieu de nulle part, enchaînée au fichu arbre contre lequel elle était appuyée, elle pourrait bien être morte.

Il sentit plus qu'il n'entendit les mouvements autour de lui et Lucky tendit automatiquement la main pour empêcher Grover de se précipiter vers sa elle. Il savait qu'il n'avait aucun droit d'empêcher Grover d'aller aider sa sœur, mais elle était *sa* femme. Sa responsabilité. C'était à lui de la protéger et de prendre soin d'elle. Même si cela signifiait qu'il devait s'assurer qu'elle ait la dignité qu'elle méritait après sa mort.

Il voulait aussi empêcher Grover d'être celui qui découvrirait qu'elle n'avait pas survécu, même s'il espérait qu'il en était autrement.

Il fit un pas en avant. Puis un autre.

Puis il céda et se précipita vers elle, faisant assez de bruit pour que les oiseaux cessent de gazouiller et s'envolent, effrayés.

À un instant, il fut certain qu'il était trop tard, que Devyn était décédée, et un instant plus tard, ses beaux yeux bleus s'ouvrirent... et elle le regarda d'un air incrédule, légèrement effrayée, tandis qu'il s'approchait.

* * *

Devyn était perdue dans un état de semi-conscience. Une partie d'elle savait exactement où elle se trouvait et qu'elle devait rester éveillée, et l'autre était plus que ravie de flotter dans cet endroit heureux et merveilleux où il n'y avait que Lucky et elle, endormis dans son grand lit.

Elle ignorait quand elle avait remarqué que quelque chose avait changé, mais ce fut la soudaine explosion d'oiseaux qui s'envolèrent depuis les branches alors qu'ils se moquaient d'elle depuis des jours qui l'avait poussée à ouvrir les yeux.

Au début, elle avait pensé que les hommes qui l'avaient enlevée étaient revenus. Elle n'avait vu qu'une grande silhouette se ruer vers elle. Puis, elle avait regardé les yeux écarquillés de l'homme devant elle et elle avait réalisé qu'il s'agissait de Lucky.

Devyn ignorait comment il était apparu de nulle part, mais elle n'avait jamais été aussi heureuse de voir quelqu'un.

— *Lucky*, dit-elle d'une voix rauque.

Puis il fut à ses côtés. Ses mains se posèrent sur le visage de Devyn et il la regarda dans les yeux comme si elle était un fantôme. Était-elle un fantôme ? Pourquoi ne disait-il rien ? Son rêve s'était-il réalisé ? Était-elle morte et avait-il trouvé son cadavre ?

— Dev..., dit-il après un long moment.

Elle voulait tendre la main et le toucher plus que tout au monde, mais ses bras étaient encore attachés derrière elle. Elle ne pouvait que lever les yeux vers lui avec l'amour, la gratitude et le soulagement les plus forts qu'elle ait ressentis.

— Tu m'as trouvée.

— Oui, chuchota-t-il.

Sursautant sous l'effet de la surprise, Devyn leva les yeux vers les trois autres hommes qui apparurent soudain devant elle.

— Salut, sœurette, dit Fred d'une voix étranglée. Si tu voulais de l'action dans ta vie, j'aurais pu organiser un saut en parachute de nouveau ou quelque chose comme ça.

Elle émit un petit rire.

— Je m'en souviendrai la prochaine fois, murmura-t-elle.

— Ça te dit de sortir de là, ma belle ? demanda Trigger en disparaissant de son champ de vision pour aller derrière elle.

— Oui, répondit-elle avec assurance.

— Tu pourrais avoir mal quand tes bras seront libérés, l'avertit Doc.

— Je m'occupe d'elle, dit Lucky.

Devyn se détendit. C'était vrai. Lucky s'occupait d'elle. Elle n'avait pas hâte de sentir la douleur qu'elle savait que Doc minimisait, mais elle voulait être libre plus qu'elle ne craignait un peu d'inconfort. Elle ne voyait pas ce que Trigger faisait derrière elle, mais elle sentit le moment où il coupa et détacha la chaîne qui l'emprisonnait.

Ses bras tombèrent par terre. Elle essaya de les lever et ne put s'empêcher de pousser un cri de douleur.

Lucky enfonça ses doigts dans ses épaules et elle essaya de s'écarter de lui, mais elle ne pouvait aller nulle part.

— Je sais que c'est douloureux. Tiens bon un peu plus longtemps, mon amour, murmura Lucky en massant les articulations pour essayer de faire circuler le sang dans ses bras.

Devyn ferma les yeux et fit de son mieux pour respirer malgré la douleur. Puis elle réalisa que Lucky avait raison. Le fait qu'il manipule ses épaules était douloureux, mais sous peu, elle sentit le fourmillement dans ses mains et sut que c'était un bon signe.

— Il lui faudra une intraveineuse, dit Doc.

Lucky hocha la tête.

— Je sais. Donne-moi une seconde.

Trigger réapparut dans son champ de vision, tenant la chaîne qui l'avait attachée à l'arbre. Il s'agenouilla et ouvrit les menottes qui se trouvaient encore autour de ses poignets, puis il les mit dans son sac. Il siffla.

— Tu t'es vraiment débattue pour te libérer, n'est-ce pas ? demanda-t-il.

Devyn hocha la tête et tourna la tête vers son poignet droit. Il était dans un état plutôt horrible. Elle avait des bleus presque jusqu'au coude et de profondes entailles rouges sur la peau.

— Je vais mettre quelques analgésiques dans l'intraveineuse, marmonna Doc.

Devyn essaya de bouger les bras et fut ravie de voir que ses muscles fonctionnaient comme elle le voulait. Elle leva les mains et agrippa les biceps de Lucky aussi fort que possible, même si elle avait conscience que c'était plutôt pathétique.

— Je t'aime, lui dit-elle doucement.

— Je t'aime aussi, répondit-il.

Devyn ferma les yeux et soupira de satisfaction. Elle avait rêvé de ce moment à de nombreuses reprises et elle avait commencé à croire qu'il n'arriverait pas. Mais il était arrivé. Lucky l'avait trouvée. Elle ignorait comment, mais elle lui en était très reconnaissante.

Elle se déplaça par terre, elle voulait se lever, étirer son dos, puis elle sentit sa propre odeur. La gêne la submergea comme un linceul. C'était stupide. Elle était tellement heureuse d'avoir été retrouvée, de voir Lucky et son frère. Mais soudain, elle voulait juste cacher son visage sous l'effet de la honte.

— Qu'est-ce qui ne va pas ? demanda Lucky, toujours tellement observateur.

Devyn jeta un coup d'œil aux autres hommes, puis elle se tourna à nouveau vers le pouls battant dans la gorge de Lucky. Elle ne pouvait pas le dire à voix haute. Pas devant les autres.

À nouveau, Lucky sembla capable de lire dans ses pensées.

— Vous pouvez nous donner un instant, les gars ?

Trigger hocha la tête et s'éloigna. Avant que Doc ne se joigne à lui, il l'avertit :

— Elle a besoin de soins médicaux dès que possible, Lucky. Nous devons y aller.

Fred resta sur place. Lucky se leva, appuyant sa cheville contre la cuisse de Devyn comme s'il ne voulait pas perdre son contact une seule seconde.

— Nous avons besoin d'un moment, dit-il à son frère.

— C'est ma sœur, insista Fred. Elle peut tout me dire.

Les deux hommes se regardèrent sans céder.

Devyn avait horreur d'être la raison pour laquelle son frère et l'homme qu'elle aimait s'affrontaient, mais elle ne pouvait pas parler de ce qui la dérangeait avec Fred. Elle n'en était pas capable.

— Je vais bien, Fred.

Il baissa les yeux vers elle, les larmes aux yeux.

— Je t'aime, Devyn.

— Je sais, lui dit-elle, le suppliant du regard de lui donner un peu d'intimité un instant.

Il soupira.

— Je comprends. Je ne suis que ton frère.

Il se pencha et l'embrassa sur le sommet de la tête.

— Je suis ravi que tu ailles bien, petite. Tu m'as fait peur.

Devyn hocha la tête, la gorge trop serrée pour parler.

— Deux minutes, précisa Fred à Lucky, qui s'accroupit à nouveau devant elle.

Il commença à s'éloigner et soudain, Devyn retrouva sa voix :

— Fred ! Est-ce que Spencer va bien ? demanda-t-elle.

Il la fixa du regard un long moment avant de soupirer.

— Oui, sœurette. Il va bien. Tu sais que c'est à cause de lui que tu es là, n'est-ce pas ?

Elle hocha la tête.

— Oui. Mais ça reste mon frère et je l'aime. Je suppose que tu sais tout ?

Fred hocha la tête.

— Il a besoin d'aide, dit-elle doucement.

— Et il va l'obtenir, ajouta Fred. Maintenant, dépêche-toi et dis à ton homme ce qui te dérange pour que nous puissions rentrer à la maison.

— Vous étiez dans l'hélicoptère que j'ai entendu ? Je pensais qu'il passait par hasard, dit Devyn.

— C'était nous. Et nous avons un vol d'environ deux heures pour rentrer à Killeen, alors n'y passons pas la journée, d'accord ?

— Deux heures ? fit Devyn d'un air confus. Où sommes-nous ?

— Dans l'est du Texas, révéla Lucky d'une voix douce.

Devyn se tourna vers lui.

— Sérieusement ?

— Oui.

— Wouah. Je ne savais pas que j'avais perdu connaissance aussi longtemps, dit-elle.

— Je suppose qu'ils t'ont droguée quand ils t'ont mise dans leur voiture. Si tu n'avais reçu que le coup de poing au visage, tu n'aurais pas été inconsciente assez longtemps pour qu'ils te conduisent jusqu'ici. Est-ce qu'ils t'ont touchée quand tu es arrivée ici ? Est-ce qu'ils t'ont agressée sexuellement ? demanda Lucky.

Devyn vit Fred s'éloigner pour rejoindre ses autres coéquipiers, la laissant avec Lucky pour qu'ils discutent en privé. Elle secoua la tête.

— Tu peux me le dire, Dev. Ça ne changera pas mon opinion sur toi.

— Je sais, et je te dis la vérité. Quand je me suis réveillée, j'étais seule et enchaînée à cet arbre. Je n'ai jamais revu les hommes. Je ne les ai même pas bien vus avant qu'ils m'assomment. Je n'ai pas mal... là, en bas, si tu vois ce que je veux dire. Alors je ne pense pas qu'ils m'aient fait quelque chose. Mais mon ventre me faisait un peu mal le premier jour.

— L'un d'eux a dû te porter sur son épaule, ça pourrait expliquer la douleur. Alors... qu'est-ce qui ne va pas ? Tu avais l'air terriblement gênée il y a une minute.

— C'est juste que... J'ai senti ma propre odeur, murmura-t-elle.

Le visage de Lucky se détendit quelque peu.

— Tu ne t'es pas douchée depuis des jours, c'est normal.

— Tu ne comprends pas... Je...

Bon sang, Devyn avait horreur de tout cela. Elle ne voulait pas l'admettre. Mais à la seconde où elle se lèverait, si elle pouvait se lever après tout ce temps, le problème allait devenir évident et gênant.

— Tu peux tout me dire, mon amour, dit doucement Lucky. Fais-moi confiance.

— C'est gênant. J'ai été enchaînée à cet arbre. Je ne pouvais pas bouger. Et quand j'ai dû aller aux toilettes... Je n'ai pas pu baisser mon pantalon.

Devyn savait qu'elle était probablement rouge comme une tomate, mais elle ne pouvait pas à s'en empêcher.

Lucky retira le sac qu'il portait sur son dos tout en parlant.

— J'ai été retenu en otage auparavant. Je ne peux pas te dire où c'était ni ce qu'on faisait là-bas, mais comme tu peux l'imaginer, ce n'était pas amusant. Ils avaient attaché mes mains à une poutre au-dessus de ma tête et ils m'ont laissé debout là pendant des jours. Ils ont pris beaucoup de plaisir à me tabasser et ils ont ri en voyant que je ne pouvais rien faire pour me défendre. Quand j'ai été secouru, j'avais été là assez longtemps pour uriner dans mon pantalon plusieurs fois... Et j'avais déféqué aussi.

Il sortit un pantalon de survêtement de Devyn, un T-shirt qui était tellement grand qu'il ne pouvait que lui appartenir, une paire de chaussettes, ses baskets et un paquet de lingettes humides.

Lucky passa une main autour de sa nuque et posa son front sur le sien.

— Tu as fait ce que ton corps avait à faire. Ne sois *pas* gênée par ça. Je serais plus inquiet si tu n'avais *rien* fait pendant que tu étais là. J'ignorais dans quel état nous te trouverions et je suis plus que reconnaissant de pouvoir dire que tu es consciente et que tu as l'air d'aller bien de manière générale. Mais je t'ai apporté des vêtements, juste au cas où. Je sais ce que c'est que de se sentir sale et je voulais faire tout ce que je pouvais pour te faciliter les choses, même si ça ne consistait qu'à t'apporter des vêtements de rechange.

Bon sang. Cet homme. Devyn avait envie de pleurer, mais de nouveau, son corps n'en était pas capable à ce moment précis.

— Merci, murmura-t-elle.

— Ne me remercie pas encore, tu vas devoir me laisser t'aider, l'avertit Lucky.

Devyn plissa le nez.

— C'est soit moi, soit Grover... ou Doc ou Trigger, l'avertit-il.

— Toi, répondit immédiatement Devyn.

— D'accord. Alors, on va te changer pour pouvoir déguerpir d'ici. Ça te va ?

— Sans le moindre doute.

— Première étape, voyons si tu peux te lever, dit Lucky sans avoir l'air trop inquiet.

Devyn ignorait si elle y arriverait, mais elle hocha quand même la tête. Lucky fit le plus gros du travail en la soulevant presque du sol, puis il la tint par la taille jusqu'à ce qu'elle soit sur pied, utilisant le fichu arbre comme appui pour se tenir droite.

— D'accord, nous allons devoir agir vite, affirma Lucky. Premièrement, parce que je ne pense pas que ton frère va tenir beaucoup plus longtemps.

Devyn regarda dans la direction de celui-ci et vit que Trigger, Doc et Fred leur tournaient le dos, lui donnant l'intimité dont elle avait tant besoin.

— Deuxièmement, poursuivit Lucky, tu ne vas pas pouvoir te tenir debout toute seule très longtemps. Je vais te tenir pendant que tu retires ton pantalon et ta culotte, d'accord ?

Elle n'aimait pas cela, mais Devyn hocha quand même la tête. Elle allait devoir se déshabiller et se laver avec des lingettes humides pendant que Lucky la tenait debout, mais c'était mieux que l'autre option... garder ses vêtements sales une seconde de plus.

Étonnamment, le fait de changer de vêtements et de se nettoyer fut plus rapide qu'elle ne l'avait imaginé. Lucky était très professionnel et il fit de son mieux pour maintenir son regard rivé sur son visage, ce qui rendit les choses plus faciles. Quand elle eut enfilé une culotte propre, un pantalon de survêtement et son T-shirt, Devyn se sentit complètement épuisée. Tout son corps tremblait et elle se sentait très étourdie.

— Doc ? cria Lucky en passant un bras autour de ses

genoux et l'autre derrière son dos pour la soulever et la serrer contre son torse.

L'autre homme arriva quelques secondes plus tard.

— Qu'est-ce qu'il y a ?

— Il nous faut cette intraveineuse. Immédiatement.

Lucky s'agenouilla par terre, Devyn toujours dans ses bras, tandis que Doc se mettait au travail pour trouver une bonne veine dans laquelle insérer l'intraveineuse.

— Une fois qu'il l'aura mise en place, tu te sentiras beaucoup mieux, lui dit Lucky, la distrayant de ce que Doc faisait. Nous allons t'injecter des fluides et t'emmener à l'hôpital. Tu seras en pleine forme en un rien de temps.

— Pas d'hôpital, dit Devyn d'un ton déterminé.

— Ce n'est pas facultatif, lui répondit Lucky en fronçant les sourcils.

— S'il te plaît ! Je vais bien. Je te le jure. Certes, je suis déshydratée et morte de faim, mais ils ne m'ont pas fait de mal. Tout ce que je veux, c'est rentrer à la maison et dormir pendant des jours. Je ne pourrai pas dormir dans un hôpital. Je les déteste.

Elle regarda Fred dans les yeux. Trigger et lui s'étaient approchés en même temps que Doc.

— S'il te plaît, Fred ! Dis-lui à quel point je déteste les hôpitaux.

— C'est vrai, dit doucement Fred.

— J'ai besoin de m'assurer qu'elle va bien, insista Lucky. Elle pourrait avoir des blessures internes. Ses organes pourraient arrêter de fonctionner à cause du manque d'eau.

— J'ai réussi à boire un peu d'eau de pluie, précisa Devyn. Je n'ai pas de blessures internes. Je le jure.

Lucky ferma les yeux et se tourna vers le ciel.

Devyn aimait tellement cet homme. Elle avait horreur de le stresser, mais elle ne pensait vraiment pas avoir besoin d'un hôpital. Elle posa sa main sur son cou et caressa la peau sensible.

— Je sais que j'ai probablement très mauvaise allure, mais tu es arrivé à temps. Tu m'as trouvée, dit-elle doucement.

— Je l'ai, dit Doc en fixant l'aiguille sur son bras. Pour ce que ça vaut, ce n'était pas aussi difficile que je le pensais de trouver une veine. Je peux la surveiller sur le trajet du retour à Killeen et si je crois qu'il y a des complications, je vous le dirai.

— S'il te plaît, le supplia Devyn.

Elle savait que ce qu'elle demandait n'était pas juste. Elle devrait aller à l'hôpital et se laisser examiner pour rassurer Lucky, mais elle voulait juste rentrer à la maison et se blottir contre lui. C'était le seul médicament dont elle avait besoin pour le moment.

— D'accord, capitula Lucky. Mais si Doc dit que tu dois y aller, tu le feras.

— D'accord, dit Devyn.

Elle n'était pas stupide. Elle ne voulait pas mourir après avoir enfin été secourue, mais même si elle était faible et tremblante, elle avait vraiment l'impression d'aller bien. Elle en avait appris beaucoup sur son propre corps quand elle avait été malade et à ce moment-là, il ne lui indiquait pas qu'elle avait un problème. Elle avait juste besoin de nutriments et d'eau.

— Ce sera encore plus lent de retourner à l'hélicoptère, dit Trigger. Entre l'intraveineuse et le fait que tu la portes, ce sera compliqué.

— On s'occupe d'elle, fit Doc. Tu n'as qu'à rester allongée, recommanda-t-il à Devyn en lui adressant un clin d'œil.

— Merci d'être venus me chercher, dit-elle aux hommes tandis qu'ils commençaient à marcher.

Elle s'agrippa encore plus fort à Lucky, même si elle savait qu'il ne la ferait pas tomber.

— Inutile de nous remercier, dit Trigger. Tu es l'une d'entre nous, maintenant, et on sera toujours à six heures.

— À quoi ? demanda Devyn d'un air confus.

Les quatre hommes rirent.

— Ça veut dire qu'on gardera toujours tes arrières, lui expliqua Lucky. Ça vient de la Première Guerre mondiale. Les pilotes de combat disaient que l'arrière de l'avion était à six heures. Si tu imagines une montre et que tu es debout au centre, douze heures est devant toi, trois heures est à ta droite, neuf heures est à ta gauche et six heures est derrière toi. Sur le champ de bataille, ta position la plus vulnérable est à six heures, car tu n'as pas d'yeux derrière la tête. Alors, quand quelqu'un dit qu'il est à six heures, ça signifie qu'il garde tes arrières.

— Ça a du sens, dit Devyn en posant sa tête sur l'épaule de Lucky.

— Bien entendu. Tout ce que nous disons a du sens, lui confirma Fred.

Devyn leva les yeux au ciel.

— Oui, c'est ça.

— Elle est de retour ! s'exclama Fred en affichant un grand sourire. Je dois dire que je n'ai jamais pensé que j'aimerais un jour que ma petite sœur soit agaçante.

— Oh, je suis sûre que ça ne durera pas longtemps, marmonna Devyn.

Elle était incroyablement à l'aise dans les bras de Lucky. Elle ne s'était pas donné la peine de regarder une dernière fois l'endroit où elle avait été retenue prisonnière pendant si longtemps. C'était terminé. Fini. Elle allait de l'avant.

— Ne te gêne pas pour faire une sieste, lui conseilla Lucky.

— Je ne pourrai pas dormir avant que nous soyons de retour à la maison, lui dit Devyn.

Mais à cause du doux bercement des pas de Lucky, du fait de savoir qu'elle n'était plus seule et du fait qu'elle ne s'était pas vraiment reposée depuis des jours, elle s'endormit vite et profondément.

* * *

— Tu crois vraiment qu'elle va bien ? demanda doucement Grover à Doc pendant qu'ils marchaient en direction de l'hélicoptère.

Trigger avait informé les pilotes qu'ils avaient trouvé Devyn et qu'ils la ramenaient. Dans leurs oreillettes, les quatre hommes avaient entendu les pilotes se réjouir.

Lucky avait oublié la radio quand il avait aidé Devyn à se changer et il savait que son équipe et les pilotes avaient entendu chaque mot de son humiliation. Mais il savait aussi que personne n'en parlerait jamais.

Il était tellement heureux d'avoir pensé à apporter des vêtements de rechange pour elle, juste au cas où. De toute évidence, elle avait été gênée par ce qu'il s'était passé.

— Oui, dit Doc pour répondre à la question de Grover.

Puis, il s'adressa à Lucky :

— Elle est déshydratée, ça ne fait aucun doute, mais la pluie qu'elle a dit avoir bue a dû aider. Mis à part les bleus sur son visage et ses bras, est-ce que tu en as vu sur ses jambes qui pourraient indiquer qu'elle est trop gênée pour nous dire qu'elle a été agressée sexuellement ?

— Non. Dieu merci. Je crois que les hommes de main de Rocky ont fait uniquement ce qu'ils ont dit qu'ils avaient fait. Ils l'ont amenée ici et ils l'ont laissée. Tu l'as entendue, elle a dit qu'elle ne les a pas revus.

— Ça rend les choses plus difficiles pour que la police les identifie, marmonna Trigger.

— Tu sais aussi bien que moi que la police ne les retrouvera jamais, dit Grover avec dégoût. Rocky a beau être un salaud, il est clairement intelligent.

Lucky hocha la tête et changea Devyn de position dans ses bras. Elle était grande, mais elle n'était pas lourde pour lui, pas du tout.

— Je n'étais pas sûr que nous la trouverions, admit Grover d'une petite voix. Je pensais vraiment que nous allions trouver une tombe fraîchement creusée.

Lucky déglutit difficilement et hocha la tête. Il avait pensé la même chose, même s'il avait refusé de l'exprimer à voix haute.

— Je sais que c'est ton frère, mais je ne vais pas vouloir revoir Spencer avant très longtemps, admit Lucky.

Grover hocha la tête.

— Je sais, et je ne t'en veux pas. Mais… Devyn est l'une des personnes les plus loyales que je connaisse. C'est pour cette raison qu'elle ne voulait pas dévoiler son secret. C'est une médiatrice aussi. Elle veut que tout le monde s'entende bien. Elle a toujours été comme ça. Si tu veux qu'elle reste dans ta vie, tu vas devoir trouver un moyen de lui pardonner, Lucky.

— Je sais, dit ce dernier.

Et c'était vrai.

— Je le ferai. Seulement, ça n'arrivera pas cette semaine. Ou ce mois-ci. Il pourrait même s'écouler plusieurs années. S'il va en cure de désintoxication et qu'il se débarrasse de son addiction au jeu, ça m'aidera.

— Il va aller en cure de désintoxication, déclara fermement Grover.

Spencer aurait dû se sentir sacrément chanceux d'avoir une famille qui l'aimait autant.

Il leur fallut deux fois plus de temps pour retourner à l'hélicoptère que pour aller jusqu'à l'emplacement où Devyn s'était trouvée, mais personne ne semblait particulièrement soucieux. Trigger et Grover aidèrent Lucky à monter dans l'hélicoptère sans avoir à lâcher Devyn. Elle bougea quand il s'installa.

— Est-ce qu'on est à la maison ?

— Non, rendors-toi, lui dit Lucky en lui adressant un petit sourire. Je te le dirai quand nous y serons.

— D'accord. Je veux voir Angel et Whiskers et leur faire des bisous, fit-elle d'une voix endormie.

Lucky émit un petit rire.

— D'accord, mon amour. Je suis sûre que ça va leur plaire.

Il organisa mentalement un moyen de ramener ses animaux chez lui. Il ignorait si elles voudraient y retourner après les actes de violence dont elles avaient été témoins, mais il espérait que la magie de Devyn fonctionnerait à nouveau et qu'elles s'en remettraient.

— Gillian a appelé une entreprise de nettoyage après que la police a pris des photos et a relevé les empreintes, lui dit Trigger. J'ai supposé qu'avec toute cette histoire, ce serait la dernière chose que tu voudrais faire quand nous aurions trouvé Devyn.

C'était bien vrai. Lucky était tellement reconnaissant envers ses amis.

— Remercie-la de ma part.

— Inutile de la remercier, dit Trigger. Mais je le lui dirai quand même.

Doc mit un casque sur les oreilles de Devyn et en fit de

même pour Lucky, qui n'avait pas lâché sa femme une seule seconde.

Quand tout le monde eut protégé ses oreilles, l'hélicoptère s'éleva lentement et prudemment pour s'éloigner de la zone d'atterrissage précaire et se dirigea vers l'ouest, vers chez eux.

— Tu sais que tout le monde va vouloir venir lui rendre visite ? l'avertit Trigger.

— Je sais, dit Lucky. Il me faut au moins une journée pour m'assurer qu'elle va bien. Si elle a des complications, je l'emmènerai à l'hôpital même si elle me supplie de ne pas le faire.

— Bien, approuva Trigger. Tu n'as qu'à demander et j'empêcherai tout le monde de venir jusqu'à ce que vous soyez prêts.

Lucky soupira de soulagement. Non pas qu'il n'ait pas envie de voir Kinley, Riley et les autres, mais il voulait avoir un peu de temps seul à seule avec Devyn pour se rassurer et voir qu'elle allait vraiment bien. Il aurait pu la perdre. Il l'avait presque perdue. Si Spencer n'avait pas repris ses esprits et n'avait pas dit la vérité sur ce qu'il s'était passé, ils auraient pu la trouver trop tard. Même si c'était la faute de Spencer si elle avait été enlevée, c'était grâce à lui qu'ils avaient pu la retrouver avant qu'elle ne subisse des dommages à long terme.

Les hommes se turent dans l'hélicoptère et Lucky baissa les yeux vers la femme endormie dans ses bras. Ses cheveux blonds étaient complètement emmêlés. Il savait que Devyn aurait du mal à les laver et à les brosser, mais il l'aiderait. Les hématomes noirs et bleus sur son visage étaient vifs sur sa peau pâle et ses bras seraient contusionnés pendant longtemps. Il savait qu'elle se sentait encore sale ; les lingettes humides ne pouvaient pas faire disparaître la sensation de contamination, même si elles aidaient beaucoup. Elle avait besoin d'une douche et d'être choyée.

Mais l'idée qu'elle se sente suffisamment en sécurité pour s'endormir dans ses bras le rassurait beaucoup. Sa poitrine se soulevait et se baissait en rythme, sa respiration ne semblait pas entravée et elle avait cessé de trembler quand l'intraveineuse dans son bras avait fait de son mieux pour remplacer les fluides que son corps avait perdus.

Lucky se pencha en avant et l'embrassa doucement sur le front. Il laissa ses lèvres contre sa peau un long moment. Il l'aimait tellement et il était sacrément ravi qu'ils aient une seconde chance. La vie était sacrément trop courte ; il l'avait appris à ses dépens. Devyn et lui allaient vivre leur vie pleinement à partir de ce moment-là. Il s'en assurerait.

CHAPITRE DIX-HUIT

Devyn ouvrit les yeux et sourcilla.

Elle vit la lumière que Lucky avait allumée dans la salle de bains. Pour elle. Car à présent, elle avait une peur bleue du noir.

Et toutes les nuits, elle dormait environ trois heures, puis elle se réveillait soudainement. Aussi éveillée que si elle venait de boire quatre tasses d'expresso.

C'était agaçant.

Elle avait vraiment espéré qu'une fois qu'elle serait en sécurité à la maison, elle pourrait surmonter ce qu'il s'était passé. Elle détestait l'idée que Spencer avait été passé à tabac, que Lucky avait été terrifié lorsqu'elle avait disparu et même que Whiskers et Angel avaient été traumatisées par les hommes qui étaient venus à la maison et qui avaient fait preuve d'une extrême violence.

Même si Devyn avait été assommée après le premier coup et qu'elle ne se souvenait pas de son enlèvement, elle était quand même effrayée quand elle pensait à ce qu'il s'était passé. Elle essayait de se raisonner en se disant que ce n'était pas si terrible. Elle s'était réveillée attachée à un arbre et c'était tout. Elle n'avait pas craint d'être agressée sexuellement. La pire chose qui lui était arrivée, c'était qu'elle avait été piquée par des insectes et qu'elle avait fait dans sa culotte.

Mais elle se mentait à elle-même. Toute l'expérience avait été terrifiante. Et même si elle était en sécurité à la maison avec Lucky et que tout semblait avoir fini par s'arranger, elle ne se sentait pas bien.

Toutes les nuits depuis qu'elle avait été retrouvée et ramenée à Killeen, elle s'était réveillée au petit matin, le cœur battant, et elle avait eu une attaque de panique. Intellectuellement, elle savait qu'elle n'avait rien à craindre. Lucky était avec elle. Elle entendait les animaux ronfler dans leur panier, dans le coin de la pièce. La lumière de la salle de bains était allumée, alors elle savait qu'elle n'était pas au milieu de la forêt.

C'étaient les satanés oiseaux qui gazouillaient.

Devyn supposait qu'elle les entendait inconsciemment et que son corps l'obligeait à se réveiller, peut-être juste pour s'assurer qu'elle n'était pas de retour dans la forêt, attachée et impuissante. Quelle que soit la raison, elle détestait cela.

Les premières nuits, elle était sortie du lit, mais Lucky s'était réveillé et il avait été tellement bouleversé qu'elle ne dorme pas que Devyn s'était sentie coupable. Il avait commencé à retourner travailler à la base et il devait se reposer. Par conséquent, à présent, quand elle se réveillait, elle restait allongée pendant des heures, regardant le plafond et se réprimandant parce qu'elle était stupide et faible.

Ce soir-là, les pensées de Devyn se tournèrent vers sa famille. Spencer était déjà dans un centre de désintoxication dans le Missouri. Ses parents étaient venus au Texas quand ils avaient appris ce qui était arrivé à deux de leurs enfants. Ils avaient été déçus par Spencer, mais ils l'avaient soutenu. Devyn avait minimisé ce qui lui était arrivé pour s'assurer qu'ils se concentrent sur son frère et sur le fait de trouver l'aide dont il avait besoin. Pour la première fois de sa vie, il était le centre de l'attention et on aurait dit qu'il en avait vraiment besoin. Devyn ne lui en voulait pas. Elle était soulagée de ne pas avoir été gravement blessée, ce qui permettait à Mia, Angela et leurs parents de se consacrer à Spencer.

Il participait à un programme de traitement de trente jours dans un centre de Saint-Louis et ensuite, les psychologues évalueraient où il en était et s'il avait besoin de rester plus longtemps. Il n'avait pas droit aux visites au cours du premier mois, pour qu'il puisse se concentrer entièrement sur lui-même et pour que les facteurs extérieurs n'interfèrent pas avec sa guérison.

Devyn était vraiment heureuse pour son frère. Enfin, « heureuse » n'était peut-être pas le mot... Disons, « soulagée ». Elle avait quitté le Missouri parce qu'elle avait craint ce qu'il pourrait faire si elle continuait de refuser de lui donner de l'argent et il semblerait que cela n'avait pas été la meilleure tactique. Spencer avait voulu obtenir l'argent si désespérément qu'il avait eu recours à un usurier impitoyable. Mais d'un autre côté, tout ce qu'il s'était passé avait poussé Spencer à chercher de l'aide.

Et cela avait permis à Devyn de rencontrer Lucky.

La vie était retournée lentement à la normale pour les autres au cours des deux semaines qui s'étaient écoulées depuis qu'elle avait été retrouvée. Aspen et Brain avaient ramené Chance chez eux et ils s'habituaient à être une famille de trois personnes. Riley et Oz se préparaient à la naissance de leur enfant. Il leur restait environ deux mois à attendre.

Gillian avait organisé une fête pour une grande entreprise locale et celle-ci s'était déroulée sans problème. Elle s'occupait de plus en plus d'entreprises locales et elle était plus occupée que jamais. Kinley travaillait beaucoup aussi. Elle avait trouvé un travail en tant qu'adjointe exécutive et d'après ce que Devyn avait entendu dire, elle avait tout changé, rendant l'emploi du temps de son patron beaucoup plus efficace.

Tout le monde semblait heureux et épanoui, même après ce qu'ils avaient traversé. Et puis, il y avait Devyn... effrayée par un satané oiseau.

— Dev ? marmonna Lucky en roulant sur le côté et en levant la tête.

— Rendors-toi. Il est tôt, dit-elle doucement.

— Tu ne dors pas ? demanda-t-il.

— Je vais bien, dit-elle automatiquement.

Lucky roula vers elle et passa un bras autour de sa poitrine. Il se pencha en avant et embrassa son épaule avant de reposer sa tête sur l'oreiller.

— Qu'est-ce que je peux faire pour t'aider ?

— Rien. Je vais me lever, descendre, et lire, lui dit Devyn en s'écartant de son bras et en passant ses jambes sur le côté du matelas.

— Dev...

Elle l'interrompit impitoyablement avant qu'il ne puisse ajouter quoi que ce soit :

— Je vais *bien*, Lucky. Sérieusement. Tu dois te lever dans deux heures et demie pour aller travailler. Dors.

Elle ne lui donna pas le temps de répondre. Elle se leva et se dirigea vers l'armoire. Elle prit un pantalon de survêtement confortable et l'un des pull-overs de l'armée de Lucky avant de sortir de la pièce.

Même si elle avait été cruelle, elle ne put s'empêcher de se sentir un peu déçue en voyant qu'il ne la suivait pas.

Bon sang, elle faisait n'importe quoi. S'il l'avait suivie, elle aurait été agacée, et pourtant, elle était triste qu'il ne le fasse pas. Il fallait vraiment qu'elle se reprenne.

* * *

Plus tard ce matin-là, après que Lucky était parti au travail, Devyn s'assit sur le canapé, Whiskers ronronnait sur ses genoux et Angel ronflait à côté d'elle. Elle n'aimait pas la manière dont les choses se passaient avec Lucky et elle savait que c'était sa faute. Il faisait tout ce qu'il pouvait pour l'aider, pour comprendre ce qui n'allait pas, mais Devyn le maintenait à distance. Elle n'était pas sûre de savoir pourquoi, mais elle avait du mal à retomber dans une vie routinière.

Elle aimait Lucky, cela ne faisait aucun doute. Elle devait retourner au travail, décider si elle passerait à plein temps et aller de l'avant dans sa vie. Mais elle ne pouvait pas. Elle était coincée.

Un oiseau gazouilla à l'extérieur et Devyn grimaça.

Merde. Pourrait-elle un jour entendre un fichu oiseau sans tressaillir ?

Son téléphone portable sonna, effrayant Devyn et elle rit nerveusement en le prenant. Voyant qu'il s'agissait d'Aspen, elle décrocha avec joie :

— Salut ! Comment vont Maman et son bébé ?

— Nous allons bien et nous passons une journée entre filles. Ramène tes fesses.

Devyn sourcilla.

— Quoi ?

— Gillian est déjà là, Riley est en chemin et Kinley est sur le point de passer te prendre chez toi. Alors si tu n'es pas habillée, tu ferais mieux de te préparer illico.

Devyn ne put s'empêcher de rire.

— Tu es terriblement autoritaire, aujourd'hui.

— Il le faut. Chance dort et je ne sais pas combien de temps ça va durer. J'ai besoin de parler à quelqu'un d'autre que cet enfant et j'ai enfin convaincu Brain d'aller travailler aujourd'hui. Tu viens, alors prépare-toi.

Devyn ignorait si elle voulait avoir de la compagnie, mais elle hocha la tête et dit :

— D'accord, d'accord. Est-ce que j'ai le temps de me doucher ?

C'était un autre problème. Devyn prenait deux ou trois douches par jour. Elle ne semblait pas parvenir à se laver suffisamment.

— Si tu vas vite, oui. J'ai hâte de passer du temps avec toi, Dev, dit Aspen d'une voix plus douce. À tout de suite.

— Salut.

Devyn raccrocha et ne parvint pas à décider si elle aimait que ses amies insistent autant ou pas. En soupirant, elle caressa Whiskers une dernière fois et elle s'extirpa délicatement des pattes du chat. Elle voulait être prête quand Kinley arriverait. Angel et Whiskers détestaient le son de la sonnette ou quand quelqu'un frappait à la porte. Elles avaient été traumatisées par les actes de violence qui avaient eu lieu dans ce qu'elles avaient fini par considérer comme un endroit sûr. Il leur faudrait du temps pour oublier ce qu'il s'était passé.

Trente minutes plus tard, Devyn était habillée et elle attendait Kinley. Elle sortit de la maison, ferma la porte à clé derrière elle et se dirigea vers la Toyota Corolla.

Kinley sourit en montant dans la voiture.

— Tu as bonne mine, dit-elle.

— Merci, toi aussi, répondit Devyn.

Elles parlèrent de tout et de rien sur le trajet jusqu'à la maison d'Aspen et Brain. Ils avaient parlé d'en acheter une plus grande, mais ils ne semblaient pas pressés de passer à l'action. Après qu'elles s'étaient arrêtées dans l'allée et qu'elles étaient sorties du véhicule, elles firent signe à Winnie, la voisine âgée d'Aspen qui était assise sur son porche, et elles entrèrent.

— Il était temps ! dit Aspen en les accueillant à la porte et en les serrant fort dans ses bras.

Devyn regarda Aspen et hocha la tête d'un air satisfait. Son amie était ravissante. Elle semblait un peu fatiguée, mais ce n'était pas très surprenant étant donné qu'elle venait d'être mère.

— Salut ! dit Gillian en serrant Devyn et Kinley dans ses bras. Viens, je t'ai servi un verre de vin et j'ai retiré toutes les noix de cajou dégoûtantes du mélange de fruits secs pour toi, Dev.

Devyn sourit. Elle adorait le fait que ses amies la connaissent si bien.

Une heure plus tard, elles étaient toutes dans le salon d'Aspen et Devyn se sentait bien, plus détendue après avoir bu deux verres de vin. Chance s'était réveillé vingt minutes plus tôt et Aspen l'avait nourri. Elles parlèrent de la difficulté qu'elle avait eue à le nourrir au sein au début et du fait qu'elle avait dû compléter les repas de Chance avec du lait maternisé. Elles avaient aussi parlé des aspects les plus dégoûtants de l'accouchement. Devyn avait craint que le fait d'en parler aussi crûment fasse paniquer Riley étant donné qu'elle serait la prochaine à avoir un bébé, mais elle semblait ravie d'avoir les informations, même si elles étaient parfois répugnantes.

Chance dormait à nouveau à présent et Aspen l'avait mis dans un couffin de l'autre côté de la pièce.

— Alors…, dit Gillian quand le bébé fut installé. Devyn, parlons de toi.

Devyn grimaça.

— Et si on ne faisait pas ça ? essaya-t-elle de plaisanter.

— Tu ne vas pas bien, dit Gillian sans détour.

Devyn sourcilla sous l'effet de la surprise.

— Je suis sûre que tu crois que tu le caches, mais ce n'est pas le cas. Tu as bâillé au moins cinq fois aujourd'hui et tu ne peux pas rejeter la faute sur l'alcool. Deux verres de vin ne sont pas suffisants pour que tu sois aussi fatiguée. Tu ne dors pas bien ?

Quatre paires d'yeux se fixèrent sur Devyn et elle bougea d'un air gêné. Elle ne voulait pas en parler. Elle allait *bien*.

— Je vais bien, dit-elle à ses amies.

Les trois femmes semblèrent sceptiques.

— Oui, c'est ça. Et si je commençais ? proposa Gillian.

Et juste comme ça, Devyn comprit qu'elles lui avaient tendu un piège. Il ne s'agissait pas du tout d'une réunion ordinaire. Elle avait été organisée à l'avance. Elle voulait se mettre en colère, mais elle ne pouvait pas. Ses amies tenaient à elle, même si Devyn n'était pas sûre qu'elles puissent l'aider.

— Quand je suis rentrée du Venezuela après le détournement d'avion, je pensais que j'allais bien. Ann, Wendy et Clarissa me disaient à quel point elles pensaient que j'allais bien et j'étais d'accord. J'étais trop concentrée sur Walker et sur mon envie qu'il téléphone pour penser à ce que j'avais traversé. Puis, Walker et moi avons commencé à sortir ensemble et j'ai continué d'oublier tout le reste. Mais après avoir été enlevée par Salazar et avoir réalisé qu'Andrea voulait me tuer, je suis tombée en morceaux. Je faisais de terribles cauchemars. Je me sentais stupide parce que j'étais en sécurité, j'étais aimée et je n'avais pas de raison de me comporter comme un bébé.

— J'ai des reviviscences, ajouta Kinley. Je me souviens d'être au fond de ce ravin et de souffrir tellement que le simple fait de respirer était douloureux. Parfois, au milieu de la journée, je dois m'arrêter, fermer les yeux et m'obliger à me souvenir que je m'en suis sortie. Que je vais bien.

— J'ai un trouble de stress post-traumatique. Ce n'est pas aussi terrible que ce que les soldats endurent, expliqua Aspen. Mais parfois, je n'arrive pas à effacer de ma tête les images de ce que j'ai fait dans le passé. Les gens que j'ai tués. Je me sens un peu stupide, car ce que j'ai fait et vécu n'est pas *du tout* aussi grave que ce que les soldats subissent, mais me comparer à d'autres personnes n'est pas sain. J'ai le droit de ressentir ce que je ressens à propos de ce que j'ai fait et j'essaie encore d'accepter tout ça.

Devyn eut les larmes aux yeux et elle fixa la lie de vin dans son verre.

— Je me réveille encore au milieu de la nuit et je dois me lever et vérifier que Logan et Bria vont bien, dit doucement Riley. Je sais qu'ils sont en sécurité dans la maison. Porter a installé un super système de sécurité et une souris ne pourrait pas péter sans qu'il s'enclenche, mais je me réveille encore avec la sensation qu'ils ont disparu.

— Ce qu'on veut dire, reprit Gillian en se penchant en avant et en posant une main sur le genou de Devyn. C'est que même si nous avons l'air d'aller bien à l'extérieur, nous essayons encore de gérer ce qui nous est arrivé. C'était quoi ce dicton, Kinley ? Celui que tu dis tout le temps ?

— Tu ne sais jamais à quel point tu es forte avant qu'être forte soit ta seule option, annonça fermement Kinley.

— Oui, celui-là, approuva Gillian. Ce qui t'est arrivé était *horrible*. Je ne peux même pas imaginer être seule dans la nature comme tu l'as été. Cela dit, je suppose que tu ne peux pas imaginer être dans un avion qui a été détourné. Ou jetée du haut d'un pont. Ou d'être sur un champ de bataille. C'est une question de perspective et si tu compares ton expérience à ce qui nous est arrivé et que tu décides que tu n'as pas le droit d'être traumatisée, tu as tort.

Devyn déglutit difficilement trois fois avant de pouvoir parler.

— Je n'ai pas été battue. On ne m'a pas crié dessus et on ne m'a pas menacée. Je n'ai pas été violée. Je ne me souviens même pas d'avoir été enlevée. On m'a donné un coup de poing, puis je suis juste restée assise sur mes fesses à attendre qu'on vienne me secourir. Je ne devrais pas être affectée par ce qu'il s'est passé.

Riley se leva de sa chaise et se dandina jusqu'à Devyn, qui était assise sur le canapé. Elle s'installa à côté d'elle, obligeant Devyn à se décaler, car Riley n'était pas vraiment menue à ce moment-là, avec son gros ventre.

— Faux, dit-elle fermement. Ce qui t'est arrivé était traumatisant. Je me fiche que tu ne te souviennes pas de tout. Tu as quand même été la victime d'un crime violent à cause des actes de ton frère. C'est traumatisant.

— C'est vrai, renchérit Aspen en s'approchant et en s'agenouillant aux pieds de Devyn.

Les cinq femmes étaient désormais presque blotties les unes contre les autres, mais Devyn se sentait réconfortée. Et non pas étouffée.

— Être seule est un enfer bien spécial. J'étais seule toute la nuit dans les eaux de l'inondation avec Kane. Tous les sons me faisaient paniquer. J'étais à la fois pleine d'espoir que quelqu'un vienne m'aider et morte de peur qu'il s'agisse d'un pillard ou de quelqu'un qui nous ferait du mal. Ça a été la plus longue nuit de ma vie et il n'y en a eu qu'*une*. Tu as été là-bas, toute seule, bien plus longtemps.

— Ce sont les oiseaux, murmura Devyn. Ils gazouillaient sans arrêt. Vous pourriez penser que c'était une bonne chose, que je n'étais pas dans un silence complet tout le temps, mais je me réveille au milieu de la nuit, je les entends et je suis transportée dans cette fichue forêt. Je ne dors que quelques heures par nuit, puis je reste allongée, éveillée, et je regarde le plafond, apeurée. Mais je ne sais pas vraiment de quoi j'ai peur. C'est tellement stupide !

— Ce n'est pas stupide, dit Gillian. Et Lucky ?

— Quoi, Lucky ? demanda Devyn.

— Qu'est-ce qu'il fait quand tu te réveilles ?

— Eh bien, au début j'essayais de sortir du lit pour ne pas le réveiller, mais vous savez que nos hommes ont l'ouïe d'une chauve-souris. Je suppose que c'est à cause de leur entraînement. Il voulait me réconforter, rester éveillé avec moi, mais je me sens encore plus coupable à l'idée de l'empêcher de se reposer. C'est... Nous sommes... La situation est tendue en ce moment, admit Devyn à voix basse. Et j'ai horreur de ça. Je l'aime. Tellement. Et je sais que je le repousse.

— Eh bien, il ne s'en ira pas, lui assura Gillian d'un ton neutre. Quand nos hommes s'engagent, c'est à long terme. Est-ce que je peux te donner un conseil ?

Devyn ne put s'empêcher de rire.

— Tu veux dire que ce n'est pas déjà le cas ?

Les autres femmes rirent.

— Bon, d'accord, est-ce que je peux te donner un *autre* conseil ? demanda Gillian.

— Oui, s'il te plaît. Je ne sais plus quoi faire. Je déteste me sentir aussi faible. Vous êtes tellement fortes ! Je ne peux pas m'empêcher de comparer ma situation à la vôtre et de voir que je ne suis pas à la hauteur.

— D'abord, arrête ces conneries, commença Gillian. Tu n'es pas nous et nous ne sommes pas toi. Personnellement, je n'aurais jamais pu subir ce que tu as subi et m'en sortir indemne mentalement. Ne pas avoir quelqu'un là-bas avec qui partager ma peur et mon expérience ? Non. Hors de question. Mais deuxièmement, et venant de quelqu'un qui a du mal à dormir aussi, tu dois te distraire quand tu te réveilles.

— J'essaie. Quand Lucky me laisse faire, je descends et je lis ou quelque chose comme ça, protesta Devyn.

— Non. Tu as besoin que *Lucky* te distraie, fit Gillian sans détour. Est-ce que vous couchez encore ensemble ?

Devyn rougit et secoua la tête.

— Il a été vraiment doux avec moi dernièrement.

— D'accord. Alors, la prochaine fois que tu te réveilles et que tu n'arrives pas à dormir, saute-lui dessus, lui conseilla Gillian.

— Euh... Je ne me sens pas très sexy quand je me réveille et que j'entends ces fichus oiseaux, dit sèchement Devyn.

— Je sais. Je n'avais jamais envie de sexe non plus. Mais tu sais quoi ? Ça aide. Ça te fait arrêter de penser à ce qui te tracasse. Et ça a l'avantage supplémentaire de te fatiguer. Je ne dis pas que tu dois faire un marathon de sexe d'une heure. Un petit coup rapide fonctionne tout autant. Ça fait marcher tes endorphines ou quelque chose comme ça. Je ne sais pas du tout comment ça marche, mais je te jure qu'après un de mes cauchemars, quand Walker me prend, je ne pense qu'à l'amour que je ressens pour lui et à la chance que j'ai de l'avoir dans ma vie. Ça me ramène dans le présent, ça me fait apprécier ce que j'ai.

— Quand je retourne au lit après avoir vérifié que Logan et Bria vont bien, Porter me fait oublier mes ennuis. Nous ne faisons pas toujours l'amour. Parfois, il me fait un cunnilingus, parfois il me serre contre lui et me donne un orgasme avec ses doigts… Mais ça marche à chaque fois, avoua Riley.

— Avant qu'on donne l'impression d'être un groupe de salopes excitées et en manque de sexe, sache que ça n'a pas besoin d'être toujours en rapport avec le sexe non plus, précisa

Aspen.

Tout le monde rit.

— Parfois, quand je me perds dans mes pensées, Kane me serre contre lui et me dit qu'il m'aime et qu'il a de la chance de m'avoir et d'avoir Chance. Ça m'aide à réaliser que j'ai tout ce que j'ai toujours voulu, ici et maintenant. Ça aide.

— C'est tellement évident que Lucky t'aime, dit doucement Kinley. Quand j'étais dans le programme de protection des témoins, je mourais d'envie de m'asseoir à côté de Gage et de lui tenir la main. Ça semble stupide, mais j'ai toujours adoré qu'il fasse ça. Ça m'a beaucoup manqué. J'essaie de ne plus tenir les choses pour acquises. C'est plus facile à dire qu'à faire, je sais, mais je m'oblige à vivre dans le présent. La vie est courte et nous pouvons la passer à nous inquiéter pour chaque décision que nous avons prise dans le passé et pour nos actes, mais ça ne les changera pas. Nous devons continuer à aller de l'avant.

Devyn acquiesça.

— Merci, les filles. J'avais besoin de ça.

— Nous le savons, dit Aspen en affichant un sourire en coin. C'est pour cette raison que nous t'avons fait venir.

— Tu as beau ne pas penser que ce que tu as subi est grave, ça l'est, Dev, renchérit Gillian. Sois un peu indulgente envers toi-même.

— Parle à Lucky, ordonna Riley. Il peut t'aider.

— Il *veut* t'aider, la corrigea Aspen. Vous vous rapprocherez si tu le laisses faire.

— Tu pourrais penser que tu fais ce qu'il faut en le laissant dormir quand tu te réveilles, mais je te garantis qu'il ne dort pas. Il s'inquiète pour toi, ajouta Kinley.

— D'accord, d'accord, j'ai compris, dit Devyn en souriant. Je vais lui parler.

— Bien, acquiesça Gillian en hochant la tête.

Kinley sourit. Aspen lui serra affectueusement le genou. Et Riley annonça :

— Dieu merci. Je dois aller aux toilettes. *De nouveau.* Je vous jure, ce gamin est debout sur ma vessie. Est-ce que quelqu'un peut m'aider à me lever ?

Tout le monde rit et la partie sérieuse de la journée prit fin juste comme ça. Elles passèrent le reste de l'après-midi à parler de leur travail, des bébés et de la mission imminente des hommes aux jeux Olympiques. C'était une des rares missions qui n'étaient pas top secrètes et les filles étaient aussi enthousiastes que les hommes. C'était un changement de rythme agréable pour elles. Même s'ils devraient être en alerte pour prévenir le danger, ce n'était pas comme s'ils allaient dans un pays étranger sous le couvert de la nuit pour assurer une surveillance ou pour essayer de secourir quelqu'un.

Quand Kinley ramena Devyn chez elle, celle-ci se sentait bien mieux. Elle jura mentalement d'être une meilleure petite amie. Certes, elle avait du mal à surmonter ce qu'il s'était passé, mais Lucky souffrait aussi en conséquence et elle devait s'ouvrir à lui.

CHAPITRE DIX-NEUF

Lucky regarda Devyn d'un œil critique ce soir-là. Elle semblait fatiguée, mais d'une certaine manière... plus légère. Il espérait vraiment que sa journée avec les autres femmes l'avait aidée.

— Comment s'est passée ta journée ? demanda-t-il après avoir salué Angel et Whiskers.

Les animaux sortaient peu à peu de leur coquille. Ils n'aimaient toujours pas beaucoup les inconnus et quand quelqu'un utilisait la sonnette, ils se précipitaient à l'étage, mais avec le temps, il espérait que cette nervosité s'estomperait.

Devyn était en train de préparer une salade dans la cuisine et elle avança vers lui pour se blottir dans ses bras. Lucky soupira de soulagement. Elle n'avait pas initié de contact physique avec lui depuis qu'ils étaient rentrés de l'est du Texas.

— Super. Lucky ?

— Oui, Dev ?

— Je t'aime.

— Je t'aime aussi, dit-il immédiatement.

Elle leva la tête.

— Je suis désolée d'avoir été un peu détraquée.

Lucky secoua la tête.

— Non, tout va bien. Tu as traversé beaucoup d'épreuves.

— Mais c'est ça, le truc... Je n'ai pas l'*impression* que c'est le cas. Je n'ai pas été blessée, il ne m'est rien arrivé.

— Tu n'as pas besoin d'être blessée ou battue pour être traumatisée, affirma Lucky.

— Je le comprends enfin. Et je voulais te dire... Merci de m'avoir apporté les vêtements. J'ai entendu ce que tu as dit et je n'ai rien ajouté à ce moment-là, mais je suis désolée que tu aies été un prisonnier de guerre un jour.

— Merci. Ça n'a pas été la meilleure époque de ma vie, mais je veux bien en parler si ça peut t'aider.

Il détestait parler de ce qu'il avait subi, mais il le ferait si cela pouvait l'aider. Il ferait n'importe quoi pour elle.

Devyn secoua la tête.

— Non, je n'ai pas abordé le sujet pour que nous puissions en discuter. Je voulais juste m'assurer que tu savais à quel point ça comptait pour moi. Je suis encore gênée d'avoir fait dans ma culotte, mais j'essaie de le surmonter. Et... je voulais te demander une faveur.

— Tout ce que tu veux.

— Tu sais que j'ai du mal à dormir. Je m'endors sans problème, mais ensuite, je me réveille. Ce sont... Ce sont les oiseaux, expliqua-t-elle rapidement, ses mots se heurtant les uns aux autres.

Lucky fronça les sourcils.

— Comment ça ?

— Je les entends chanter et ça me ramène dans la forêt. Je n'arrive pas à éteindre mon cerveau et j'ai l'impression qu'ils me narguent. Je *déteste* ça. Je veux dire, j'aime les oiseaux et avant, j'aimais les entendre gazouiller. Mais maintenant, le son m'effraie. Je veux faire quelque chose de radical. Mais j'ai besoin de ton aide.

Lucky fronça les sourcils.

— À quoi penses-tu ?

— Est-ce que tu pourrais aller camper avec moi ?

— Camper ? demanda-t-il.

— Oui. Juste dans le jardin, clarifia-t-elle. Dans une tente. Est-ce que tu as une tente ? C'est juste que… Appelle ça une thérapie en immersion ou quelque chose comme ça. Peut-être que si je suis dans le noir, la nuit, avec toi… je pourrai surmonter cette stupide insomnie.

— Tu devrais peut-être en parler à un psychologue, dit Lucky.

Mais Devyn secoua la tête.

— Non. J'ai *besoin* de faire ça. Mais je sais que je ne peux pas être seule. Est-ce que tu peux m'aider ?

— Tu sais que oui. Je ferais n'importe quoi pour toi.

Lucky ignorait comment il s'était laissé convaincre. Il avait emprunté une tente dans la salle du matériel au travail et il l'avait installée dans leur jardin. Angel et Whiskers étaient complètement perdues et elles avaient refusé de sortir après avoir vu qu'il avait installé cette chose. Elles étaient à l'étage, dans leur panier confortable, et il était à l'extérieur, inquiet pour Devyn.

Ils étaient assis sur des chaises de camping et ils regardaient les étoiles. Il ne pensait pas que c'était une très bonne idée, car Devyn n'avait pas dit grand-chose depuis le coucher du soleil. Elle semblait nerveuse et tendue et Lucky avait juste envie de l'emmener à l'étage et de la serrer contre lui au lit. Plus tôt, elle avait semblé enthousiaste à l'idée de camper à l'extérieur, elle avait ri et elle avait plaisanté, mais à présent, ses épaules étaient voûtées et elle ne parlait plus. Plus du tout.

Soudain, une phrase d'un des films *Jurassic Park* passa par l'esprit de Lucky. Celui avec la fille qui porte des hauts talons pendant tout le film et qui court dans la jungle comme si ses hauts talons ne s'enfonçaient pas dans le sol humide à chaque pas. C'était ridicule. Mais quoi qu'il en soit, vers la fin du film, un des enfants se tournait vers elle et disait : « Il nous faut plus de dents ».

Lucky prit son téléphone et envoya rapidement quelques messages. Il faudrait un peu de temps pour que son plan soit mené à bien et en attendant, il devait avoir une conversation avec Devyn.

Il se leva et la souleva sans un mot.

— Qu'est-ce que tu fais ?

Il ignora la question et se rassit sur sa propre chaise de camping. Elle craqua et Lucky savait que ce serait un miracle s'ils ne finissaient pas tous les deux les fesses dans l'herbe, mais il avait besoin de la serrer contre lui.

— Lucky ? Est-ce que cette chaise peut vraiment supporter notre poids ?

— Je n'en sais rien. Je m'en fiche. Si elle casse, elle casse. Je ferai attention à ce que tu ne te fasses pas mal. Les deux dernières semaines ont été folles. Nous n'avons pas eu beaucoup de temps pour discuter. Tu n'es pas retournée travailler... Est-ce qu'on peut parler de ça ?

Devyn soupira, mais elle ne s'écarta pas de lui. Lucky se détendit.

— C'est juste que... J'adore mon emploi, mais je ne sais pas si je veux travailler à temps plein.

— Alors, ne le fais pas, dit calmement Lucky.

— Mais il le faut.

— Pourquoi ?

— Eh bien... parce que. C'est ce que les gens font. Ils travaillent pour gagner de l'argent pour pouvoir manger et avoir un toit.

— J'ai de l'argent pour nous nourrir et pour cette maison.

— En parlant de ça... Je n'arrive pas à croire que vous avez payé tout cet argent.

— Ne t'écarte pas du sujet, la réprimanda Lucky. L'argent n'est pas très important. Spencer finira par nous rembourser. Grover s'en assurera. De plus, j'aurais payé n'importe quelle somme pour te récupérer. J'aurais impliqué Tex. Il a des relations et il aurait aidé à collecter trois millions de dollars si Rocky l'avait demandé. Concentrons-nous sur ton travail.

Devyn écarquilla les yeux.

— Attends, sérieusement ?

— Oui, mon amour, sérieusement. Tu vaux tout l'argent du monde et j'avais l'intention de donner tout l'argent qu'il fallait pour te récupérer.

Les yeux de Devyn se remplirent de larmes.

— Ne pleure pas, la réprimanda Lucky. Et nous parlions de ton travail. Si tu ne veux pas travailler, ne travaille pas.

— Je dois bien faire quelque chose. Je ne peux pas rester les bras croisés toute la journée, protesta-t-elle après une minute.

— Tu aimes ton travail de technicienne de soins vétérinaires, pas vrai ? demanda-t-il.

Elle hocha la tête.

— Et tu aimes ton travail ici, à Killeen, hein ?

— Tu sais que oui.

— Alors, pourquoi ne pas continuer à travailler à mi-temps ? proposa-t-il.

Devyn resta silencieuse un long moment en réfléchissant à sa question. Puis, elle dit :

— J'ai juste l'impression que je devrais travailler à plein temps.

Lucky secoua la tête.

— Ce n'est pas le cas. Et si le fait de travailler quatre heures par jour te convient, fais-le. Tu peux peut-être faire du bénévolat au refuge ou quelque chose comme ça si tu t'ennuies. Ou nous pourrions être une famille d'accueil pour quelques animaux, pour essayer de les acclimater. Je me fiche de ce que tu fais, je veux juste que tu sois heureuse. Et de toute évidence, être avec des animaux te rend heureuse. Nous n'allons pas mourir de faim si tu ne travailles pas à plein temps et on ne nous expulsera pas de la maison non plus.

— Tu sais que je ne vis pas avec toi, non ? J'ai encore mon appartement.

Lucky rit.

— Sérieusement ? Dev, tu dors dans mon lit depuis deux semaines. Tu n'es pas rentrée chez toi une seule fois. Tu vis avec moi. Et je ne vais pas te laisser rentrer chez toi mainte-nant. Je me suis trop habitué à t'avoir dans mon lit et dans ma vie.

— Je ne sais pas pourquoi. Je suis casse-pieds. Je te réveille tout le temps. Bon sang, tu n'as même pas les avan-tages de vivre avec ta petite amie. Nous n'avons pas couché ensemble depuis... Eh bien, tu sais.

— Je n'ai pas besoin de sexe pour t'aimer, Devyn, lui dit Lucky. Le simple fait de t'avoir à mes côtés me rend heureux et satisfait.

— Tu n'as pas demandé pourquoi, fit-elle doucement.

— Pourquoi quoi ?

— Pourquoi je ne voulais pas coucher.

Le cœur de Lucky se brisa pour elle. Non, il n'avait pas demandé. Mais il était plus qu'évident qu'elle n'avait pas été d'humeur coquine dernièrement.

— Je supposais que quand tu serais prête à en parler, tu le ferais, dit-il.

— Je me sens sale. Tout le temps. Je n'arrive pas à me nettoyer. L'idée que tu veuilles t'approcher de moi... là, en bas... me fout les jetons.

Lucky avait horreur de cela. L'esprit fonctionnait d'une manière étrange. Elle avait bien géré le fait d'avoir été enlevée et enchaînée à un arbre, mis à part les oiseaux et l'insomnie, mais elle avait plus de mal à surmonter le fait d'avoir fait dans sa culotte.

— J'ai pris deux douches par jour après avoir été secouru, admit-il. Je ressentais la même chose. Mais cette sensation s'estompe. Je te le jure.

Elle hocha la tête.

— Je t'aime. Je ne connais pas beaucoup d'hommes qui m'auraient aidée sans hésiter comme tu l'as fait. Ce n'était pas beau à voir.

— Devyn, nous allons vieillir. Nous allons devoir engager des gens pour nous essuyer les fesses quand nous ne pourrons plus le faire nous-même. Nous finirons probablement par nous vomir dessus quand nous tomberons malades. Je pourrais avoir un ongle de pied incarné et tu devras m'aider à le retirer. Les êtres humains sont dégoûtants. Mais je t'aime comme tu es, pas parce que tu sens les fleurs tout le temps. Et j'espère que tu ressens la même chose... Car Dieu sait que dans mon métier, je suis souvent dégoûtant et tu seras probablement aux premières loges pour le voir quand je rentrerai de mission.

— Tu donnes l'impression que c'est tellement normal.

— Parce que c'est le cas. Dev, j'ai vu les choses les plus dégoûtantes dans mon travail. Tu peux en imaginer certaines, et d'autres, tu ne peux pas. Les fluides corporels n'entrent même pas sur cette échelle de dégoût, affirma Lucky d'un ton neutre.

Elle soupira contre lui.

Un oiseau choisit ce moment pour gazouiller bruyamment au-dessus de leurs têtes. Il n'était peut-être pas content qu'ils empiètent sur son territoire de chasse nocturne. Ou il les saluait peut-être, tout simplement. Mais quoi qu'il en soit, Devyn se raidit.

— Je suis là, dit Lucky en resserrant ses bras autour d'elle.

— Je sais, dit-elle.

— Il y a quelqu'un ? appela une voix de l'autre côté du jardin clôturé.

— Entre ! répondit Lucky.

— Qu'est-ce que tu as fait ? demanda Devyn tandis qu'Oz, Logan et Bria pénétraient dans le jardin.

— Tu n'étais pas détendue. J'ai supposé que s'il y avait plus de monde, une petite fête de camping, tu pourrais oublier les oiseaux et t'amuser un peu, expliqua Lucky sur un ton hésitant.

Le sourire sur le visage de Devyn fit disparaître sa tension. Il avait fait ce qu'il fallait, Dieu merci.

— Je t'aime, lui dit Devyn.

— Je t'aime aussi. Viens, allons les aider à installer leur tente.

Lucky regarda le jardin.

— Je ne sais pas si nous aurons assez de place.

— Qui d'autre as-tu invité ? demanda Devyn en inclinant la tête.

— Euh... Tout le monde ? avoua Lucky en plissant le nez. Je ne savais pas qui pourrait venir en si peu de temps.

Devyn rit.

— Alors, nous avons bien fait d'aller faire les courses pour remplir le garde-manger.

— Oui, dit Lucky.

* * *

Cinq heures plus tard, bien après minuit, Devyn souriait tandis que Lucky entrait dans leur tente. Bria et Logan étaient les meilleures distractions possibles. Ils avaient préparé des sandwichs à la guimauve et au chocolat et ils avaient couru dans tous les sens avec des feux de Bengale, étalant de la guimauve fondue et collante partout. Gillian et Trigger étaient venus, tout comme Kinley et Lefty, Doc et Fred. Brain et Aspen étaient chez eux avec Chance et Oz avait laissé Riley chez eux aussi, mais elle avait insisté pour qu'il amène les enfants. Le jardin avait été rempli de bons amis et de rires.

Devyn était entrée dans la cuisine et avait préparé des margaritas glacées pour ceux qui en voulaient et Trigger avait apporté de la bière. Tout le monde était éméché et, un instant plus tard, Devyn avait oublié l'obscurité et les oiseaux et elle s'était perdue dans le bon moment qu'elle passait avec ses amis.

— Heureuse ? s'enquit Lucky en la prenant dans ses bras.

La nuit était chaude et Devyn sentait la sueur de son corps et de celui de Lucky. L'odeur de fumée de bois avait tout imprégné aussi : leurs vêtements, leurs cheveux, et même la tente elle-même. Mais au lieu de se concentrer sur le fait qu'elle était sale et qu'elle avait besoin d'une douche, elle était trop fatiguée pour faire autre chose que se blottir contre l'homme à ses côtés.

— Très heureuse, dit-elle en poussant un soupir.

— Les oiseaux ? L'obscurité ?

— Quels oiseaux ? demanda-t-elle.

— Je n'étais pas sûr que ce soit la meilleure chose à faire, mais je l'espérais, avoua Lucky.

— Quoi ? Inviter tout le monde ? C'était parfait, lui dit Devyn.

— Bien.

Lucky l'embrassa sur le front et la serra davantage contre lui.

Il faisait trop chaud pour se câliner, mais Devyn ne voulait être nulle part ailleurs.

Un oiseau gazouilla au-dessus d'eux et elle ne tressaillit même pas. Elle ne pensait pas être guérie comme par magie de son malaise, mais pour le moment, elle était complètement détendue.

— Je t'aime, Dev. Je t'aime tellement. Je sais que parler de tout ça est difficile, mais tu n'as rien à craindre de moi. Je ne te jugerai jamais et je n'aurai jamais une mauvaise opinion de toi à cause de ce que tu ressens. Tu peux toujours me parler. De tout. Je protégerai ton cœur et ton corps.

Devyn hocha la tête contre lui. Elle avait été seule pendant si longtemps et elle avait enterré ses sentiments si profondément qu'il lui était difficile de les exprimer. Mais après tout ce qu'il s'était passé, elle savait qu'elle devait s'améliorer sur ce plan. Si elle avait parlé de la situation de son frère à Fred, peut-être qu'il n'aurait pas eu ce genre de problèmes avec un usurier. Peut-être qu'ils auraient pu le convaincre de chercher de l'aide avant que les choses ne tournent mal. Et le fait de s'ouvrir aux autres femmes s'était très bien passé. Elle avait appris qu'elle n'était pas la seule à avoir du mal à accepter ce qui lui était arrivé. Les autres n'étaient pas aussi sûres d'elles qu'elles en donnaient l'impression. Et le fait de se confier à Lucky lui avait fait réaliser qu'il la protégeait vraiment.

— Je t'aime aussi, lui dit Devyn. Et je ferai des efforts pour parler.

— Bien. Tu crois que tu peux dormir ? demanda-t-il.

Devyn hocha la tête contre lui. Soudain, ses paupières étaient lourdes. Elle ne parviendrait pas à les garder ouvertes plus longtemps.

— D'accord. Je serai juste là, à côté de toi. Tu n'es pas seule, ces fichus oiseaux ne te feront pas de mal et les toilettes sont à l'intérieur de la maison. Tout va bien.

C'était le cas. Lucky avait résumé toutes ses peurs en une phrase directe, puis il avait contré chacune d'elles. Elle n'avait rien à craindre. Pas avec Lucky à ses côtés.

Elle s'endormit. Profondément. Et elle ne se réveilla pas une seule fois.

ÉPILOGUE

Devyn ouvrit les yeux, ne vit rien d'autre que l'obscurité et grogna intérieurement. Cela faisait si longtemps, au moins trois semaines, qu'elle ne s'était pas réveillée au milieu de la nuit sans pouvoir se rendormir. Trois semaines de bonheur. D'une certaine manière, camper dans le jardin avec la plupart de leurs amis lui avait permis de faire ce dont elle n'avait pas été capable seule : apaiser son esprit.

Elle pouvait entendre les oiseaux sans paniquer et sans retourner au beau milieu de cette forêt déserte. Même Angel et Whiskers allaient bien. Fred était venu la veille et les animaux ne s'étaient pas précipités à l'étage pour se cacher. Ils n'avaient pas vraiment cherché les caresses de Fred, mais ils n'étaient pas non plus traumatisés par un inconnu.

Lucky allumait encore la lumière de la salle de bains pour elle mais elle pensait que sous peu, elle n'en aurait plus besoin.

À présent, il faisait nuit et elle était éveillée. Était-elle en train de rechuter ? Devyn fronça les sourcils et tourna légèrement la tête pour regarder le réveil. Quand elle vit les chiffres dessus, elle sourcilla. Cinq heures deux. Elle sourit.

Ce n'était pas le milieu de la nuit. Elle avait eu six heures de sommeil.

L'alarme de Lucky sonnerait environ vingt minutes plus tard.

Une idée lui vint à l'esprit. Elle avait été lente en ce qui concernait le sexe, principalement parce que Lucky n'avait pas voulu la précipiter et prenait grand soin de sa santé mentale. Mais Devyn se sentait bien. Elle était prête à récupérer sa vie.

Elle avait dit à son patron qu'elle voulait rester à mi-temps et elle était profondément satisfaite de sa décision. Elle était encore un peu inquiète à propos de l'argent. Elle ne voulait pas vivre aux crochets de Lucky, en particulier après qu'il avait déjà payé une grosse somme à l'usurier de Spencer pour la récupérer. Mais elle devait admettre qu'elle était plus heureuse en ne travaillant que vingt heures par semaine. Elle avait commencé à faire du bénévolat avec un groupe local de sauvetage d'animaux. Elle jouait avec eux et elle aidait en cas de problème médical. C'était agréable. Elle se sentait bien.

Et elle avait envie de Lucky. Immédiatement.

Sachant qu'il se réveillerait à la seconde où elle bougerait, elle se déplaça rapidement. Elle se redressa et se mit à califourchon sur les cuisses de Lucky. Elle retira son T-shirt, heureuse de ne pas porter de sous-vêtements au lit, puis elle tira sur le caleçon de Lucky et elle baissa la tête.

— Putain, gémit Lucky.

Une de ses mains s'emmêla immédiatement dans ses cheveux.

En souriant, elle lécha son sexe, ravie qu'il ait immédiatement commencé à durcir. Sans un mot, elle se mit au travail. Elle lécha et suça, s'efforçant de donner du plaisir à son homme.

— Putain, Devyn, c'est tellement bon.

Elle n'avait jamais fait cela auparavant. Oh, elle avait fait une ou deux fellations, mais pas à Lucky, car il avait toujours été trop autoritaire et impatient pour la laisser jouer avec lui ainsi. Mais elle n'avait jamais ressenti le besoin profond de faire plaisir à un homme ainsi auparavant. Elle voulait remercier Lucky d'être aussi merveilleux. Elle voulait lui montrer sans mots à quel point elle l'aimait. À quel point elle était chanceuse d'être avec lui.

Ils baissèrent tous les deux son caleçon le long de ses jambes pour le retirer et Devyn n'écarta pas sa bouche de son sexe un seul instant.

Elle se pencha et lécha ses bourses, et il perdit la tête.

Lucky se redressa et agrippa sa taille. Il la jeta presque à côté de lui.

Devyn fronça les sourcils.

— Je n'avais pas fini, se plaignit-elle en se léchant les lèvres, adorant son goût légèrement musqué.

— Moi, j'étais sur le point d'avoir fini, lui dit-il. Tu es sûre ?

Devyn acquiesça.

— Je me suis réveillée et je croyais que c'était le milieu de la nuit. Mais j'avais dormi une autre nuit entière. Je me sens tellement chanceuse et j'ai besoin de toi, Lucky. Dans ma vie, dans mon lit et dans mon corps. S'il te plaît ?

Sans un mot, il baissa la tête et prit un de ses tétons dans sa bouche pour le sucer. Fermement. Il passa son autre main entre eux et vérifia qu'elle était prête. Devyn adorait qu'il soit aussi attentionné, mais elle était plus que prête à le recevoir. Étonnamment, sucer son sexe l'avait excitée à tel point que son corps en dégoulinait.

Mais Lucky prit son temps. Il lécha, suça et mordilla ses petits tétons tout en jouant avec son clitoris. Quand il sentit qu'elle était assez humide, il se redressa et approcha ses doigts de sa bouche pour les lécher.

Devyn savait qu'elle rougissait, mais elle s'en fichait. Elle écarta les jambes et le supplia du regard d'arrêter les bêtises.

Il gloussa, comprenant de toute évidence ce qu'elle voulait. Il avança à genoux, écartant encore plus les jambes de Devyn.

— Je t'aime, Dev.

— Je t'aime aussi, murmura-t-elle en agrippant les cuisses de Lucky.

Puis, il la pénétra comme elle en avait besoin. Il s'enfonça lentement en elle comme si elle était ce qu'il y avait de plus précieux au monde à ses yeux. Elle voyait le plaisir sur son visage tandis qu'il se glissait dans ses plis.

— Je ne m'en lasserai jamais, soupira-t-il. Sérieusement, tu n'imagines pas à quel point c'est bon. Être en toi sans protection.

— Je crois que je peux me faire une idée, haleta Devyn.

Puis, aucun d'eux n'eut la force de parler tandis qu'il lui faisait l'amour lentement, méthodiquement. Il effectuait des va-et-vient, faisant augmenter peu à peu leur excitation. Puis, sans qu'elle ait à le supplier, il commença à aller plus vite, comme s'il savait qu'il lui en fallait plus. Son sexe semblait si grand et profond en elle. Elle ne pouvait que gémir.

Puis, comme s'il ne l'excitait pas suffisamment, il commença à caresser son clitoris du pouce sans ménagement. Devyn sursauta et enfonça ses ongles dans sa peau. Elle s'accrochait à ses bras à présent, comme s'ils étaient la seule chose qui lui permettait de ne pas tomber en morceaux.

— Est-ce que je peux jouir en toi ? demanda Lucky sans cesser d'effectuer des va-et-vient et de caresser son clitoris.

Si ça te met mal à l'aise, je peux me retirer et éjaculer sur les draps.

Devyn avait pensé qu'elle ne pouvait pas aimer cet homme davantage, mais à ce moment-là, elle fut remplie de gratitude. Elle ne savait pas ce qu'elle avait fait pour le mériter, mais elle ferait tout ce qui était en son pouvoir pour le garder auprès d'elle. Pour le mériter.

Ils n'avaient pas parlé beaucoup plus de son aversion à l'idée d'être sale, mais bien entendu, il la connaissait.

— En moi, soupira-t-elle.

— Tu es sûre ? demanda-t-il.

Devyn parvint à hocher la tête. *Rien* de Lucky ne lui semblait sale.

— Tu es tellement forte, putain, dit Lucky dans sa barbe.

Puis il plongea en elle et y resta tout en caressant son clitoris. Devyn essaya de se redresser, mais elle n'y arrivait pas. Les hanches de Lucky la maintenaient en position. Elle se tortilla dans ses bras et chaque muscle de son corps se raidit tandis que son orgasme approchait.

— C'est ça. Lâche prise. Je te tiens. Tu es en sécurité avec moi. Laisse-moi le sentir. Je veux sentir ton sexe s'agripper à mon membre comme si tu ne voulais jamais le lâcher.

Quinze secondes plus tard, Devyn fit exactement cela. Elle eut un orgasme et laissa échapper un petit cri. Il fut tellement intense qu'il en fut presque douloureux et Lucky ne cessa pas un instant de caresser son clitoris, obligeant le plaisir à continuer jusqu'à ce qu'elle demande grâce.

Au lieu de la prendre plus fort et plus vite comme elle s'y était attendue, Lucky souleva ses fesses et la pénétra plus profondément. Elle aurait juré qu'elle pouvait sentir le bout de son membre contre le col de son utérus. C'était presque douloureux, mais d'une bonne manière. Puis, sans même bouger, les muscles de l'estomac de Lucky se contractèrent et il jouit.

Il eut un orgasme long et fort, d'après l'agonie pleine de plaisir qui se peignait sur son visage.

Ses doigts mordirent la chair des fesses de Devyn et les tétons de Lucky étaient durs comme la roche sur son torse terriblement musclé. Devyn aurait juré que même le tatouage en forme de crâne était amplement satisfait.

Elle adorait qu'il perde le contrôle et qu'il la prenne brusquement et profondément, mais d'une certaine manière, elle aimait cela encore plus. Il avait joui sans bouger et c'était sacrément incroyable.

— Bon sang, dit Lucky quand il eut fini d'éjaculer. Je... *Putain.*

Elle gloussa et sentit son sexe sortir un peu d'elle. Il était adorable quand il était bouche bée.

— Tu trouves ça drôle ? demanda-t-il, feignant l'indignation.

— Non, pas du tout, mentit-elle.

Ils se sourirent, puis Lucky roula sur le côté pour qu'elle soit à califourchon sur lui. Il était encore logé en elle, mais elle sentait qu'il n'était plus en érection. Les jus sortirent du corps de Devyn et recouvrirent probablement les bourses de Lucky, mais il ne sembla pas s'en soucier. Il leva les mains et les posa de chaque côté du visage de Devyn avant de l'attirer vers lui pour lui donner un baiser long et profond.

Lorsqu'ils haletèrent tous les deux, Lucky dit :

— Je ne veux plus jamais que tu souffres seule pendant la nuit. Je sais que tu as plutôt bien dormi au cours des dernières semaines, mais promets-moi qu'à l'avenir, si tu te réveilles et que tu ne peux pas te rendormir, tu me réveilleras. Je ne supporte pas l'idée que tu sois allongée à côté de moi, triste et malheureuse.

— Je vais bien, lui assura-t-elle.

Il secoua la tête.

— Non. Je veux dire, je sais que tu vas bien, mais sérieusement, je t'aime tellement. Même si ce n'est que pour parler, je ne veux pas que tu souffres seule. Jamais plus.

Bon sang, elle aimait cet homme.

— D'accord.

Que pouvait-elle dire d'autre ?

— Merci, souffla Lucky en poussant un soupir de soulagement.

Devyn voyait bien que sa réponse était importante pour lui.

— Je n'allais pas me doucher avant l'entraînement ce matin, mais je pense que je devrais m'assurer que ma femme est propre. À l'intérieur et à l'extérieur, dit-il en affichant un sourire en coin.

— Il est terriblement tôt, dit Devyn, feignant de se plaindre.

— Tu pourras te rendormir quand je serai parti, lui dit Lucky.

Une fois de plus, il s'assurait qu'elle soit à l'aise et qu'elle ne se réveille pas en se sentant sale. Il était merveilleux.

— D'accord. Qu'est-ce que tu vas faire aujourd'hui ?

— J'ai d'autres réunions à propos des jeux Olympiques. Nous partons la semaine prochaine, comme tu le sais.

— Est-ce que... vous vous attendez à ce qu'il y ait des ennuis ? questionna Devyn d'une voix incertaine.

— Non, répondit Lucky sans hésiter.

Elle en fut rassurée.

— Mais nous ne savons jamais ce qui pourrait se passer, alors nous nous préparons à toutes les éventualités. Et le fait que plusieurs équipes changent environ un mois après le début des jeux rend les choses plus difficiles aussi. C'est pourquoi nous avons autant de réunions de planification. Honnêtement, nous aimons ce genre de missions. C'est un changement de rythme agréable et c'est super de rencontrer tous les athlètes.

— Vous allez avoir des autographes ? le taquina Devyn.

— Personnellement, je ne donne pas d'importance à ce genre de choses. Je veux dire, j'admire leur engagement envers leur sport et la difficulté qu'ils ont eue pour devenir des athlètes d'élite et pour se qualifier aux jeux Olympiques, mais je n'ai pas besoin de leur signature sur un morceau de papier pour me souvenir d'eux. Mais... nous allons faire notre possible pour avoir l'autographe de Shin-Soo Choo pour Logan.

— Oh, mon Dieu ! Il va devenir fou ! s'extasia Devyn, sachant que le petit garçon était obsédé par le joueur de champ extérieur de baseball.

— Oui, dit Lucky.

— Eh bien, avec un nom comme Lucky, je suis sûre que tu le trouveras et que tu obtiendras l'autographe, affirma Devyn en souriant.

— Tu sais, dit sérieusement Lucky, parfois, je détestais vraiment mon nom. Je n'ai pas toujours eu l'impression d'avoir de la chance.

Devyn leva les mains et saisit ses poignets, le fixant du regard.

— Tu as beau avoir été prisonnier de guerre, tu n'as pas été tué et tu as été secouru. Tu m'as trouvée... Et j'étais une aiguille dans une botte de foin.

Elle lui adressa un clin d'œil.

— D'une manière ou d'une autre, nous avons réussi à nous trouver parmi toutes les personnes qui existent dans le monde. Je dirais que tu as eu beaucoup de chance et je pense que ton surnom te va très bien.

— Tu as raison, dit-il d'une voix douce.

— Je sais, fit-elle d'un air suffisant.

À ce moment-là, son membre sortit complètement du corps de Devyn et ils grognèrent.

— Bon, maintenant, il faut vraiment que je me lève, lui dit-il tout en se redressant, Devyn toujours sur ses genoux.

Il se plaça sur le bord du lit et se leva, maintenant les fesses de Devyn des deux mains.

— Je n'arrive toujours pas à croire que tu arrives à me porter comme si j'étais aussi menue que Riley.

— Tu es parfaite pour moi. J'adore tes longues jambes, tes seins, tes fesses, ton...

— D'accord, j'ai compris. Ma belle personnalité, conclut-elle en riant.

— Ça aussi, approuva Lucky.

Il la posa sur ses pieds dans la salle de bains et tendit la main vers le robinet pour faire couler l'eau. Devyn sentait son sperme couler sur l'intérieur de ses cuisses, mais pour la première fois depuis cet horrible jour dans les bois, elle ne se sentit pas sale. Pas du tout. Elle se sentit aimée. Complètement, parfaitement aimée. Et cela écrasait tout le reste.

Elle s'appuya sur Lucky tandis qu'ils attendaient que l'eau se réchauffe.

— Je t'aime, Lucky. Tellement. Je n'étais pas sûre de vouloir entamer une relation avec toi quand je suis arrivée ici, pour tout un tas de raisons, mais aucune de ces raisons n'était liée à *toi*. J'avais peur. J'avais peur de trouver ce que je cherchais depuis toujours et de le perdre ensuite.

— Tu es coincée avec moi, lui dit Lucky en la serrant contre son torse. Pour toujours.

— Bien.

Ils se sourirent, puis Lucky lui prit la main et l'aida à passer par-dessus le bord de la baignoire pour qu'ils se douchent. Elle n'était pas parfaite et lui non plus ; mais d'une certaine façon, ils étaient parfaits, ensemble.

* * *

Sierra Clarkson haletait, allongée sur le sol en terre de sa cellule. Une fois qu'elle fut certaine d'être seule… elle sourit. Elle n'arrivait pas croire qu'elle avait réussi à manipuler ses ravisseurs. Certes, elle était encore enfermée dans l'obscurité. Certes, elle avait encore faim. Mais ils avaient fait exactement ce qu'elle voulait.

À savoir, lui couper les cheveux.

La plupart des gens penseraient qu'elle était *folle* de vouloir qu'ils rasent ses mèches auburn. Elle l'était peut-être. Mais être retenue prisonnière par des terroristes talibans pendant des mois avait tendance à avoir ce genre de conséquences sur une personne.

À une époque, elle avait été très fière de ses cheveux roux. Elle savait que c'était un de ses meilleurs atouts. Les gens faisaient des commentaires sur ses cheveux aussi souvent qu'ils parlaient de sa petite taille. Mais après des mois à être retenue en otage sans pouvoir se laver, ses cheveux étaient devenus un cauchemar. Quand elle dormait, les cafards rampaient dans les mèches sales et elle devait les retirer quand elle se réveillait. Ses gardes adoraient agripper ses cheveux et la tirer d'un côté ou d'un autre. Et elle ne supportait pas de se sentir aussi dégoûtante.

Elle ignorait quand elle avait décidé que ses cheveux devaient disparaître, mais une fois qu'elle l'avait fait, elle avait concentré toute son énergie et son attention sur ce problème. Elle se souvenait avoir supplié qu'on lui donne de l'eau propre pour se laver quand elle avait été capturée. Ses ravisseurs avaient ri et la lui avaient refusée intentionnellement. Ils en avaient fait de même avec la nourriture. Plus elle les avait suppliés de lui donner de la nourriture, plus ils l'avaient fait attendre avant de lui jeter des petits morceaux.

Elle avait rapidement appris que montrer de l'intérêt pour quoi que ce soit pousserait les salauds qui la retenaient captive à le lui retirer pour la voir souffrir. Par conséquent... elle avait tout simplement commencé à prêter attention à ses cheveux quand ils étaient aux alentours. Elle avait demandé un peigne. Un savon. Elle s'était plainte de l'état de ses mèches. Elle les avait suppliés de ne pas lui tirer les cheveux, elle avait dit qu'elle ferait n'importe quoi tant qu'ils ne la rasaient pas. Elle avait dû attendre environ un mois. Du moins, elle *pensait* qu'un mois s'était écoulé, mais elle n'avait aucun moyen de mesurer le temps. Ce matin-là, ils étaient venus avec de grands ciseaux et des sourires malveillants sur le visage.

Sierra avait fait de son mieux pour les repousser, ne voulant pas que ses ravisseurs pensent qu'elle avait hâte qu'ils mettent leur plan en œuvre. Finalement, ils l'avaient attachée et ils avaient fait exactement ce qu'elle avait voulu qu'ils fassent.

Ils lui avaient rasé la tête.

Sierra passa une main sur son crâne et grimaça en sentant l'inégalité du travail bâclé, mais elle ne pouvait s'empêcher d'être ravie en se sentant beaucoup plus légère et propre. Ces salauds pensaient qu'ils continuaient à la torturer, mais ils étaient entrés dans son jeu.

À présent, si elle pouvait utiliser son diplôme en psychologie pour convaincre les talibans qu'elle voulait être avec eux, qu'elle ne voulait pas être libérée, elle le ferait. Mais elle savait que cela n'arriverait pas. Elle était leur prix, même si elle était traitée pire que du bétail et qu'elle était presque complètement oubliée au fond d'une grotte.

Tandis qu'elle fermait les yeux, Sierra ne put s'empêcher d'être soulagée de ne plus avoir à se battre contre les cafards dans ses cheveux quand elle se réveillerait. C'était une bonne journée. Une très bonne journée.

Elle devait juste s'accrocher à l'espoir que sous peu, elle passerait une *très bonne* journée et qu'elle pourrait échapper à ces salauds qui l'avaient capturée. Le jour de leur jugement dernier arriverait, espérait-elle. Jusqu'alors, elle savourerait la petite victoire qu'elle avait remportée.

* * *

Doc n'était pas du tout enthousiaste à propos de leur prochaine mission. Il savait que ses coéquipiers étaient heureux d'en avoir une plus détendue durant laquelle ils savaient que le risque de se faire tirer dessus ou d'être pris en otage était bas. Il ne leur en voulait pas. S'il avait une femme ou un enfant qui l'attendait, il ressentirait la même chose. Mais ce n'était pas le cas. Et ça craignait.

Il voulait ce que ses amis avaient. Il voulait sentir cette connexion profonde avec quelqu'un. Il en avait une avec son équipe, mais de toute évidence, une telle connexion était différente avec une femme.

Doc était un homme réservé. Il n'avait jamais été extravagant. En dehors des missions, il donnait rarement son opinion à moins qu'on la lui demande expressément. Il voulait trouver quelqu'un comme lui. Une femme introvertie, un peu timide, quelqu'un avec qui il pourrait s'asseoir tranquillement et lire un livre sans avoir l'impression de la freiner. Il avait vu par lui-même des soldats qui fréquentaient des femmes à l'opposé de ce qu'ils étaient. La relation ne fonctionnait jamais.

Doc ignorait où il trouverait une femme légèrement geek

et jolie, mais pas *trop* jolie, qui aimerait se fondre dans le paysage comme lui et qui penserait que le temps fort de sa semaine consistait à aller traîner chez un de ses coéquipiers.

Il soupira et secoua la tête. Il cherchait quelqu'un qui n'existait pas. Une femme-licorne. À trente-quatre ans, il était le plus vieux de son équipe et la plupart du temps, il le sentait. Ses genoux étaient souvent douloureux et il appréhendait le jour où ils céderaient complètement et où il devrait quitter l'équipe. L'idée de ne pas être un Delta, de ne pas travailler côte à côte avec les hommes qu'il considérait comme des frères était extrêmement pénible.

Doc s'obligea à se concentrer de nouveau sur la réunion à laquelle il était en train d'assister. Ils faisaient une dernière révision avant d'aller aux jeux Olympiques, à l'étranger. Ils allaient avoir un homme en moins au cours de cette mission, car le bébé de Riley allait naître au cours des quatre semaines suivantes et Oz ne voulait pas prendre le risque de rater l'événement. Il avait le droit de prendre des congés et de manquer le déploiement, étant donné qu'il ne s'agissait pas d'une mission de haute priorité ou à haut risque.

— Je viens d'apprendre quel bâtiment nous sera assigné, dit Trigger en leur tendant à chacun une carte du village olympique où ils dormiraient. Nous serons au même étage que les athlètes du pentathlon et les équipes de water-polo américaines.

— Bon sang, pas les joueuses de beach-volley ? lança malicieusement Grover.

— Est-ce que les équipes de baseball sont proches, à tout hasard ? s'enquit Lucky. Étant donné qu'Oz ne vient pas, c'est à nous de trouver l'idole de Logan et de lui demander un autographe.

— Proche, c'est vite dit. Mais je suis sûr que nous

pouvons trouver un moyen de nous faufiler dans le bâtiment où vivra l'équipe. Le problème, c'est que de nombreux joueurs professionnels de baseball et de basket ne vivront pas au village olympique. Ils louent des chambres haut de gamme dans des hôtels cinq étoiles et ils prennent des limousines pour aller sur le terrain tous les jours.

— Merde, marmonna Brain.

— J'ai foi en nous, dit Lefty. Nous y arriverons.

— En parlant de ça, vous vous souvenez que notre mission est de veiller sur les athlètes et les lieux de compétition, pas d'être en admiration devant des joueurs célèbres, leur rappela Trigger.

Doc leva les yeux au ciel.

— On sait, bon sang. Tu crois que c'est notre première fois ?

— Non, mais il faut le dire. Certains hommes et certaines femmes qui seront là sont très célèbres. En particulier dans le monde des réseaux sociaux.

Doc avait envie de lever les yeux au ciel à nouveau, mais il se retint. Il se fichait complètement des réseaux sociaux. Il voyait ses amis tous les jours et s'il voulait savoir ce qu'il se passait dans leur vie, il décrochait le téléphone et il les appelait. De plus, les agents de la Delta Force étaient encouragés à ne pas avoir de profils pour la sécurité des opérations. Il ignorait quelles célébrités étaient populaires ces jours-ci, mais il s'en fichait.

— C'est un honneur de servir notre pays d'une manière différente et moi, je suis ravi de pouvoir me doucher tous les jours et de manger des repas chauds, assura Trigger.

Tout le monde rit et acquiesça.

Doc se joignit à eux, mais il pensait secrètement qu'il préférerait être en train de trimer dans le sable du Moyen-Orient et de pourchasser un terroriste. Ce monde-là, il le comprenait. Celui des célébrités et des athlètes dorlotés qui se croyaient mieux que tout le monde n'était pas vraiment sa tasse de thé. Il savait qu'ils n'étaient pas tous comme ça, que la plupart d'entre eux n'étaient probablement pas comme ça, mais il en avait assez vu qui étaient ainsi pour être blasé par toute la tâche.

Mais comme dans toutes les missions, il ferait au mieux. Il s'y était engagé en rejoignant l'armée.

Mettant de côté ses pensées sur sa vie amoureuse, Doc baissa les yeux vers les documents qui se trouvaient devant lui. Il devait être prêt à tout, et même si ses coéquipiers ne le diraient jamais, il savait qu'il était l'homme le plus facilement remplaçable de l'équipe. Et cela lui convenait. Il donnerait sa vie pour que ses amis puissent vivre, n'importe quand, en particulier maintenant qu'ils avaient leurs propres familles.

Ember Maxwell était assise dans sa chambre, dans la maison de ses parents à Beverly Hills, en Californie. Elle était censée être en train de méditer, de s'imaginer en train de gagner le pentathlon moderne des jeux Olympiques, qui commenceraient la semaine suivante. Mais au lieu de cela, elle était assise sur un coussin confortable à côté de la fenêtre et elle regardait à travers la vitre.

Elle avait vingt-cinq ans et elle n'avait jamais vécu seule. Elle n'était pas allée à l'université. Elle n'avait fait que ce que ses parents lui avaient dit de faire depuis qu'elle était petite. À eux seuls, ils avaient fait d'elle une sensation sur les réseaux sociaux – son compte Instagram avait plus de dix millions d'abonnés – et une athlète d'élite.

Elle avait commencé à nager quand elle avait sept ans.

Quand elle avait prouvé qu'elle était douée, mais pas excellente, ils l'avaient inscrite à la course. Puis à l'équitation. Elle n'avait excellé dans aucune de ces disciplines, elle n'avait été qu'à moitié décente.

Puis un jour, ils avaient regardé les jeux Olympiques d'été… et ils avaient eu une idée.

Le pentathlon moderne n'était pas un sport très populaire, ce qui signifiait qu'il y avait peu de concurrents. S'ils pouvaient l'entraîner à nager, courir, monter à cheval, tirer et pratiquer l'escrime décemment, elle aurait une chance de participer aux jeux Olympiques.

Cela avait été *leur* objectif depuis le début, pas celui d'Ember. Ils avaient été de bons athlètes au lycée, mais pas assez bons pour obtenir des bourses universitaires ou pour devenir professionnels. Mais apparemment, ils voyaient du potentiel chez leur enfant et celui-ci s'était transformé en une obsession pour faire d'elle une star.

Comme la bonne petite fille qu'elle était, elle avait obéi. Elle avait travaillé du matin au soir, elle avait appris l'escrime et le tir, elle avait fait des longueurs infinies dans la piscine. Ils lui avaient acheté un cheval et l'avaient obligée à courir pour aller à ses leçons d'équitation et pour en revenir.

Mais cela n'avait pas été suffisant pour les Maxwell. Non, ils avaient voulu que leur fille soit *célèbre*. Et le fait d'être une athlète de pentathlon ne le permettrait pas. Par conséquent, ils avaient dépensé des milliers de dollars pour acheter ses abonnés. Ils avaient payé des influenceurs pour l'inviter. Ils avaient même demandé à un ami producteur de faire une émission de télé-réalité sur sa vie un printemps. L'émission n'avait duré qu'une saison, mais cela avait été suffisant pour que les chiffres de son compte Instagram s'envolent, et Ember était devenue célèbre.

Le problème... c'était qu'elle ne voulait rien de tout cela.

Elle détestait être photographiée partout où elle allait. Elle ne pouvait même pas se rendre au supermarché sans que quelqu'un la reconnaisse et lui demande un autographe ou une photographie. Et bien entendu, elle ne pouvait pas acheter ou manger quoi que ce soit. Elle se souvenait encore d'un jour où elle avait été photographiée en train de manger une barre chocolatée. Sa mère lui avait fait la leçon pendant des heures.

Alors oui, Ember était en route vers les jeux Olympiques et elle était célèbre, mais rien de tout cela n'avait été son objectif. Et maintenant qu'elle participait aux Jeux, ses parents – et principalement sa mère – préparaient déjà les prochains, quatre ans plus tard.

C'était sacrément déprimant... et Ember voulait arrêter. Elle ne voulait aucun lien avec la Californie, la célébrité, les jeux Olympiques ou Instagram et même si elle était en forme, qu'elle avait des muscles au-dessus de ses muscles, elle voulait juste une existence normale.

Elle soupira et prit une boîte de lettres qu'elle avait reçues. Ses parents employaient des gens pour lire les courriers de ses fans et pour envoyer des photographies accompagnées de son autographe, mais parfois, Ember aimait lire ses propres lettres. Elle voulait sentir une connexion avec quelqu'un, avec *n'importe qui*, même si ce n'était qu'à travers une lettre.

La plupart des courriers qu'elle recevait étaient gentils, mais il y avait toujours des gens qui pensaient qu'elle était une traînée et qui n'avaient aucun souci à le lui dire. Ember était surprise de voir la quantité de personnes qui écrivaient encore des lettres. Elle savait qu'elle recevait des centaines de messages et d'e-mails tous les jours sur ses comptes de réseaux sociaux, mais quelqu'un d'autre s'en occupait. Lire les lettres l'aidait à se sentir humaine, d'une certaine façon.

La première avait de toute évidence été écrite par une enfant. Les lettres étaient grandes et désordonnées, mais le sentiment était touchant.

T'es ma préférée. T'es belle. Je veux être comme toi quand je serai grande.

Ember lut quelques courriers de plus. Puis, elle prit une autre enveloppe… et reconnut l'écriture. Ce type lui écrivait depuis des années.

Salut, Ember. Bien joué pour les épreuves de sélection. Tu as épaté tout le monde. Je sais que tu vas botter les fesses de tous les concurrents aux jeux Olympiques. J'ai hâte de te voir en haut du podium. Tu auras la médaille d'or, ça ne fait aucun doute ! Je t'admire tellement. Ce n'est pas facile d'exceller dans cinq sports différents en même temps. La plupart des autres athlètes olympiques ne sont bons qu'en un seul. Je trouve que ça te rend incroyable. Bonne chance ! ~ Ton plus grand fan, Pat.

Ember savait qu'il valait mieux ne pas répondre par une lettre personnelle aux personnes qui lui en envoyaient. Elle savait ce qui était arrivé à Rebecca Schaeffer dans les années quatre-vingt. La jeune actrice très populaire avait commis l'erreur de répondre à son futur meurtrier, lui disant que sa lettre avait été la plus gentille qu'elle ait jamais reçue. À cause de cette réponse, il était devenu obsédé par elle et il avait pensé qu'ils avaient une relation personnelle. Il avait trouvé son adresse et il était allé chez elle. Quand elle avait ouvert la porte, il lui avait tiré dans la tête.

Mais elle ne put s'empêcher de sourire en voyant la lettre de Pat. Il était toujours tellement gentil et aimable. Elle appréciait ses lettres et ses encouragements.

Tout en pensant à la lettre de Pat, Ember en ouvrit une autre et commença à lire. Elle fut sortie de ses pensées par les mots tapés sur la feuille.

Tu es une traînée. Tu te crois tellement belle et trop bien pour tout le monde. Je te déteste. Je déteste tout de ton mode de vie. Est-ce que tu penses à ceux qui souffrent autour de toi ? Est-ce que tu penses au fait que l'argent que tu jettes par les fenêtres pourrait nourrir une famille dans le besoin pendant une semaine ? Je parie que ta satanée manucure coûte plus qu'un mois de loyer pour certaines personnes. J'espère que tu finiras dernière aux jeux Olympiques. Tu ne mérites pas d'être là. Maman et Papa ont probablement acheté ta place. Peut-être que quelqu'un te tirera dans la tête pour que les États-Unis n'aient pas la honte de t'avoir pour les représenter. Crève, salope !

Ember frémit et remit la lettre dans l'enveloppe. Elle repoussa la boîte et s'appuya contre le dossier de son siège, regardant à nouveau par la fenêtre. Des larmes lui montèrent aux yeux. Elle ne comprenait pas que l'on puisse ressentir ce genre de haine pour quelqu'un que l'on ne connaissait pas. Et peu importe ce que les gens voyaient sur Internet ou à la télévision, ils ne la connaissaient *pas*.

Elle voulait être normale. Elle voulait une famille et des

enfants. Elle n'avait pas demandé à être Ember Maxwell, la star d'Internet et une athlète d'élite.

Elle savait qu'elle devrait être reconnaissante. Elle avait eu une éducation privilégiée et elle avait tout ce que l'argent pouvait offrir. Mais une chose que l'argent ne pouvait *pas* acheter, c'était son bonheur. Le vieux dicton disait vrai. Et ce qu'elle faisait à présent ne la rendait pas heureuse.

D'une certaine manière, elle devait trouver le courage de faire face à ses parents. Mais d'abord, elle devait participer aux jeux Olympiques. Ses parents attendaient d'elle qu'elle rapporte une médaille d'or, mais si c'était le cas, elle aurait encore plus de mal à s'échapper de sa cage dorée.

Elle ne ferait pas une mauvaise performance intentionnellement. Elle avait trop l'esprit de compétition pour cela. Elle devrait juste voir ce que les prochaines semaines lui réservaient et agir en fonction.

Oubliant les lettres, Ember se leva et se dirigea vers son lit. Elle devait se lever tôt le lendemain pour s'entraîner. Au moins, dans ses rêves, elle pouvait être qui elle voulait. Normale. Ordinaire. Heureuse.

**

Doc et Ember viennent de deux mondes bien différents. Un soldat des Forces Spéciales et une championne olympique mondialement connue peuvent-ils avoir un avenir commun ? Pour le savoir, découvrez *Un refuge pour Ember* ! :)

Et bien sûr, Sierra attend toujours qu'on la trouve. Mais son grand moment viendra... avec le tome *Un refuge pour Sierra*.

DU MÊME AUTEUR

Autres livres de Susan Stoker

Delta Force Deux

Un refuge pour Gillian

Un refuge pour Kinley

Un refuge pour Aspen

Un refuge pour Jayme

Un refuge pour Riley

Un refuge pour Devyn

Un refuge pour Ember (1 Mar)

Un refuge pour Sierra

Sauvetage à Eagle Point

Un sauveteur pour Lilly

Un sauveteur pour Elsie

Un sauveteur pour Bristol

Un sauveteur pour Caryn

Un sauveteur pour Finley

Un sauveteur pour Heather

Un sauveteur pour Khloe

Le Refuge

Un soutien pour Alaska

Un soutien pour Henley (3 Jan 2023)

Un soutien pour Reese

Un soutien pour Cora

Un soutien pour Lara

Un soutien pour Maisy

Un soutien pour Ryleigh

<u>*Hawaï : Soldats d'élite*</u>

Un paradis pour Élodie

Un paradis pour Lexie

Un paradis pour Kenna

Un paradis pour Monica

Un paradis pour Carly

Un paradis pour Ashlyn (7 Feb)

Un paradis pour Jodelle

<u>**Mercenaires Rebelles**</u>

Un Défenseur pour Allye

Un Défenseur pour Chloé

Un Défenseur pour Morgan

Un Défenseur pour Harlow

Un Défenseur pour Everly

Un Défenseur pour Zara

Un Défenseur pour Raven

<u>**Ace Sécurité**</u>

Au Secours de Grace

Au Secours d'Alexis

Au Secours de Bailey

À PROPOS DE L'AUTEUR

Susan Stoker est une auteure de best-sellers aux classements du New York Times, de USA Today et du Wall Street Journal. Elle a notamment écrit les séries Badge of Honor: Texas Heroes, SEAL of Protection et Delta Force Heroes. Mariée à un sous-officier de l'armée américaine à la retraite, Susan a vécu dans tous les États-Unis, du Missouri jusqu'en Californie en passant par le Colorado, et elle habite actuellement sous le vaste ciel du Tennessee. Fervente adepte des fins heureuses, Susan aime écrire des romans où les sentiments laissent place au grand amour.

http://www.StokerAces.com

facebook.com/authorsusanstoker

twitter.com/Susan_Stoker

instagram.com/authorsusanstoker

goodreads.com/SusanStoker

www.ingramcontent.com/pod-product-compliance
Lightning Source LLC
Chambersburg PA
CBHW060226100726
47907CB00003B/525